IAN MOORE ist ein bekannter britischer Comedian und trat in Fernsehshows und auf großen Stand-up-Bühnen auf, bevor er begann, seinen originellen Blick auf die Welt in Bücher zu verpacken, und damit sehr erfolgreich wurde. Ebenso wie sein Held Richard lebt auch der Autor seit einigen Jahren im französischen Loire-Tal, gemeinsam mit seinen drei Söhnen, seiner Frau und einer lustigen Ansammlung wilder und weniger wilder Tiere. «Mord & Croissants» ist sein erster Krimi und stieg sofort auf die *Times*-Bestsellerliste ein.

Die Autorin und Diplomübersetzerin BARBARA OSTROP arbeitet seit 1993 als literarische Übersetzerin aus dem Englischen, Französischen und Niederländischen und zählt Liebes- und Familienromane, Spannung, Historisches und Jugendromane sowie Fantasy zu ihren Schwerpunkten. Inzwischen hat sie über hundert Bücher ins Deutsche übertragen.

IAN MOORE

KRIMINALROMAN

Aus dem Englischen von
Barbara Ostrop

Rowohlt Taschenbuch Verlag

Die Originalausgabe erschien 2021 unter dem Titel «Death and Croissants»
bei Farrago/Duckworth Books Ltd., Richmond.

4. Auflage Juli 2025
Deutsche Erstausgabe
Veröffentlicht im Rowohlt Taschenbuch Verlag, Rowohlt Verlag GmbH,
Kirchenallee 19, 20099 Hamburg, August 2023
Copyright © 2023 by Rowohlt Verlag GmbH, Hamburg
«Death and Croissants» Copyright © 2021 by Ian Moore
Redaktion Nadia Al Kureischi
Die Nutzung unserer Werke für Text- und Data-Mining
im Sinne von § 44b UrhG behalten wir uns explizit vor.
Covergestaltung ZERO Werbeagentur, München,
nach dem Original von Duckworth Books, UK
Satz aus der Le Monde Livre bei Dörlemann Satz, Lemförde
Druck und Bindung CPI books GmbH, Leck
ISBN 978-3-499-01201-3

Kontaktadresse nach EU-Produktsicherheitsverordnung:
produktsicherheit@rowohlt.de

Für Natalie und die Jungs

1

Gibt es irgendetwas Freudloseres auf der Welt als Müsli? Nicht, dass Richard Ainsworth unbedingt schlecht gelaunt war, aber Vormittage fand er generell schwierig. Zermürbend wäre vielleicht ein besseres Wort. Er empfand Vormittage als zermürbend, als etwas, das man erdulden musste, bevor man zu den geringfügig weniger zermürbenden Nachmittagen und Abenden gelangte. Vormittage sind das kalte, schmuddelige Fußbad, das man durchwaten muss, bevor man Zutritt zur Wärme und relativen Sauberkeit des öffentlichen Schwimmbeckens erhält. Er seufzte resigniert. Ihm war sehr wohl bewusst, dass viele Menschen ein Problem mit den Morgenstunden hatten, aber diese Leute führten nicht alle außerdem noch ein Bed and Breakfast. Und zudem noch ein Bed and Breakfast mitten auf dem Land im Loire-Tal, wo alles Wichtige *nur* am Vormittag geschah.

Selbst im besten Fall hatte man beim Frühstück eine etwas unangenehme Position inne; ganz generell fand Richard es schwierig, das heikle Gleichgewicht zwischen zwei Zielen zu finden, nämlich als Gastgeber bereitzustehen, gleichzeitig aber dem Gast Raum zu lassen, seine Morgenmahlzeit in Ruhe zu genießen – falls genießen das richtige Wort war. Der Trick bestand darin, ansprechbar, aber gelassen zu wirken. Aufmerksam, aber zurückhaltend. Sodass keiner einem vorwerfen konnte, seine Bedürfnisse zu missachten, jeder es sich aber hoffentlich zweimal überlegen würde, bevor er tatsächlich um etwas bat. Es war weniger diskrete Bedienung als ein Selbstverteidigungsmechanismus, und wie üblich vermied er den Blickkontakt und versuchte, unauffällig mit dem Hintergrund zu verschmelzen.

Tatsächlich probiert hatte er Müsli nie. Es erinnerte ihn immer an den Wellensittich seiner Oma: Vince. Vince war nach dem Sänger Vince Hill benannt gewesen, den seine Oma angebetet hatte, von dem aber sonst wohl kaum jemand etwas gehört hatte. Vince lebte in einem kleinen Käfig – der Wellensittich, nicht der Sänger. Der Käfig hing über der rechten Seite eines abgenutzten braunen Samtsofas – in den Siebzigerjahren war alles braun – und bot hervorragende Sicht auf den Fernseher. Seine Oma hatte immer auf der linken Seite des Sofas gesessen, eine große Rothmans International in den knochigen Fingern, die mit ihrer gefährlich langen Aschespitze stets zwischen Omas schmalen, lippenstiftrosa Lippen und einem riesigen Glasaschenbecher in Bewegung gewesen war. Bei seinen Gedanken an früher ging es ihm jedoch um den Boden von Vince' Käfig, nichts als halb gefressene Samen und verschmähte Getreide- und Hirsekörner. Genau daran erinnerte Müsli ihn: an die abgelehnten Reste von Wellensittichfutter.

Diese Erinnerung und der damit verbundene kleine Seitenhieb auf die moderne Welt, sein beliebter Zeitvertreib, munterten ihn ein wenig auf. Der Gedanke, dass der durchtrainierte Fitnessfreak des einundzwanzigsten Jahrhunderts seinen Tag nicht, wie er dachte, mit einem «Superfood» begann, sondern mit verschmähtem Vogelfutter der Siebzigerjahre, würde ihn wahrscheinlich während der Frühstücksschicht aufrechterhalten. Und das war auch nötig. Es war erst 8:45 Uhr, und er war dabei, schon wieder schlappzumachen. Tatsächlich – wieder wärmte er sich an einer Kindheitserinnerung – fühlte er sich ein bisschen wie Omas altes Sofa. Alt und abgenutzt, an den

Ecken zerschlissen, ständig belastet. Und ein bisschen verkatert fühlte er sich auch. Allerdings bezweifelte er, dass Sofas allzu oft unter letzterem Problem litten.

Heute Morgen übertrieb er es jedoch mit der Zurückhaltung, starrte viel zu lang in den Müslibehälter und verschmolz keineswegs mit dem Hintergrund, sondern erregte nun vielmehr die Aufmerksamkeit der italienischen Frischvermählten in der Ecke, die sich vermutlich beunruhigt fragten, ob mit ihm alles in Ordnung sei. Jedenfalls nahm er an, dass sie frisch vermählt waren. Der alte Zyniker in ihm sah in dem ständigen Bedürfnis der beiden, einander zu befingern und ihre Zuneigung öffentlich zur Schau zu stellen, ein Zeichen dafür, dass die Beziehung noch nicht lange währte. Sie waren immer noch im erregten, neugierigen körperlichen Stadium der Liebe. Der Lack war noch nicht ab. Na ja, schön für sie, so viel räumte er ein, warum nicht?

Er beschloss, lieber geschäftig zu wirken, und entfernte sich von dem Müslibehälter, um die klassische analoge Filmkamera zurechtzurücken, die am Fuß der Treppe stand und Dienst als Lampe tat. Dieses Dekorstück war eine seiner vielen Verbeugungen vor seinem früheren Leben als Filmhistoriker, die als Wanduhr genutzte Filmklappe eine andere. Er ging so energisch zur Kamera, als handelte es sich um eine wichtige Angelegenheit, und in gewisser Weise stimmte das auch; Richard Ainsworth hatte genaue Vorstellungen davon, wie die Dinge zu sein hatten, und auch wenn die Lampe jetzt nicht brannte, sollte die Kamera doch mit dem Objektiv die Treppe hinaufweisen, als wartete sie auf den Einzug eines Stars.

«Monsieur?» Es war der junge Ehemann, der ihn angesprochen hatte. Dafür hob er die Hand wie ein Schuljunge oder wie weltweit jeder Gast in einem Restaurant. «Monsieur? Könnten Sie bitte meine Milch warm machen?» Sein Französisch war nicht gerade toll, was Richards Selbstvertrauen ein bisschen stärkte. Sein eigenes Französisch war ziemlich gut, wenn auch nicht fließend, was bedeutete, dass er in der ständigen Furcht lebte, die Grenze seiner sprachlichen Fähigkeiten zu erreichen. Dann würde man ihm auf die Schliche kommen wie der Gestapomann dem geflohenen Gordon Jackson in «Gesprengte Ketten». Den hatte der Wunsch «Good Luck» in die Falle gelockt, und schon war das Unglück geschehen. Das war Richards ständige Sorge als Engländer in Frankreich.

«Natürlich, Signor Rizzoli …» Er ergriff Signor Rizzolis Kaffeeschale. «Und Ihre, Signora?»

«Sì, äh, s'il vous plaît», korrigierte sie sich selbst, das hübsche Lächeln nur kurz auf Richard gerichtet. Dann suchte sie, weiterhin lächelnd, die Hand ihres Mannes. *Frisch Verheiratete bemühen sich immer zu angestrengt*, dachte Richard.

«Haben Sie heute irgendwelche Pläne?», fragte er im Weggehen laut und deutlich. Signor Rizzoli mühte sich stammelnd mit der Antwort, doch bevor Richard ihm zur Hilfe kommen und die Frage noch einmal auf Englisch wiederholen konnte, ertönte von der Treppe her eine perfekte Übersetzung ins Italienische:

«Hai qualche piano per oggi?»

Die Rizzolis verstummten verblüfft, als Valérie d'Orçay elegant die Treppe hinunterschwebte. Ihre Körperhaltung war perfekt, und perfekt war auch die Handtasche von Louis Vuitton, die sie in der Armbeuge trug. Darin saß ein kleiner, hochmütig dreinblickender Chihuahua. Valérie d'Orçay beherrschte den Raum so, wie Kleopatra einst Ägypten beherrscht haben musste, und als sie auf der untersten Treppenstufe ankam, schob sie das Objektiv der Kameralampe zur Seite, damit es nicht länger auf sie zeigte – eine Geste, als wimmelte sie einen unverschämten Paparazzo ab. *Was für ein Einzug*, dachte Richard, der die Dame erst spät am Vorabend beim Einchecken kennengelernt hatte. Norma Desmond war eingetroffen, und im Vergleich mit ihr schrumpfte tatsächlich das Kino zusammen.

Mit einem cremeweißen sommerlichen Anzug bekleidet, die riesige Sonnenbrille auf den Kopf geschoben, richtete Valérie d'Orçay ein betörendes «*bonjour*» an den ganzen Raum, setzte den kleinen Hund mit einigen beruhigenden Worten auf einem Stuhl ab und ließ sich ihm gegenüber am Tisch nieder. Erneut fielen Richard seine Oma und Vince ein, auch wenn Welten diese Frau von Rothmans Zigaretten und abgenutzten Sofas trennten. Der Hund blickte von seiner Herrin zu Richard, der reglos dastand, leicht benommen von diesem Einzug, und zu den Rizzolis, deren Müslilöffel mitten in der Luft vor ihren geöffneten Mündern verharrten. Nur der Kopf des Hündchens war zu sehen, sein mit Edelsteinen besetztes Halsband spiegelte das Licht der Deckenlampen wie eine Discokugel. Es schien auf etwas zu warten; das galt für sie alle.

«Alles in Ordnung mit Ihnen, Monsieur?» Wie viele französische Frauen mittleren Alters, oder vielleicht auch alle Frauen mittleren Alters, oder vielleicht auch nur alle französischen Frauen, schaffte Valérie d'Orçay es, sich so nach dem Wohlergehen eines Mannes zu erkundigen, dass es gleichzeitig Sorge ausdrückte und extrem geringschätzig klang, wie etwa ein Polizist, der einen unzuverlässigen Zeugen befragt. Sie sah Richard direkt an, ein harter, durchdringender Blick, der so manchem Mann den Rest gegeben hätte.

Als sie am Vortag spät am Abend eingetroffen war, hatte sie sich tausendfach dafür entschuldigt, dass er auf sie hatte warten müssen, und über den dichten Verkehr beim Verlassen von Paris geschimpft. Es war dunkel gewesen, und er hatte inzwischen einen kleinen Schwips gehabt, daher hatte er ihr das Zimmer gezeigt und sie dann sich selbst überlassen. Ihm war gar nicht aufgefallen, dass sie einen Hund dabeihatte, was, offen gesagt, gegen die Hausordnung verstieß. Zwar war das Tier kaum größer als der Wellensittich Vince, doch Regeln waren Regeln, und das Haustierverbot stand deutlich auf allen Websites. Er musste geschickt vorgehen, dachte er, und musterte sie vorsichtig, während er die Milch der Rizzolis erhitzte.

Sie war auf diese typisch französische Weise klassisch elegant: Ihr Pagenkopf war dunkelbraun gefärbt und passte zu ihren Augen, die gleichzeitig warm und distanziert blickten, durchdringend und scharfsinnig. In den Augenwinkeln hatte sie Fältchen, die Humor vermuten ließen, doch die dunkle Iris, das Innere, machte klar, dass sie nüchtern und gradlinig war. Vermutlich entging nur wenig ihrem Blick, und Richard fühlte sich ein wenig befangen. Er hielt sich nicht für einen eitlen Menschen; er war zufrieden damit, so alt auszusehen, wie er war, und brauchte, so glaubte er, den Vergleich mit anderen Männern im selben Lebensabschnitt nicht zu scheuen. Sein Haar war an den richtigen Stellen grau meliert, und an den Schläfen wich es vielleicht ein wenig zurück, wie Wasser bei Ebbe. Er hatte ein Bäuchlein, aber mit Einatmen und geradem Aufrichten konnte er das kaschieren, zumindest vorläufig. Ja, es gab eine Menge Männer, die schlechter abschnitten als er, so hatte er sich gesagt, als wäre er auf dem Markt und müsste seine eigene kleine Partnerschaftsanzeige aufsetzen. Nun, vielleicht würde er das auch sehr bald tun. Möglicherweise. Er war sich nicht recht sicher, wie sein Beziehungsstatus derzeit aussah. Erst letzte Woche hatte ihm seine Tochter gesagt: «Dad, in Facebook-Begriffen ist es bei euch beiden, bei dir und Mom, kompliziert», als wäre das in sich eine zufriedenstellende Aussage und nicht die Falltür zu einem brodelnden Abgrund aus Unsicherheit. So oder so hatte er sich für die vorhersehbare Zukunft mit dem Junggesellendasein abgefunden, und wenn es das war, was ihn erwartete, war er mit dreiundfünfzig dafür bereit. Er hatte vielleicht nicht mehr das Aussehen eines Hauptdarstellers, aber er könnte noch als charmanter Charakterdarsteller durchgehen.

«Madame d'Orçay», sagte er mit seinem besten französischen Akzent, richtete sich dabei gerade auf und atmete leicht ein. «Wir müssen leider über Ihren Hund sprechen.»

«Passepartout?»

«Ja, äh. Passepartout.»

Passepartout schenkte ihm dankenswerterweise einen Blick, der sagte, dass er seine Zeit verschwendete.

«Ach, machen Sie sich wegen Passepartout keine Sorgen.» Sie winkte mit einer eleganten Handbewegung ab. «Ein Napf mit Wasser, mehr braucht er nicht.» Ihre Antwort erklang herablassend auf Englisch, als spräche ein arroganter Pariser Kellner, und erfüllte Richard in gleichem Maße mit Verärgerung und Erleichterung. Doch die Worte wurden von einem freundlichen Achselzucken begleitet, und die Sprechweise wechselte in einem einzigen Satz von Spott zu Femme fatale und wieder zurück. Richard holte noch einmal tiefer Luft, was sie bemerkte. «Ich meinerseits hätte auch gern ein bisschen warme Milch, für meine heiße Schokolade. Und vielleicht ein Croissant.»

«Ja, aber …» Passepartout legte sich in seiner Tasche hin und machte es sich bequem.

«Und bitte, sagen wir doch Valérie und Richard. Ich bleibe mindestens für einige Tage hier, es ist also wohl nicht nötig, so förmlich zu sein. Förmlichkeit ist mir wirklich verhasst.» Letzteres sagte sie zu den Rizzolis, die daraufhin so aussahen, als würden sie einander sogar noch inniger umfangen.

Richard öffnete den Mund zu einer Antwort und bewegte die Lippen, hatte aber keine Ahnung, wo er anfangen sollte, was die Mitte sein würde und wie er überhaupt einen Abschluss finden könnte. Mit seinem verkaterten Gehirn versuchte er, die Situation einzuordnen; ja, Valérie war attraktiv, ja, zum ersten Mal seit einer scheinbaren Ewigkeit hatte eine attraktive Frau ihn bei seinem Vornamen genannt und nicht «Monsieur» oder «oi», andererseits jedoch war er in weniger als einer Minute mit charmantem Druck an der Durchsetzung seiner Hausordnung gehindert worden.

«Jetzt laufen hier also verdammt noch mal Hunde rum, ja? Herrgott noch mal!», ertönte eine wütende Stimme von der Treppe, wo Valérie eben heruntergekommen war. Nun stand Madame Tablier dort. Ihre gestärkte, makellos weiße Schürze bildete einen lebhaften Kontrast zu den schmutzigen Wörtern in ihrem Mund. Wischmopp und Eimer hielt sie fest in den großen, eigentümlich männlich wirkenden Händen, und an ihrem Gürtel hing ein aus der Zeit gefallener Walkman der Achtzigerjahre, dessen orangerote Schaumstoffkopfhörer sie um den Hals gelegt hatte. Man hörte Johnny Hallyday, der sich bei einer Rockballade die Seele aus dem Leib sang.

«Als wär' hier nicht verdammt noch mal alles schon schwierig genug», knurrte sie so laut, dass sie den aufgekratzten Johnny übertönte. «Wo die Leute ihren Scheiß eh schon überall rumliegen lassen. Jetzt also auch noch Hunde, ja?» Sie stampfte die letzten paar Stufen hinunter und wandte sich an den ganzen Raum. «Als hätt' ich nicht schon genug damit zu tun, das Blut von den beschissenen Wänden zu putzen.»

2

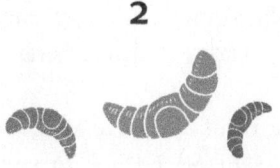

Ja, okay, aber ich meine, es ist … na ja, es ist nicht *viel* Blut,
oder?» Ein wenig überzeugender Richard drehte sich um
und sah Valérie und Madame Tablier an, die hinter ihm in der
Tür eines der Gästezimmer im Obergeschoss standen. Die beiden Frauen hätten nicht unterschiedlicher sein können, da ihre
Lebensumstände und ihr Auftreten sie denkbar stark voneinander absetzten, sodass ihr Aufeinandertreffen außerhalb einer
extrem fingierten Reality-Show unwahrscheinlich wirkte. Doch
in diesem Moment ähnelten sie sich vom Gesichtsausdruck so
sehr, dass sie Schwestern hätten sein können. Dieser Ausdruck
zeigte Zweifel, der fast schon an Ungläubigkeit grenzte, und in
ihren Augen stand die Frage: *Es geht nicht wirklich um die Menge
des Bluts, oder?*

Wenn man nur die Quantität betrachtete, hatte Richard
nicht unrecht. Es war wirklich nicht viel Blut. Allerdings
prangte rechts des Lichtschalters vor dem Badezimmer der sehr
deutliche, tiefrote Abdruck einer Hand, ähnlich wie kleine Kinder ihn mit Farbe auf Papier patschen. Die Finger waren ausgestreckt, an den Spitzen jedoch leicht verschmiert; die Handfläche so deutlich, dass man die Handlinien sah, und das Ganze
wirkte wie ein spöttisches Winken. Richard trat einen Schritt
zurück, ohne den Blick von dem Fleck zu wenden, und legte
den Kopf schief, als wäre er ein Kunstkritiker, der an einem
neuen Trend zweifelt.

Er stieß einen tiefen Atemzug aus, der wegwerfend oder sogar spöttisch klingen sollte, jedenfalls aber so, als hätte er alles im Griff. Tatsächlich erinnerte er jedoch eher an ein verstörtes Wimmern. *Typisch*, so fasste er den bisherigen Verlauf des Morgens zusammen.

«Das gefällt mir nicht», knurrte Madame Tablier, und um ihrer Ablehnung mehr Nachdruck zu verleihen, schwenkte sie den Wischmopp heftig vor dem anstößigen Fleck hin und her. Richard hatte Madame Tablier «geerbt», als seine Frau Clare und er das B&B vor einigen Jahren gekauft hatten. Sie war stets bereit, sich zu empören, fluchte und schimpfte unablässig vor seinen Gästen, die sie insgesamt als überflüssiges, keimverseuchtes, Schmutz machendes Übel betrachtete, und schien, von außen beurteilt, die Welt so sehr zu hassen, dass *Komm, süßer Tod, nimm mich jetzt* als Motto auf ihrer makellosen Schürze hätte stehen können und nicht: *Je place le bonheur au-dessus de tout*, was grob übersetzt heißt: *Ich stelle das Glück über alles.* Gewiss war das ein Scherz. *Ich habe das Glück und dergleichen verlegt*, hätte es besser getroffen. Aber sie erinnerte Richard an die unbezwingbare Irene Handl, und daher war er bereit, ihr beinahe alles zu verzeihen. Außerdem musste er eine *femme de ménage*, die Tablier hieß, einfach bei sich arbeiten lassen. *Tablier* bedeutete auf Französisch *Schürze*, und solche Fälle, in denen der Name Programm war, hielten Richard in schwierigen Zeiten seelisch über Wasser. Sie stand zu allem bereit da, den Wischmopp erhoben, vermutlich zur Selbstverteidigung, sollte die blutige Hand von der Wand hüpfen und sie in den Po zwicken.

«Das ist recht interessant, finden Sie nicht?» Valérie d'Orçay näherte sich der Situation kühler und intellektueller. Die anderen sahen sie zweifelnd an. «Nein, wirklich», ging Valérie mit ihrer Ernsthaftigkeit über die Skepsis der anderen hinweg.

«Schauen Sie.» Damit hob sie ihre eigene Hand, um sie mit dem blutigen Abdruck zu vergleichen.

«Nicht anfassen!», fauchte Madame Tablier. «Das ist ein Beweismittel!»

«Ich fasse ja gar nichts an!», schoss Valérie in einem zischelnden Flüsterton zurück, die Hand noch immer vor sich ausgestreckt.

«Ja, na gut, achten Sie darauf», war die leicht gekränkte Antwort.

«Schauen Sie.» Valéries Hand schwebte über dem roten Abdruck an der Wand. «Sehen Sie es?»

«Jetzt nicht mehr. Ihre Hand ist verdammt noch mal im Weg.»

«Madame Tablier, ich will Sie auf die Größe der Hand aufmerksam machen …»

«Und was hat das mit irgendwas zu tun?»

Richard, der im Laufe seines Lebens genug Erfahrungen gesammelt hatte, wusste genau, wann er sich besser nicht einmischen sollte. Anfang der Woche hatte er zwei seiner Hennen, Lana Turner und Joan Crawford, dabei erwischt, wie sie um eine tote Maus kämpften, und damals hatte er dasselbe Gefühl gehabt wie jetzt: Halt dich raus und lass der Natur ihren Lauf. Außerdem empfand er Streit auf Französisch wie so ziemlich alles, was viel Gefühl verlangte, sprachlich als größere Herausforderung – zu anspruchsvoll. Valérie senkte langsam den Arm, stemmte die Hände in die Hüften und wandte sich energisch zu Madame Tablier um.

«Ich versuche, Ihnen etwas zu zeigen. Stellen Sie jetzt bitte den Wischmopp weg und lassen Sie mich erklären, was ich meine.»

Richard hatte noch nie erlebt, dass jemand die Oberhand über Madame Tablier gewann. Allerdings hatte er zugegebenermaßen auch noch nie erlebt, dass jemand es versuchte. Aber ob es nun der Blick in Valéries Augen war – den konnte Richard von seinem Standort aus nicht sehen – oder einfach nur die leichte Veränderung ihrer Stimmführung, jedenfalls blinzelte die ältere Frau und senkte den Wischmopp.

Nachdem die Hackordnung geklärt war, machte Valérie weiter. Sie erhob erneut die manikürte Hand. «Der Gast in diesem Zimmer ist ein Mann, oder?»

«Ja.» Richard war leicht überrumpelt, dass sie ihn plötzlich einbezog. «Monsieur Grandchamps. Er ist hier schon mehrmals zu Gast gewesen.»

«Ein kleiner Mann?»

«Ja, ich denke schon, er …»

«Nun, er muss klein sein.» Das erklärte sie mit Nachdruck. «Ich bin keine große Frau, aber unsere Hände haben fast die gleichen Maße.»

Richard kapierte nicht recht, wieso das von Bedeutung sein sollte, aber Valérie hielt es für wichtig, und er würde ihr nicht widersprechen. Madame Tablier war jedoch noch weniger überzeugt als Richard, legte endlich den Wischmopp weg und hielt zum Vergleich die eigene Hand hoch. Daneben sah Valéries Hand wie die eines Kindes aus.

«Mein verstorbener Mann, er ruhe in Frieden, hat immer gesagt, mit meinen Händen könnte ich einem Pferd den Hals so umdrehen, wie ich es sonst mit einer Henne mache!»

In Anbetracht der Umstände war das eine unglückliche Bemerkung, und Richard und Valérie beschlossen beide, sie am besten zu ignorieren. Allerdings schafften sie es nicht, den Blick von den erstaunlichen Pranken dieser Frau zu wenden – sie waren so gewaltig groß wie zwei Schinkenkeulen, na ja, fast so groß.

«Er war schon älter», sagte Richard. Er versuchte, sich zu erinnern, aber der alte Mann hatte nichts Bemerkenswertes an sich gehabt, und ohnehin plauderte Richard nur selten mit den Gästen. «Er war kein großer Mann, nein. Aber es ist schwer zu sagen, er hatte einen ziemlich, äh …» Er suchte nach dem französischen Wort. «… krummen Rücken», sagte er dann entschuldigend auf Englisch.

«Einen krummen Rücken?» Valérie wirkte verärgert, eher wohl über sich selbst, weil sie das Wort nicht kannte, als über den dadurch in Panik versetzten Richard.

«Ja, oh, wie heißt das noch?» Er kratzte sich am Hinterkopf. «Äh …» Plötzlich fühlte er sich unter enormem Druck und beugte sich vor, um die Haltung zu demonstrieren. «*Courbé!*», sagte er triumphierend, richtete sich auf, schnippte mit den Fingern und deutete fast in Siegerpose auf Valérie. «*Courbé!*», wiederholte er erleichtert. «Monsieur Grandchamps war *courbé*.»

«Okay», knurrte Madame Tablier abschätzig. «Wir haben es kapiert.»

«Dieser Handabdruck sagt uns meiner Meinung nach eine Menge.» Valérie übernahm wieder das Kommando, brachte von irgendwoher einen Stift zum Vorschein und deutete auf die Wand. «Dort sieht man massenhaft Informationen …»

«*Dio mio!*» Der Ausruf kam von der Tür, wo Signor Rizzoli stand und sich heftig bekreuzigte.

Valérie sagte blitzschnell etwas auf Italienisch, das ihn wohl beruhigen sollte, doch der junge Italiener wirkte nicht überzeugt.

«Kann ich Ihnen helfen, Signor?», fragte Richard laut auf Englisch.

«*Più caffè, per favore, più caffè*», antwortete der Italiener, ohne den Blick vom Abdruck zu wenden.

«Madame Tablier, wären Sie so nett, den Herrn zu bedienen?»

«Oh, so läuft das also, ja? Ich geh los und mach die Schmutz-arbeit, während Sie beide die Sache vertuschen. Ha! Ich hätte es mir denken können.» Sie stampfte an Signor Rizzoli vorbei und meckerte auf der Treppe vor sich hin.

«Runter geht's mit meiner Bewertung auf TripAdvisor», murmelte Richard düster, während der nervöse Italiener Madame Tablier folgte.

«Was?»

«Nichts. Was meinten Sie da eben mit Informationen? Informationen worüber?»

«Darüber, wer dieser Herr ist», antwortete Valérie, als wäre es das Offensichtlichste auf der Welt. Schau» – sie hob erneut ihren Stift –, «das hier ist die Lebenslinie, aber eine kleinere Linie verläuft parallel dazu, siehst du?» Richard nickte. «Die Hauptlebenslinie schwingt sich nach oben, was für Lebenskraft und Vitalität spricht, und die kleinere Linie bestätigt das. Dein Monsieur Grandchamps hat anscheinend eine große Widerstandskraft gegen Krankheiten. Am unteren Ende spaltet sich die Lebenslinie. Das weist auf einen Einzelgänger hin, der von seiner Familie getrennt lebt. Er ist immer allein, sagtest du?» Richard folgte nun nicht mehr Valéries Stift, sondern schaute auf seine eigenen Handflächen. Leider spaltete sich seine Lebenslinie ebenfalls. «Die Kopflinie hier ist lang und gerade, er ist also ein engagierter Mann, aber auch eigensinnig.»

Erneut schaute Richard auf seine eigene Handfläche, wo die Kopflinie kaum wahrnehmbar war.

«Das hier ist allerdings interessant: Es gibt keine erkennbare Herzlinie, oder sie ist mit der Kopflinie verschmolzen. Für einen Mann ist das gut, ein starker, erfolgreicher Mensch.»

«Und für eine Frau?»

«Für eine Frau? Nicht so gut. So eine Person ist zerstörerisch und gefährlich.» Sie bewegte den Stift. «Und hier sollte die Ehelinie sein. Aber es gibt keine. Auch hieran erkennt man ihn als getriebenen Mann. Die Ehe oder das andere Geschlecht sind ihm nicht wichtig, er interessierte sich vor allem für sich selbst.»

«Oder er ist gar nicht verheiratet?», brachte Richard vor.

«Möglich.»

«Ich habe auch keine Ehelinie», sagte Richard klagend; dieser Morgen wurde immer schlimmer. «Nur ein paar Fältchen.» Valérie sah ihn streng an und musterte dann seine Handfläche.

«Nein», erklärte sie. «Du hast viele Ehelinien, schau doch, mindestens drei.»

«Drei Ehen?»

«Nicht unbedingt. Es kann mehrere Ehen bedeuten, eine Ehe und Affären oder sogar, dass du eine einzige wahre Liebe hast, sie aber dreimal so stark liebst, wie es einem Menschen möglich ist.»

Richard schloss angewidert die Hand. «Das ist verdammt vage, wenn du mich fragst!»

«Oh ja», erwiderte Valérie lässig. «Richtiger Mumpitz» – es gefiel ihm, wie sie *Mumpitz* sagte –, «aber manche Menschen glauben daran, und das macht es an sich schon interessant.»

Madame Tablier stapfte lautstark die Treppe hinauf und ins Zimmer. «Das hat die Italiener ganz schön aufgescheucht», sagte sie atemlos. «Nun. Haben Sie die Leiche schon gefunden?»

«Die Leiche?!» Richard schaute sich plötzlich um; merkwürdigerweise war ihm dieser Gedanke noch gar nicht gekommen. Allerdings hätte man eine Leiche auch nirgends im Zimmer verstecken können. Es gab keinen Schrank, sondern nur eine hölzerne Kleiderstange. Das Bett war so ordentlich, als hätte niemand darin geschlafen, und offensichtlich lag nichts darunter. In der Ecke stand als Dekoration ein Schrankkoffer, aufgeklappt wie üblich und mit Lavendel gefüllt, der herausquoll. Gepäckstücke waren nirgends zu entdecken. Tatsächlich wirkte der Raum, von dem blutigen Handabdruck einmal abgesehen, so, als wäre er schon für den nächsten Gast bereit.

«Das ist ja alles gut und schön», sagte Madame Tablier, «aber je länger das Blut an der Wand bleibt, desto schwieriger ist es zu entfernen. Wenn hier keine Leiche liegt, war es vielleicht einfach nur ein Missgeschick, und der Kerl ist abgehauen, ohne zu bezahlen.»

«Schon möglich. Er könnte sich beim Rasieren geschnitten haben.» Valérie wirkte ernüchtert.

«Er trug einen Vollbart», entgegnete Richard auf dem Weg ins Bad. «Beim Rasieren kann er sich nicht geschnitten haben.» Er öffnete und schloss die Schubladen unter dem Waschbecken, um zu sehen, ob überhaupt irgendetwas auf eine Übernachtung hindeutete.

«Dann vielleicht Nasenbluten», schloss Madame Tablier sich an. «Mein verstorbener Mann, er ruhe in Frieden, hatte einmal so schlimmes Nasenbluten, dass das Bad wie der Boden eines Schlachthauses aussah …»

«War Ihr Mann ein Hämophiler?» Valérie seufzte; ihre Stimme klang uninteressiert, sie wirkte enttäuscht, dass das kurze Abenteuer zu so einem profanen Ende gekommen war.

«Nein. Kommunist bis zum Tag seines Todes», kam prompt die stolze Antwort.

«Nein, ich meinte …»

«Oder …», Richard kam aus dem Bad, einen kleinen Treteimer in der Hand, «er ist hingefallen, seine Brille ist zerbrochen und er hat sich an den Scherben geschnitten.»

«Ja, sicher, es kann verschiedene Ursachen geben.» Valérie wandte sich zum Gehen, doch Richard klappte den Eimerdeckel auf. Darin lag eine zerbrochene, blutige Brille.

3

Die Hennen musterten Richard misstrauisch. Beide hatten den Kopf auf die gleiche Seite gelegt, aufeinander abgestimmt wie Synchronschwimmerinnen, jedoch ohne das starre Lächeln. Lana Turner und Joan Crawford stritten sich nicht mehr, sondern fragten sich jetzt, was los war: Warum wurden sie um diese Tageszeit gefüttert? Zu dieser Stunde war das äußerst ungewöhnlich. Die Dritte im Bunde, Ava Gardner, legte im Hühnerstall gackernd ein Ei. Tatsächlich war sie diesmal noch lauter als sonst, als beklagte sie sich als eifrigste der Legehennen darüber, dass sie etwas verpasste.

«Ist das deine Art nachzudenken, Richard?» Valérie war leise, sogar lautlos, neben ihm aufgetaucht. Eigenartig, dachte er, wie sie mühelos in eine Vertraulichkeit des Umgangs gefunden hatten. Von Monsieur und Madame zu Richard und Valérie, vom *vous* zum *tu*, und alles in weniger als einer Stunde. Normalerweise brauchte man viel länger, um über das Minenfeld der französischen Umgangsformen zu gelangen. Sie hatten es jedoch im Schnelldurchgang geschafft, wobei natürlich Valérie den richtigen Moment gewählt hatte. Richard fühlte sich dadurch geschmeichelt und gestärkt, auch wenn er nicht sagen konnte, warum.

Natürlich hatte die Möglichkeit einer Gewalttat oder sogar die von Madame Tablier geäußerte Vermutung, es könne sich um einen Mord handeln, das Zeug, Barrieren einzureißen. Wie im Krieg, wenn extreme Umstände alles beschleunigten, weil es keine Zeit für Höflichkeiten gab. Aber von der Mühelosigkeit der Beziehung einmal abgesehen, klebte *tatsächlich* Blut an der Wand, und *außerdem* war ein Gast verschwunden. Richard genoss das, was er als Stärkung seines Selbstbewusstseins auffassen musste, nämlich die frisch erworbene Freundschaft einer attraktiven Frau. Das Blut jedoch, das dafür den Anlass geboten hatte, machte ihm zu schaffen.

Gerade wollte er eine Antwort geben, die nach typisch britischem Stoizismus klingen sollte, und darauf bestehen, dass das Leben normal weitergehen müsse, während sie den nächsten Schritt planten.

«In deiner Lage würde mich das auch belasten», sagte Valérie, ohne wirklich Mitgefühl anzudeuten.

Verdammt! Sie kann direkt in mich hineinschauen. Innerlich zuckte Richard verärgert zusammen, warf die nächste Handvoll Körner zu hart nach den Hennen und erntete dafür einen strengen Blick von Joan Crawford. *Die Frau kann Gedanken lesen!*

«Das Leben muss weitergehen», sagte er. «Ich wollte mich einfach nur sammeln, und die Ladys mussten ohnehin gefüttert werden.» Im Hühnerstall ertönte ein lautes Gegacker, das wie Hohngelächter klang, und Richard übersah das leichte Lächeln, das kurz über Valéries Gesicht huschte.

«Und was hast du entschieden?», fragte sie und huldigte damit seiner Rolle als schweigsamer männlicher Autorität.

«Tja …» Er klappte die Futterkiste langsam zu.

«Wie oft ist er denn hier schon abgestiegen, dieser Monsieur …»

«Grandchamps?» Er wandte sich ihr zu, doch sie hatte sich hingehockt, hob ein paar auf den Boden gefallene Körner auf und hielt sie den Hühnern mit der geöffneten Hand zum Aufpicken hin. Das hatte er auch selbst schon oft versucht, aber inzwischen als unmöglich aufgegeben. Neidisch schaute er zu, wie Lana, Joan und eine aufgeregte Ava sich ihr ohne jede Vorsicht näherten. «Er war das dritte Mal da, vielleicht auch schon das vierte Mal; ich müsste es in den Unterlagen nachschauen.» Er konnte seine Verstimmung nicht verbergen.

«Du weißt es nicht mit Gewissheit?» Sie stand auf und befreite mit einem Klatschen ihre Hände vom Staub, den die Körner hinterlassen hatten. Die Hennen verweilten wie Jünger zu ihren Füßen.

«Also, wie schon gesagt, ich müsste in meinen Unterlagen nachschauen.» Richard mied den Blickkontakt.

«Aber wenn er ein Stammgast war, hast du doch das eine oder andere von ihm erfahren, oder?»

«Nein. Nein, habe ich nicht.» Er hätte gern hinzugefügt, dass er ein B&B führte, kein Gefängnis, und dass es ihn verdammt noch mal absolut nichts anging, *warum* ein Gast ein Zimmer bei ihm nahm. Er entschied sich aber dagegen.

«Nun?», fragte sie nach einer Pause.

«Tja …»

«Sollen wir sie uns dann einmal anschauen, deine Unterlagen?» Sie betonte die beiden letzten Wörter so, als verspräche sie sich nicht viel davon.

«Was denn … jetzt?»

«Monsieur», begann sie, und ihre plötzliche Förmlichkeit ließ bei Richard die Alarmglocken schrillen. So wie bei Eltern: Wenn die den vollen Namen ihres Kindes verwendeten, war danach auch nichts Gutes zu erwarten. «Bei dir ist ein Gast verschwunden, ein alter Mann. An der Wand ist Blut verschmiert, und eine zerbrochene Brille liegt im Mülleimer. Da sollten wir doch wohl etwas unternehmen, oder?»

Sie wartete die Antwort nicht ab, sondern marschierte stattdessen los. Hinter ihr ließ Richard die Schultern hängen. So etwas sollte nicht geschehen. Nicht ihm. Er war durchaus zufrieden damit, die Welt auf Abstand zu halten. Er versteckte sich zwar nicht gerade, aber er drängte sich auch nicht in den Vordergrund. Er war ein Statist, jemand, der sich zurückhielt. Aber als er sah, wie energisch Madame davonstapfte, obwohl sie nicht einmal wusste, wo genau die Unterlagen zu finden waren, hatte er das schreckliche, quälende Gefühl, dass Valérie d'Orçay das nicht zulassen würde.

«Wenn du kurz hier wartest, hole ich schnell den Laptop.»

Valérie musterte Richards Wohnzimmer und registrierte jede Einzelheit. Richard war sehr stolz darauf, wie gründlich Madame Tablier und er selbst in seinem B&B für Sauberkeit und Ordnung sorgten; dafür legten sie sich ordentlich ins Zeug, missbilligten den winzigsten Fleck an der Wand oder waren wie wild hinter Spinnweben her. Doch das galt nur für die Pension. Im großen Haupthaus sah es anders aus. Dass Madame Tablier hier keine Ordnung schaffte, war unübersehbar. Man könnte meinen, sein Privatdomizil stehe zum *chambre d'hôtes* in demselben Verhältnis wie Dorian Gray zu seinem Porträt auf dem Dachboden. Auf jeder waagerechten Oberfläche lagen Bücher, ein halbes Dutzend Kaffeetassen standen herum, überall waren DVDs ohne Hülle verstreut, und auf dem kleinen Esstisch standen zwei leere Weinflaschen. Man könnte behaupten, das Zimmer künde von einem zerstreuten Intellektuellen, einem Professor kurz vor einem entscheidenden Durchbruch. Aber tatsächlich spürte man hier einfach nur den Junggesellen, und aus irgendeinem Grund schämte Richard sich deswegen ein bisschen. Valérie schenkte ihm jedoch ein strahlendes Lächeln, räumte ein wenig Platz auf dem Tisch frei, bevor sie sich setzte, und platzierte Passepartout, den sie in seiner Tasche aus dem Frühstückszimmer geholt hatte, auf den Stuhl neben ihrem. Der Hund wirkte nicht gerade beeindruckt von der Umgebung.

«Ich bin gleich wieder da. Es muss irgendwo hier oben sein.» Richard ging die Treppe hinauf. «Ich habe darauf gestern Abend einen Film angeschaut.»

«Okay», antwortete sie, und Richard wartete auf die unvermeidliche Frage nach dem Titel des Films, doch zu seiner Enttäuschung blieb sie aus.

Ein paar Minuten später kam er wieder herunter, nachdem er das Gerät unter dem linken Kopfkissen seines Betts gefunden hatte, schaltete es ein, registrierte erleichtert, dass der Akku noch ausreichend geladen war, stellte sich neben Valérie und tippte verlegen die Zugangsdaten seiner Buchungs-Website ein.

Langsam baute sich die Seite auf. Richards uraltes MacBook, das zu beiden Seiten des Mousepads mit Bleistift gekritzelte Notizen aufwies, brummte laut und ächzte wie ein alter Mann, der von einem Stuhl aufsteht. Zum ersten Mal entstand ein unbehagliches Schweigen zwischen ihnen; Valérie saß kerzengerade vor dem Gerät, beinahe schon misstrauisch, während Richard nervös hinter ihr stand. Endlich war die Website vollständig geladen, und Richard klickte auf den Menüpunkt «Reservierungen», doch dann übernahm Valérie, als hätte sie die Beobachterinnenposition neben ihm satt, und scrollte durch die Liste der Namen.

«Dupont, Faure, Favreau, Gosse, ah, Grandchamps.» Sie öffnete die Daten mit einem Doppelklick auf den Namen. «Vincent Grandchamps – nun, er war vier Mal hier.»

«Wie ich gesagt habe», erklärte Richard mit sich zufrieden.

«Du sagtest, drei oder vier Mal», tadelte sie ihn sanft. «Tatsächlich hat er die letzten vier Mittwochabende hier übernachtet. Warum?»

«Das ist nicht wirklich …»

«Ich meine, das ist sehr eigenartig, oder?»

«Ich denke nicht …»

«Warum sollte ein alter Mann so etwas tun?»

«Nun …»

«Wie alt ist er denn?» Sie fuhr herum und sah ihn an.

Richard kratzte sich am Kopf. «Ich habe nicht die geringste Ahnung.»

Sie sah ihn ungläubig an. «Interessierst du dich wirklich so wenig für andere Menschen? Warum?», fügte sie etwas sanfter hinzu.

«Es ist nicht so, dass ich …»

«Wie alt bin ich, was meinst du?»

In seinem Kopf verkrümmte sein Gehirn sich zu etwas, das grob an Edward Munchs *Der Schrei* erinnerte.

«Beim Alter verschätze ich mich immer», sagte er langsam und fügte dann rasch hinzu: «Aber er war alt. Vom Alter gekrümmt. Er hat nicht viel gesagt, aber er musste immer den Kopf heben, um mit mir zu sprechen.»

«Warum mittwochs?» Sie wandte sich wieder dem Laptop zu.

«Außerdem hatte er einen Gehstock. Und er hatte einen dicken Mantel an und einen Hut auf dem Kopf. An Markttagen scheint es immer kalt zu sein.»

«Markttag?» Erneut wandte sie sich rasch zu ihm um.

«Ja», antwortete er zögernd, da ihm nicht klar war, was er damit unwissentlich enthüllt haben könnte. «Donnerstags ist Markttag.»

«Aha!» Plötzlich war sie Feuer und Flamme, wie ein Jagdhund, der eine Spur aufgenommen hat, doch genauso schnell erlosch ihre Begeisterung wieder, und sie schüttelte den Kopf. «Aber warum?»

«Vielleicht hat er ja Verwandte in der Gegend.»

«Und wieso hat er dann nicht bei denen übernachtet?»

«Vielleicht mag er sie nicht?»

Über den Rand ihrer Brille hinweg warf sie ihm einen tadelnden Blick zu, als hätte er einen unpassenden Scherz gemacht, was er als unfair empfand, weil ihm gar nicht nach Scherzen zumute war.

«Steht seine Adresse in der Datei?»

«Die geben die Gäste nicht immer an; es hängt davon ab, wie sie bezahlen», antwortete er, streckte die Hand aus und übernahm wieder die Kontrolle über das Mousepad. Er spürte, dass sie sich schon wieder anspannte. «Oh.» Er trat rasch zurück. «Da ist ja seine Adresse. Normalerweise schaue ich mir das nie richtig an.»

«Wo liegt Vauchelles? Kennst du es?»

«Ein Stück die Straße hinunter, hier im Val de Follet», antwortete Richard und kratzte sich verwirrt am Kinn. «Nur etwa zwanzig Minuten mit dem Auto.»

«Es liegt an der Busstrecke sechs.» Madame Tablier war in die Tür getreten, einen Ausdruck im Gesicht, der ein nahendes Unwetter ankündigte. Sie hatte die Arme vor der Brust verschränkt.

«Was meinen Sie damit? Die Busstrecke sechs? Ist das wichtig?»

Richard war froh, dass Valérie hier die Führung übernahm; Madame Tablier sah nicht so aus, als würde sie sich von ihm irgendwelche dummen Fragen gefallen lassen.

«Es sind Sonderfahrten», erklärte die untersetzte Frau, allerdings zögernd, als spräche sie nur widerwillig. «Die Strecke wird nur an Markttagen betrieben, damit Leute aus anderen Städten herkommen und Klatsch und Tratsch austauschen können.»

«Und ihre Einkäufe erledigen können», fügte Valérie hinzu.

«Sie kommen vor allem zum Tratschen.»

«Woher wissen Sie das?»

Täuschte er sich, oder nahmen Valéries Fragen inquisitorische Ausmaße an?

«Eine meiner Schwestern ist vor dreißig Jahren dorthin gezogen. Seitdem hab ich sie nicht mehr gesehen.» Es klang, als wäre Vauchelles so etwas wie das Bermudadreieck oder ein kleines Dorf auf einem anderen Kontinent und läge nicht tatsächlich im selben Tal.

«Aber warum haben Sie Ihre Schwester denn seit damals nicht mehr gesehen?»

«Was, die ganze Strecke bis nach Vauchelles reisen? Ich bin doch nicht Jacques Cousteau. Für so was haben nur Klatschbasen Zeit, nicht wir, die wir schwer arbeiten. Wir schreiben uns manchmal.»

Es folgte ein Schweigen, und Richard bemerkte Valéries überraschten Gesichtsausdruck. Er selbst war dagegen überhaupt nicht erstaunt. Er erinnerte sich an eine Begebenheit, als sie gerade erst in diesen stillen Winkel des Loire-Tals gezogen waren. Damals waren sie einem benachbarten Ehepaar vorgestellt worden, das jammerte, die Tochter ziehe «weg». Clare und er hatten Mitgefühl bekundet, bis sich herausstellte, dass dieses «Wegziehen» gerade nur bis zum nächsten Dorf führte, vielleicht drei Kilometer entfernt. So sind manche Leute auf dem Land. Jede Veränderung, und sei sie auch noch so winzig, ist immer ein Riesending.

«Jedenfalls» – Madame Tablier zuckte mit den Schultern – «habe ich eine gute Nachricht und eine schlechte.» Sie hielt inne, um ihre Worte wirken zu lassen. «Dieses italienische Paar ist abgereist. Wahrscheinlich haben sie einen Schreck bekommen. Sie haben ihre Sachen gepackt, bar bezahlt und sich verpisst. Zweihundert Euro, ist das richtig? – So oder so, hier ist das Geld. Zählen Sie nach, wenn Sie mir nicht vertrauen.» Sie trat vor, und mit einer so großartigen Geste wie ein Pokerspieler, der einen Royal Flush auf den Tisch legt, warf sie vier Fünfzig-Euro-Scheine auf die Tastatur des Laptops.

«Das überrascht mich nicht», sagte Richard ernüchtert. «Blut, Gewalt und ein friedlicher Urlaub auf dem Land passen nicht zusammen.» Er nahm das Geld und gab Madame Tablier fünfzig Euro, die den Schein schweigend einsteckte. «Wieder eine schlechte Bewertung.»

«Und die gute Nachricht?», fragte Valérie.

«Das war die gute Nachricht», schnaubte Madame Tablier. «Morgen ein Zimmer weniger zu putzen und fünfzig Euro in meiner Tasche. Wenn Sie das für eine schlechte Nachricht halten, haben Sie es bisher zu einfach gehabt, Kleines!»

Richard beschloss einzuschreiten, bevor die Sache aus dem Ruder lief. «Und was ist dann die schlechte Nachricht?»

«Jemand hat den verdammten Handabdruck gestohlen. Hat ihn einfach aus der Tapete herausgeschnitten.»

«Was?» Richard glaubte beinahe, dass *das* die gute Nachricht war.

«Und die Brille ist ebenfalls weg. Da gehen merkwürdige Dinge vor sich, wenn Sie mich fragen.»

«Die Brille ist ebenfalls weg?»

Valérie klappte den Laptop zu, als hätte sie eine Entscheidung getroffen. «Wusste ich doch, dass beides zu offensichtlich war. Zu schön, um wahr zu sein», sagte sie, unfähig, ihre Verärgerung zu verbergen.

«Ja, da haben Sie recht», stimmte Madame Tablier ihr sofort zu. «Ich habe viele *Maigrets* gesehen, wissen Sie?» Bei ihr klang das wie eine Drohung.

Richard hatte nicht die geringste Ahnung, wovon die beiden

sprachen, und so verhielt er sich still, machte aber für alle Fälle ein nachdenkliches Gesicht.

Valérie stand auf, griff nach Passepartouts Tasche, und gemeinsam standen die drei, Richard, Valérie und Madame Tablier, kurze Zeit schweigend da.

«Nun, Richard, was werden Sie unternehmen?»

«Ich … äh … na ja.» Richard war sich nicht sicher, ob jetzt, da alle Spuren verschwunden waren, falls es sich tatsächlich um Spuren gehandelt hatte, überhaupt noch etwas unternommen werden musste.

«Die Frage scheint mir vollkommen angemessen», knurrte Madame Tablier.

Richard, der zu dem Schluss kam, dass er sich auf seinen Stoizismus nicht länger verlassen konnte, ließ besiegt den Kopf hängen. Er hatte keine Ahnung, was er «unternehmen» würde, aber gleichzeitig war ihm angesichts der Gesellschaft, in der er sich befand, verdammt bewusst, dass die Entscheidung wahrscheinlich nicht länger bei ihm lag.

4

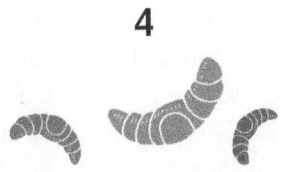

Wenn in einer der Technicolor-Hollywood-Gaunerkomödien der Fünfzigerjahre irgendetwas garantiert war, dann die Szene, in der die Hauptdarstellerin, üblicherweise Grace Kelly, am Steuer eines Sportwagens mit dem Hauptdarsteller, üblicherweise Cary Grant, in halsbrecherischem Tempo um die Kurven gewundener Straßen fegte, üblicherweise an der französischen Riviera. Die Fahrt sollte dem Zweck dienen, ihr die Oberhand zu verschaffen, doch obwohl der männliche Hauptdarsteller ein gewisses Unbehagen zeigte, verlor er nie tatsächlich die Contenance. Nicht zum ersten Mal im Leben und zu seinem großen Bedauern musste Richard feststellen, dass er kein Cary Grant war.

«Herrgott noch mal, würdest du bitte langsamer fahren?!», schrie er.

«*So* schnell fahre ich doch gar nicht», rief Valérie zurück. Der Wind brauste über die niedrige Windschutzscheibe, riss ihr die Worte vom Mund, fegte diese über die Rückbank des offenen Cabrios hinweg und schleuderte sie hinter ihnen auf den dahinfliegenden Asphalt.

Richard kniff die Augen zusammen.

Er hatte angeboten zu fahren, doch Valérie hatte kategorisch entschieden, dass seine zerbeulte alte Ente, auf deren beiden Türen der Schriftzug «Les Vignes – Chambre d'hôtes» prangte, für ihr Vorhaben zu auffällig war. Bisher war Richard nicht dahintergekommen, wieso zum Teufel sie nicht auffällig sein sollten oder warum ein kanariengelbes Cabrio, ein Roadster-Oldie, der über die Landstraße fegte, es anscheinend weniger war. Ihm war auch nicht klar, worin ihr «Vorhaben» bestand, und er hatte das Gefühl, dass Valérie vielleicht einfach nur angab. Um seine Verwirrung noch zu steigern, begriff er außerdem nicht, was sie dazu bewegen könnte.

Sie hatten eine zutiefst misstrauische und eindeutig nicht glückliche Madame Tablier zurückgelassen. Sie sollte alles im Blick behalten, und sie hatten ihr eingeschärft, niemanden hereinzulassen. Allerdings hätte die Anweisung wohl eher lauten sollen, nicht noch mehr Dinge «herauszulassen», denn an diesem Vormittag hatte Richard bisher einen Gast verloren, einen blutigen Handabdruck und eine zerbrochene, blutige Brille gefunden, sowohl Handabdruck als auch Brille sowie zwei weitere Gäste wieder verloren, was er selbst deren Ängstlichkeit zuschrieb, wohinter Valérie, der Gast, der ihm geblieben war, jedoch etwas weit Finstereres vermutete. Außerdem hatte er einen Streifen teure Tapete verloren, der unlöslich mit besagtem Handabdruck verbunden war. Donnerstage sollten eigentlich ruhiger verlaufen. An Donnerstagen haute er normalerweise ein paar Frühstücksmahlzeiten raus, schlenderte zum Markt, knabberte an einem Baguette, probierte ein bisschen von der Wurst, die zu Werbezwecken kostenlos verteilt wurde, und kippte dann auf dem Platz ein oder zwei Pastis. So war das an Donnerstagen. Sie hatten nichts mit wilden Suchjagden, Femmes fatales oder Blut auf der Tapete zu tun.

Tausend Gedanken schwirrten ihm durch den Kopf. Und das wurde durch Valéries skrupellose und entschlossene Versuche, sie beide in einem Verkehrsunfall umzubringen, nicht besser. Er zuckte erneut zusammen, als sie einen weiteren mit Heuballen beladenen Traktor vor einer unübersichtlichen Stelle überholte. Ja, entschlossen war das richtige Wort. Valérie d'Orçay war fest entschlossen, und der leere Fleck, an dem vorher der Handabdruck geprangt hatte, hatte sie nur in ihrer Entschlossenheit bestärkt. Außerdem hatte er ihre Empörung hervorgerufen.

«Also», hatte sie geblafft, nachdem sie die Treppe hinaufgehastet war, um sich die Sache mit eigenen Augen anzusehen, den keuchenden Richard im Gefolge, während eine selbstzufriedene Madame Tablier das Schlusslicht bildete. «Das ist doch absurd!» Valérie hatte die leere Stelle endlos angestarrt, fast als versuchte sie, den abhandengekommenen Abdruck durch reine Willenskraft wieder an seinen Platz zu nötigen. Richard und Madame Tablier wechselten unterdessen verwirrte Blicke. Valérie holte tief Luft, schüttelte den Kopf, als müsste sie ihn von Ballast befreien, und stapfte wieder die Treppe hinunter.

Richard und Madame Tablier sahen ihr am Türrahmen vorbei nach. Passepartout, dessen Kopf aus der Schultertasche lugte, schien sie zu warnen. Sein Gesichtsausdruck sagte: *Ich an eurer Stelle würde sie ein paar Minuten in Ruhe lassen.*

«Möchten Sie, dass ich das Zimmer des Paars sauber mache?», fragte Madame Tablier unwirsch.

«Was?» Richard schaute noch immer die Treppe hinunter. «Oh, ja, warum nicht.»

«Gehen Sie dort hinunter?» Sie deutete abschätzig in Richtung Speisesaal, wohin Valérie entschwunden war.

«Ja», antwortete Richard entschlossen. «Wahrscheinlich.»

Madame Tablier schnalzte missbilligend mit der Zunge und ging los, um im Zimmer der Rizzolis zu putzen.

Ob ich wohl wirklich hinuntergehen sollte, fragte sich Richard, der unentschlossen oben vor der Treppe stehen blieb. Was hätte er davon? Die Frau war offensichtlich gestört. Warum um Himmels willen regte sie sich so auf? Okay, ein bisschen Blut und eine zerbrochene Brille konnten, wenn man die düsterst denkbare Interpretation wählte, ein bisschen, nun, düster aussehen. Aber vielleicht handelte es sich um ein gänzlich harmloses Geschehen. Der alte Mann war vielleicht gestolpert, beim Sturz hatte er seine Brille zerbrochen, die hatte ihm das Gesicht zerschnitten, dann hatte er versehentlich Blut auf der Wand verschmiert, was ihm so peinlich gewesen war, dass er die Biege gemacht hatte. Richard hätte vermutlich dasselbe getan. Genau wie wahrscheinlich die meisten Männer. Alles war vollkommen harmlos.

Er richtete sich auf und ging energisch nach unten in den Salon. Ohne Valéries Blick zu suchen, steuerte er die Kaffeekanne an. «Alles könnte vollkommen harmlos sein.» Er gab sich gleichgültig. «Vielleicht hat er sich einfach nur geschnitten, und die Sauerei war ihm peinlich.» Er wandte sich Valérie zu, die die Lippen vorgeschoben hatte, was bei französischen Frauen, wie er wusste, kurz und bündig hieß: *Das nehme ich dir nicht ab.*

«Nein», sagte sie leise und ließ das Wort in der Luft hängen. Richard erwartete, dass eine Erklärung folgen würde, doch die kam nicht.

«Na ja, ich weiß nicht, was wir tun könnten.» Er setzte sich ihr gegenüber. «Das Beweisstück für … für das, was auch immer passiert ist, ist weg. Es ist sinnlos, so etwas zu melden; was sollten wir denn melden? Dass ein Gast abgehauen ist, ohne zu zahlen? An einem Markttag würden wir mit so etwas kurz abgefertigt werden, das kann ich dir sagen.» Valérie schwieg weiter. «Na ja, es handelt sich sowieso nur um fünfundachtzig Euro und ein kleines Stück Tapete. Ich kann einen Spiegel über die Stelle hängen.» Immer noch erwiderte sie nichts, sondern starrte einfach nur in ihren schwarzen Kaffee. «Die Tapete hat mir eh nie gefallen. Meine Frau hat sie ausgewählt. Mir ist sie zu schlicht. Ich meine, da könnte man die Wand auch einfach nur anstreichen, statt …»

«Er hat mich gebeten, ihm zu helfen.» Ihre Stimme klang fest und sicher, und die Spur von Ärger, die darin mitschwang, machte Richard klar, dass Valérie fest entschlossen war, genau das zu tun, auch wenn es dafür vielleicht ein bisschen zu spät war.

«Wie? Ich dachte, du wärst ihm nie begegnet», antwortete er argwöhnisch.

«Ich hatte die Sache ganz vergessen. Es war spät in der Nacht, und ich war nach unten gegangen, um etwas Wasser für Passepartout zu holen. Er war in der Küche. Natürlich wusste ich nicht, wer er war.»

«Und er hat dich um Hilfe gebeten?»

«Ja, er sagte etwas in dem Sinne, dass er verfolgt werde. *Chassé*. Ich habe das Wort nicht richtig verstanden.»

Zum ersten Mal entdeckte er eine Art Selbstzweifel an ihr, oder eine Verletzlichkeit, und sie mied seinen Blick, während sie leise das Wort *chassé* wiederholte. Kein Wunder, dass sie aufgebracht gewesen war und unbedingt herausfinden wollte, was los war; sie fühlte sich für den verschwundenen Monsieur Grandchamps verantwortlich.

«Ich habe den Napf zu Passepartout hochgebracht, und als ich in den Salon zurückkam, war der Mann verschwunden. Ich dachte, er wäre zu Bett gegangen.» Sie ergriff Richards Hand. «Jetzt bin ich mir da nicht mehr so sicher.» Richard war unfähig, sich zu bewegen. Nicht dass ihr Griff um seine Hand schraubstockartig gewesen wäre, nein, ganz im Gegenteil, er war ganz sanft, doch obgleich Richard nun schon einige Jahre in Frankreich lebte, hatte er sich noch immer nicht an die Berührungsfreude der Kontinentaleuropäer gewöhnt. Und das galt insbesondere für die Hand einer sehr attraktiven Frau, die ihm jetzt flehend in die Augen schaute. «Wir müssen ihn finden, Richard, wir müssen. Du wirst mir doch helfen, oder? Bitte.»

Und das war das. Er wusste mit jeder Faser seines Körpers und jeder Zelle seines Gehirns, dass es gegen seine Natur war, sich «verwickeln» zu lassen, aber das war ihm egal. Wenn Valérie d'Orçay sich seine Hilfe wünschte und bereit war, ihn dafür so anzuschauen wie gerade eben, wer war er dann, sie ihr zu verweigern? Und obgleich eine Stimme in seinem Kopf schrie: *Wach auf, Mann! Hast du es dermaßen nötig?*, hörte er sich selbst mit der Ruhe eines Schauspielstars sagen: «Natürlich.»

Daraufhin hatte sie sofort seine Hand losgelassen, war aufgestanden, hatte Passepartout aufgenommen und energisch gesagt: «Okay, dann mal los.»

Und so rasten sie nun in halsbrecherischem Tempo durch die wenigen Kurven, die zwischen Richards *chambre d'hôtes* am Stadtrand und dem Städtchen Vauchelles lagen, in dem Richard insgeheim den beschämten Monsieur Vincent Grandchamps anzutreffen hoffte.

Richard öffnete kurz die Augen, lange genug, um das Straßenschild «VAUCHELLES, 3 km» zu sehen. Bald hätte er die Fahrt hinter sich, dachte er, fragte sich aber gleichzeitig, ob er wohl für die Rückfahrt einen Bus nehmen könnte, um dieser motorisierten Todesfalle zu entgehen. Nach einem weiteren Kilometer Fahrt trat Valérie auf die Bremse, riss das Steuer zur Seite und hielt mit quietschenden Reifen in einer Haltebucht. Dabei wirbelte so viel Staub auf, dass es ein paar Sekunden dauerte, bis Richard die Fahrerin neben sich wieder ausmachen konnte.

«Warum halten wir hier?», fragte er in der Hoffnung, dass sie ihre Meinung über das Unternehmen geändert hatte und ihm gleich vorschlagen würde, stattdessen zu Mittag zu essen.

«Vielleicht hattest du recht», sagte sie, ohne sich ihm tatsächlich zuzuwenden. Richard begriff allmählich, und ihm kam der Verdacht, dass sie versuchte, ihn weichzuklopfen. Dagegen hatte er nicht das Geringste einzuwenden, auch wenn er sich nicht erinnerte, irgendetwas vorgeschlagen zu haben, geschweige denn etwas Richtiges. «Dieser Wagen wird zu viel Aufmerksamkeit auf sich lenken», fuhr sie fort. «Wir lassen ihn hier stehen und gehen zu Fuß in den Ort.»

«Aber das sind noch drei Kilometer!»

«Nur noch zwei, würde ich eher sagen. Hinten im Kofferraum liegen zwei Rucksäcke. Wir können so tun, als wären wir *randonneurs*, Wanderer.»

«Ich glaube, dass mehr als zwei Rucksäcke nötig sind, um irgendjemanden davon zu überzeugen, dass wir wandern», antwortete er steif. Es war sinnlos, aber er wollte es trotzdem gesagt haben.

«Wir führen unseren Hund spazieren», erwiderte sie strahlend. «Was könnte an einem sonnigen Donnerstag netter sein?» Damit sprang sie aus dem Wagen.

«*Unseren* Hund, verdammt», grummelte er vor sich hin. «Ich weiß nicht mal, ob dieses Dings Beine hat.»

«Was hast du gesagt?» Sie kramte im Kofferraum herum.

«Nichts.»

«Ah, da sind sie ja.» Sie tauchte mit zwei Rucksäcken an der Beifahrertür auf, die so neonschrill bunt waren, wie er es noch nie gesehen hatte.

«Und die sollen weniger auffällig sein, ja? Sie sehen aus, als hätten wir Schüler bei einer Klassenfahrt ausgeraubt!»

«Das geht schon. Okay, das wär's. Und jetzt komm, es ist nicht weit, und laut Google Maps» – sie hielt ihr großes Smartphone so, als wäre es ein alter Sextant – «verläuft die Rue Jules Ferry auf unserer Seite des Städtchens, wir brauchen also nicht lang.»

Den viertelstündigen Marsch legten sie überwiegend schweigend zurück. Richard fand es schwierig, mit Valérie Schritt zu halten, die ihm erneut vorkam wie ein Bluthund auf einer Fährte. Passepartout dagegen, dessen Beinchen geringfügig kleiner waren als Richards Finger, hatte nach ein paar Hundert Metern aufgegeben und war in sein Nest zurückgesetzt worden, das nun Richard trug.

Sie kamen an dem Ortsschild mit der Aufschrift VAU-CHELLES vorbei und erblickten die ersten Anzeichen von Leben – alte, heruntergekommene Bauerngehöfte, zwischen denen meistens irgendwo ein moderneres Haus stand. Valérie wies Richard an, Passepartout wieder an die Leine zu nehmen, so würden sie in den Ort hineinschlendern. Um auch wirklich so auszusehen wie ein «Paar, das einen netten Spaziergang macht», ging sie langsamer und hängte sich bei Richard ein, woraufhin dieser sofort eine steife Haltung annahm und kaum noch gehen konnte.

Sie lächelte ihn an. «Keine Sorge, es dauert nicht allzu lang!» Ihr Tonfall war spöttisch und flirtend, und Richard fühlte sich buchstäblich so, als zappelte er am Haken. An der nächsten Kreuzung bogen sie nach rechts in die Rue Jules Ferry ein und stießen dort nach ein paar Hundert Metern auf zwei sehr große, beinah identische *maisons bourgeoises*, die einander massiv und unnachgiebig gegenüberstanden, fast als versuchten sie, sich gegenseitig niederzustarren.

Valérie hüpfte nach rechts davon, während Richard sich an den Torpfosten des linken Hauses lehnte, ihr nachsah und begriff, dass die Sache ihr riesigen Spaß machte. Er bückte sich, um den Rucksack abzusetzen. Sein Rücken war schweißnass. Dabei entdeckte er den Namen auf dem Briefkasten.

«Das ist das Haus, Richard!», rief Valérie aufgeregt von der anderen Straßenseite herüber. «Auf dem Briefkasten steht ‹M. V Grandchamps›.»

Richard verdrehte die Augen und seufzte tief. *Kann denn niemals etwas einfach sein,* fragte er sich düster, während er mit dem Finger über den Namen auf «seinem» Briefkasten strich, der ebenfalls einem gewissen «M. V Grandchamps» gehörte.

5

Wenn es doch nur eine Möglichkeit gäbe, im Leben kurz die Pausentaste zu drücken, dachte Richard. Gerade nur so lang, dass man sich sammeln und in Stellung bringen könnte, um das weitere Vorgehen zu planen. In der Fernsehwerbung schien das mühelos zu klappen, man pausierte, um «günstige» Kredite anzupreisen oder die Zuschauer auf die Wirkung von Nahrungsergänzungsmitteln zu verweisen, die angeblich gegen die Hektik der modernen Welt halfen. Ein solches Innehalten wünschte Richard sich, als er spürte, wie Valérie mit einer Energie wie eine Naturgewalt hinter ihm die Straße überquerte, als wäre sie ein Feuerball lodernder Neugierde.

Bitte, einen Moment Pause. Und dann klingelte sein Handy. «Danke, lieber Gott», flüsterte er, doch dann fiel sein Blick auf das Display, das als Anrufer «Clare» anzeigte. «Zu früh bedankt», verbesserte er sich und ließ niedergeschlagen den Kopf hängen, bis er schwer auf dem Briefkasten ruhte.

«Hallo! Wie geht es dir?», fragte er munter, mit einer gespielten Fröhlichkeit, die seiner Körperhaltung vollkommen widersprach.

«Richard?», antwortete sie lauthals. «Was ist los? Wieso bist du so aufgekratzt?»

«Darf ein Mann sich nicht freuen, von seiner Frau zu hören?» Die Fröhlichkeit machte rasch einer leichter durchzuhaltenden Resignation Platz.

«Jetzt weiß ich, dass irgendwas nicht stimmt!» Clare lachte; vielleicht verspottete sie ihn, vielleicht auch nicht, doch Richard beschloss, den Köder nicht zu schlucken und nicht zu reagieren. Außerdem hatte er ein weiteres Problem, das Clare sehr gut verstanden hätte, da Bemerkungen über «Männer und ihre Unfähigkeit zum Multitasking» eines ihrer Lieblingsthemen waren. Er war nämlich dadurch abgelenkt, dass Valérie die Straße mehrmals überquerte und die Briefkästen, die sich auf so dreiste Weise identisch gaben, kopfschüttelnd überprüfte.

«Ich habe dich zu Hause angerufen, Richard, aber du warst nicht da.»

«Natürlich nicht. Es ist Donnerstag», antwortete er automatisch.

«Ach, stimmt ja. Ganz vergessen. Markttag.» Sie hielt inne. «Dann hast du also schon ein paar gehoben?»

«Nein, hab ich nicht.» Seine Konzentration richtete sich wieder auf das Handygespräch, sodass er Valérie nur im Hintergrund missbilligend schnalzen hörte, fast wie eine seiner Hennen. «Ich dachte, ich geh stattdessen mal spazieren. In Richtung Vauchelles.»

«Warum um Himmels willen denn das?»

«Der Bewegung halber.»

Clare schnaubte angesichts dieser Antwort, die so gar nicht zu ihm passte.

Erneut entstand ein unbehagliches Schweigen, und Richard fing Valéries ungeduldigen Blick auf; sie hatte die Arme vor der Brust verschränkt und klopfte mit dem Fuß auf den Boden wie eine Primaballerina, die von einem Nachwuchstänzer ihrer Balletttruppe hingehalten wird.

«Jedenfalls», in Clares Stimme lag ein leichtes Zögern, «wie war die letzte Zeit für dich?» Es folgte erneut ein kurzes Schweigen. «Wie läuft das Geschäft?», fügte sie eilig hinzu.

«Ach, du weißt schon. Ich habe viel an dem Buch gearbei…»
Er hörte sie seufzen und vermutete, dass sie gleichzeitig die Augen verdrehte.

«Gibst du dich immer noch damit ab?» Sollte sie versucht haben, ihre Enttäuschung zu verbergen, eine Mühe, die sie sich bisher nie gemacht hatte, war sie kläglich gescheitert.

«Es läuft tatsächlich sehr gut.»

«Ja, mein Guter.»

«Hör mal, können wir uns nachher unterhalten?» Valérie schaute jetzt demonstrativ auf ihre teure Uhr. «Mein Akku ist beinahe leer», fügte er eine Lüge hinzu, die Clare ihm ohne Weiteres glauben würde und die vielleicht sogar stimmte, wenn er es auch nicht überprüft hatte.

«Nachher geht nicht, Richard, ich gehe aus.» Ja, natürlich ging sie aus; aber er selbst war doch auch unterwegs – wieso war seine Zeit weniger wichtig?

Valérie holte ihr Handy heraus und schoss Fotos der beiden großen Häuser und der Namen auf den Briefkästen. Wahrscheinlich war sie wegen des verschwundenen Handabdrucks besonders vorsichtig, doch es war schwer nachzuvollziehen, wieso sie glaubte, diese mindestens einhundert Jahre alten Häuser könnten ebenfalls verschwinden.

«Hörst du mir zu, Richard? Ich sagte, ich kann nachher nicht, ich hab einen Termin.» Etwas in Clares Stimme verwies auf ein Gefühl, das er seit einigen Jahren nicht mehr bei ihr erlebt hatte. Was war es – Verletzlichkeit? Nervosität? Dann hatten sich die Abende in ihrer Laienschauspielertruppe ja ausgezahlt, dachte er unfreundlich. «Ich sagte, hörst du mir zu, Richard?»

«Ja, natürlich!» Valérie war inzwischen nur noch Zentimeter von ihm entfernt und forderte genauso viel Aufmerksamkeit ein wie seine Frau. Er schenkte ihr einen Blick, als wollte er sagen: *Ja sicher, aber was soll ich machen?* Dann wandte er ihr den Rücken zu und ging ein Stück weg, um ein wenig privaten Raum zu haben. «Tut mir leid, Clare, schau, ich weiß, dass wir miteinander reden müssen. Ich bin dem ausgewichen, das weiß ich. Wir müssen die Dinge klären, aber das will ich nicht am Handy machen, während ich mitten im Gedränge einer Straße stehe.» Eine Eidechse lief ihm über den Fuß. «Ich glaube, so ein Gespräch würde besser laufen, wenn ich sitze.»

«Mit einem Drink?», fragte sie leise.

«Für mich hört es sich so an, als würde ich fast mit Sicherheit einen brauchen.» Er hatte nicht ganz so jämmerlich klingen wollen, aber zum Teufel damit. Ein bisschen Melodrama konnte nicht schaden.

«Ich weiß nicht. Ich bin zu einem Entschluss gekommen und finde, wir sollten darüber reden. Ich komme zu dir rüber. Dann können wir ein richtiges Gespräch führen, oder?»

«Natürlich.» Sein Tonfall klang plötzlich ein bisschen außer Atem, was Clare gewiss nicht gefiel, aber er versuchte, mit Valérie Schritt zu halten, der die Warterei langweilig geworden war und die jetzt in Richtung Stadtmitte losmarschierte und bereits gut zwanzig Meter Vorsprung hatte.

«Ach, Richard!» Clare klang so, als würde sie gleich in Tränen ausbrechen. «Ich weiß, du versuchst, stark zu sein, so wie einer deiner verdammten Hollywood-Helden, aber wir müssen das machen. Wir müssen dieses Gespräch führen. Vergiss nicht» – es folgte eine nervöse Pause –, «das alles war ursprünglich deine Idee.»

«Ja, sicher.» Inzwischen war er ein bisschen außer Atem. «Ich denke, von Angesicht zu Angesicht geht es besser.» Er verlor Valérie aus dem Blick, die gerade um eine Ecke verschwand.

«Gut, ich auch. Du holst mich dann also ab?»

«Ja, natürlich.» Wohin ging Valérie nur? «Natürlich mache

ich das. Schick mir einfach die Flugdaten.» Er nahm kurz das Handy vom Ohr, um schneller zu gehen. Schuldbewusst bemerkte er, dass Clare immer noch gesprochen hatte.

«Wir sehen uns also dann?»

«Ja. Wir sehen uns dann», wiederholte er wie ein Papagei und zerbrach sich den Kopf darüber, was er noch sagen könnte. Etwas Stoisches? Etwas Bissiges? «Ich freu mich, dich zu sehen.» Bei diesen Worten zuckte er zusammen, da ihm klar wurde, dass es weder stoisch noch bissig klang, sondern eher wie eine Abfuhr für eine entfernte Bekannte, mit der man sich am liebsten gar nicht verabredet hätte. Er blieb stehen und holte tief Luft. «Tut mir leid, Clare», hörte er sich sagen. «Ich freue mich wirklich, dich zu sehen.»

Diesmal folgte eine längere Pause. «Danke, Richard. Das bedeutet mir viel. Tschüss.»

Er schaltete das Handy aus, und da kam auch schon Valérie um die Ecke zurück. Ihre Ungeduld hatte sich keineswegs gelegt – ganz im Gegenteil.

«Nun?», fragte sie kühl. «Bist du fertig?»

«Ja», antwortete er traurig, «ja, ich denke, das sind wir. Schau mal, meine Kehle ist wie ausgedörrt. Können wir irgendwo etwas trinken? Ich muss in Ruhe über all das nachdenken.» Er hob das Handy hoch zum Zeichen, dass er mit «all das» nicht nur die identischen Briefkästen meinte. Bevor sie etwas antworten konnte, fiel ein Schatten über sie beide. Die warme Sonne verschwand plötzlich, als ein hünenhafter Mann, der die dunkelblaue Uniform der *police municipale* trug, um die Ecke bog. Er blieb stehen und verharrte reglos, die Arme vor der Brust verschränkt, sodass sein Bizeps, auch jetzt schon rund wie eine Wassermelone, über seiner kugelsicheren Weste noch einmal extra stark hervorstand. Die spitze Kappe saß kerzengerade auf seinem Kopf, und die verspiegelte Brille ließ nichts von dem erkennen, was dahinter vor sich ging. Seine Pistole blinkte im Holster, und der Gurt war so sehr auf Hochglanz poliert, dass Richard sich in der Schnalle spiegeln konnte.

«Madame *und* Monsieur.» Der Klang seiner Stimme war überraschend leise, beinahe sanft. «Ich würde gern kurz mit Ihnen reden.»

6

Ich nehme einen Pastis, Bruno», sagte der Polizist zu dem drahtigen, tadellos gekleideten Wirt, der sie am Rande des zentralen Platzes bediente. Die Mittagssonne brannte immer heißer, und sie hatten einen Tisch gewählt, der von einem großen, grünen Sonnenschirm beschattet wurde. Das Bistro, die Brasserie oder was auch immer es war – Richard wusste nicht, ob es, vom Maß an Überheblichkeit abgesehen, überhaupt einen Unterschied gab –, hätte als Postkartenmotiv herhalten können. Es sah aus wie diese altertümlichen Bistros oder Brasserien, die heutzutage die Ziffernblätter manch angeblich antiker, billiger Wanduhren schmückten. Seine dunkelgrüne Front, die farblich zu den Sonnenschirmen passte, wirkte ein wenig verwittert, wie es sich gehörte, und die schmiedeeisernen Tischchen mit Marmorplatte schienen in eine andere Zeit zu gehören. Selbst die steinernen Aschenbecher sprachen von einer versunkenen Welt. Richard fühlte sich im Chez Bruno sofort wohl. Bruno, der Namensgeber, bestätigte mit einem Nicken die Bestellung des Polizisten. Das strahlend weiße Hemd des Wirts, seine schwarze Krawatte, die schwarze Hose und die weiße Schürze entsprachen der Art des Lokals, und das galt auch für seine schmeichlerische Dankbarkeit.

«Und meine Gäste nehmen …?» Der Polizist, der seine Kappe abgesetzt und darunter beinahe weißes, militärisch kurz geschnittenes Haar zum Vorschein gebracht hatte, lächelte seine «Gäste» herzlich an.

«Ich nehme ebenfalls einen Pastis.» Valéries Tonfall klang vorsichtig.

«Nun, da wir hier in Vauchelles sind, nehme ich ein Glas der hiesigen Spezialität, wenn gestattet?» Richard hatte keine Ahnung, wie er sich geschickt verhalten sollte, aber er konnte es genauso gut so machen, wie bei ihm donnerstags üblich, und ein alkoholisches Getränk probieren, das er noch nicht kannte. Er wusste ja genau, dass jedes Dorf und Städtchen im Val de Follet auf seinen eigenen, selbst gebrauten Schnaps stolz war. Allerdings entging ihm das Funkeln in den Augen, mit dem Bruno auf seine Bestellung reagierte.

Bis die Getränke eintrafen, herrschte ein verlegenes Schweigen – zum Glück kamen sie sehr rasch. Eine hübsche junge Kellnerin, die leise vor sich hin summte, stellte sie sanft auf den Tisch, jedes Glas auf einen sauberen neuen Bierdeckel, der kunstvoll auf alt gemacht war und die antike Werbung einer Absinth-Marke zeigte. Nur das kleine Sternchen am unteren Rand, das einen ermahnte, maßvoll zu trinken, verriet, dass der Bierdeckel nachgemacht war.

«*Santé!*», sagte der Polizist fröhlich, nachdem er seinen Pastis mit eiskaltem Wasser verdünnt hatte. Richard und Valérie antworteten auf die gleiche Weise, Richard ehrlich dankbar und voll Vorfreude auf das, was er gleich kosten würde, Valérie dagegen mit einer gewissen Kühle. Wie Catherine Deneuve, dachte Richard nicht zum ersten Mal. Alle tranken, Valérie nur ein Schlückchen, der Polizist leerte beinahe das ganze Glas, und Richard, dessen kleines Sherry-Gläschen halb mit einer bernsteinbraunen Flüssigkeit gefüllt war, nahm einen tüchtigen Schluck.

«Ich möchte mich Ihnen vorstellen …», begann der Polizist, wurde aber jäh unterbrochen, als Richard von einem heftigen

Hustenanfall geschüttelt wurde, die Kehle wie versengt von der geschmolzenen Lava, die er gerade getrunken hatte. Seine Stirn war schweißbedeckt, er fühlte sein Gesicht rot anlaufen, und er hätte sich nicht gewundert, wäre ihm Dampf aus den Ohren gequollen. Seine Kehle brannte wie damals am Morgen nach der Nacht, in der er seinem Vater als Teenager Woodbines gestohlen und sie geraucht hatte.

Der Polizist kippte den Rest seines eigenen Drinks herunter, schüttet Wasser in sein Glas und bot es dem dankbaren Richard an, der nach Luft japste.

«Danke», krächzte Richard.

«Bruno!», rief der Polizist über die Schulter zurück. «Ich dachte, ich hätte dir verboten, den *gnôle* des guten alten Remi zu servieren?» Bruno warf die Arme hoch und wollte die Kellnerin ermahnen, überlegte es sich aber anders und verschwand mit einem geknurrten *«Buon Dio!»* im Gebäude.

«Es ist eine lokale *eau de vie*», erklärte der Polizist Valérie, während Richard allmählich wieder seine normale Farbe annahm. «Die Legende will, dass die *chasseurs*, überwiegend einheimische Bauern, an kalten Februarmorgen immer das gleiche Zeug tranken wie ihre Traktoren; das sollte Glück bringen. Nur dass kaum einer der Bauern oder Traktoren bei diesem Prozedere alt wurde. Inzwischen ist es eher ein Ritual.» Bei dieser Information versuchte Valérie, ein Lächeln über Richards komisches Missgeschick zu unterdrücken, da sie ihre eigene kühle Fassade wahren wollte. «Noch zwei Pastis, Bruno, bitte! Madame? Nein? Ach ja, natürlich, Sie fahren.» Diesmal tauchte Bruno mit den Getränken auf. «Bruno», ermahnte ihn der Polizist sanft. «Serviere dieses Zeug nie wieder.»

«Er hat *hiesig* gesagt, und wir haben ihm etwas *Hiesiges* gebracht.» Der eigenartig singende Akzent des Wirts ließ ihn wie einen Protagonisten aus einer Operette wirken.

«Bruno», wiederholte der Polizist leise und legte seine riesige Pranke auf das Handgelenk des Mannes. «Nie wieder.» Bruno zog sich lautlos zurück. «Also, versuchen wir es noch einmal.» Der Tonfall des Polizisten klang wieder heiter. «*Santé!*» Diesmal trank er einen kleineren Schluck, dasselbe galt für Valérie, und auch Richard war vorsichtig. Er mochte das Zeug. In den heißen Sommermonaten waren der Schnaps mit dem scharfen Anisgeschmack und das eiskalte Wasser für ihn ein Grundnahrungsmittel, doch er stellte sich vor, jetzt könnten sie genau der Funke sein, der den Raketentreibstoff, den er gerade getrunken hatte, in Brand setzen würde. Nach der Explosion müsste man dann kleine Fleischfetzen seines Körpers aus den ordentlich beschnittenen Platanen pflücken, die den tadellos gepflegten Platz säumten.

«*Santé*», sagte er ein wenig verlegen.

«Nun, lassen Sie mich beginnen.» Der Polizist stellte sein Glas behutsam auf den Tisch und zupfte an seinem Hemd, um Falten zu entfernen, die ohnehin nicht da waren. «Ich bin Brigadier-Chef Principal Philippe Bonneval.»

Richard hätte erneut beinahe einen Hustenanfall bekommen.

Mein lieber Scholli, dachte er, *was für ein Titel für einen Kleinstadtpolizisten! Wie soll man ihn denn überhaupt ansprechen? Man kann doch nicht am Anfang jedes Satzes sagen: ‹Monsieur le Brigadier-Chef Principal›. Dann würde das Gespräch ja Stunden dauern.* Erneut fiel Richard die hünenhafte Statur des Mannes auf, dessen Körper als massiges Muskelpaket den Stuhl verdeckte, sodass er wie ein schwebender Buddha oder ein Kosake aussah, der mitten im Tanz erstarrt ist. Dann wurde ihm plötzlich klar, wie er ihn anreden sollte. *Sir* wäre genau richtig.

«Ich bin Richard Ainsworth.» Er reichte ihm die Hand, eine verspätete Höflichkeit, bedauerte es aber sofort wieder, weil er mit einem schmerzhaft festen Händedruck rechnete. Der fiel jedoch überraschend sanft aus. «Ich führe ein *chambre d'hôtes* in Saint-Sauver.» Allmählich fiel ihm auf, dass Valérie sich an dem Gespräch nicht beteiligte.

«Das kenne ich natürlich gut, Monsieur.» Der Beamte lächelte.

«Nennen Sie mich bitte Richard», gab er zurück, beugte sich vor und nahm ein paar Erdnüsse aus einer kleinen braunen Schale, wieder von der jungen Frau gebracht, die bei der Arbeit immer vor sich hin summte. Er bemerkte, dass Valérie ihr auf ihrem Rückweg beinahe zerstreut nachsah. Dann schenkte sie den beiden Männern ein charmantes, strahlendes Lächeln, es war entwaffnend, nicht nur, weil es so schön war, sondern auch, weil es wie ein eindrucksvoller Blitzstrahl aus dem Nichts kam.

«Ich bin Valérie d'Orçay.» Sie reichte dem Polizisten die Hand wie eine Königin. «*Enchantée.*»

«Und führen Sie ebenfalls das *chambre d'hôtes,* Madame?» Als er Valérie in die Augen sah, war die tiefere Bedeutung dieser Frage unverkennbar, und so war Richard nicht weniger auf die Antwort gespannt als Bonneval.

«Ich bin ein Gast», antwortete Valérie kühl und mit durchaus beabsichtigter Zweideutigkeit.

«Ich verstehe.» Bonneval lehnte sich auf seinem Stuhl zurück. «Und was bringt den englischen Besitzer eines *chambre d'hôtes* – Ihr Akzent hat Sie verraten, Monsieur, nehmen Sie es nicht übel – und seinen charmanten französischen Gast nach Vauchelles, wenn ich fragen darf?» Mit einer betont gelassenen Geste nahm er eine einzelne Erdnuss aus der Schale und wartete auf die Antwort, während er die Nuss krachend zerkaute. Es folgte ein Moment der Stille, und dann setzten Richard und Valérie gleichzeitig zur Antwort an, brachen sofort ab und versanken erneut in angespanntes Schweigen.

Schließlich sagte Valérie: «Erkläre du es, Richard.»

«Ach, tatsächlich?», fragte Richard mit zusammengebissenen Zähnen.

«Das kannst du so gut.» Valérie bedrängte ihn, als vermutete sie bei ihm einen Plan, den er aber ganz und gar nicht hatte.

«Danke», sagte er. Allerdings hätte *Danke auch vielmals* seiner Stimmung wesentlich besser entsprochen. «Also, äh, na ja, sehen Sie …» Die beiden anderen beobachteten ihn, der Polizist düster und Valérie beunruhigt. Keiner schien dem Ergebnis vertrauensvoll entgegenzublicken. «Na ja, das hier muss der Ort sein, wenn nicht Vauchelles selbst, dann zweifellos die Umgebung.» Er hielt inne, als reichte das, und pickte ein paar Erdnüsse.

«Was meinen Sie mit *die Umgebung?*», fragte der Polizist, während sich in seinem Gesicht ein Schlangenlächeln ausbreitete.

«Nun», erklärte Richard zuversichtlich. «Ich freue mich, dass Sie mich danach fragen. Ich bin Filmhistoriker, war jedenfalls Filmhistoriker, und ich versuche, den Aufnahmeort eines Films zu finden, der, äh, hier in der Nähe gedreht worden sein muss.» Erneut sahen sie ihn so an, als wäre es ganz schön dumm von ihm, zu glauben, das könne als Erklärung auch nur annähernd ausreichen. Er trank einen Schluck von seinem Pastis. «Ja», sagte er, plötzlich selbstsicherer. «*Der Zug*, 1964, mit Burt Lancaster. Er handelt von der Résistance, wissen Sie?» Sie sahen nicht so aus, als wüssten sie irgendetwas, und sein Versuch, dem Gespräch mit dem Thema Résistance eine neue Richtung zu geben, wirkte ebenfalls aussichtslos. «Außerdem hat Paul Scofield mitgespielt, und der hat natürlich ein paar Jahre später den Oscar gewonnen, in der Rolle von Sir Thomas …»

«Und Sie glauben, dass der Film irgendwo hier gedreht wurde?» Bonneval klang misstrauisch. «Darüber müsste ich eigentlich Bescheid wissen.» Er klang nicht nur skeptisch, sondern er bedachte Richard auch mit einem Blick, den dieser nur zu gut kannte und immer wieder erdulden musste, seit seine Filmbesessenheit in seiner Jugend erwacht war. Der Blick verriet eine Mischung aus Ungläubigkeit, Mitgefühl und Langeweile. Richard besaß ein enzyklopädisches Wissen über den britischen und amerikanischen Film, von der Vorkriegszeit bis zum Beginn der Video-Ära, und manchmal konnte er den Impuls nicht unterdrücken, das auch zu zeigen. Clare nannte es sein Kino-Tourettesyndrom.

«Das war vielleicht vor Ihrer Zeit.» Richard verbot es sich, den Abspann herunterzubeten, und versuchte vielmehr, Schmeichelhaftes zu verströmen, doch Bonneval machte inzwischen ein Gesicht, als verströmte Richard etwas, was weit durchdringender roch.

«Unser guter Bürgermeister, jetzt vielleicht nicht mehr der Mann, der er einmal war, hat unserer kleinen Gemeinde Jahrzehnte gedient und niemals einen Film oder Hollywood-Stars erwähnt.»

«Nicht einmal Jeanne Moreau?»

«Nicht einmal Jeanne Moreau.»

«Schade. Ich dachte, hier in der Nähe gebe es eine stillgelegte Zugstrecke, die vielleicht bei einer der Action-Szenen als Schauplatz gedient haben könnte. Ich würde trotzdem gern nachschauen.»

Bonneval wägte das ab. «Und Sie, Madame, Sie interessieren sich ebenfalls für Züge? Falls ja, verstehe ich nicht, wieso Sie Ihren Wagen dort abgestellt haben, wo er jetzt steht, und dann direkt in die Rue Jules Ferry und zum Haus von Richter Grandchamps gegangen sind. Warum haben Sie nicht lieber zum Beispiel unser ausgezeichnetes *office de tourisme* aufgesucht?»

Beide fühlten sich überrumpelt, und Bonneval angelte sich

theatralisch eine weitere Erdnuss aus der Schale und genoss auch jetzt wieder den Moment.

«Monsieur», begann Valérie, offensichtlich nicht willens, die Zeit mit seinem vollen Titel zu verschwenden, «sind Sie uns gefolgt?»

«Ganz und gar nicht.»

«Gut. Woher wissen Sie dann ...?»

«Das war nicht nötig.»

«Ach ja?»

«Ihr Wagen, und er ist ganz erlesen, Madame, ein 1983er Renault Alpine, nicht wahr?» Er warf Richard einen kurzen Blick zu, als wollte er sagen: *Das ist die Art Wissen, auf das Ladys stehen, Kumpel, und nicht auf alte Filme.* «Meines Wissens wurden nie mehr als einundfünfzig Vier-Zylinder-Motoren insgesamt hergestellt.» Er warf sich eine weitere Erdnuss in den Mund.

«Nein, es ist ein 1979er V6. Da kann man sich leicht vertun.» *Nur zu*, dachte Richard und rutschte auf seinem Stuhl zurück, *bring den Mann nur gegen uns auf.* «Und wie kommen Sie auf den Gedanken, dass wir auf der Suche nach Richter Grandchamps waren?»

Bonneval wischte sich das Salz von den Fingern, zum Zeichen, dass er jetzt zur Sache kommen würde. «Weil er mich angerufen hat, Madame. In den letzten Monaten hatten wir hier eine Reihe von Einbrüchen, daher sind die Leute ein bisschen nervös, und das gilt ganz besonders für unseren werten Richter. Außerdem bedeutet es, dass ich ein wenig unter Druck stehe, weitere Einbrüche zu verhindern.»

«Ich verstehe», antwortete Valérie mitfühlend. «Das ist absolut verständlich. Arbeiten Sie allein hier?»

«Leider ja. Mittelkürzungen. Das Geld reicht kaum für mein eigenes Gehalt, geschweige denn ein richtiges Polizeiteam. Deshalb kümmere ich mich am liebsten um die Dinge, bevor sie überhaupt geschehen. Ich bin gern zur Stelle, bevor es zu Problemen kommt.»

Richard begann, sich zu entspannen. Der Mann tat einfach nur seine Arbeit und war dabei durchaus charmant. Es war bestimmt nicht einfach, in diesem kleinen Städtchen, zu dem vermutlich noch ein paar Weiler und einsame Bauernhäuser gehörten, einziger Polizist zu sein. Das zum Thema knappe Mittel. Nun ja, gut, dass er die Story mit dem Zug erfunden hatte; mit dieser Verschleierung brauchten sie sich keine Sorgen zu machen.

«Sie haben natürlich recht», erwiderte Valérie kokett, und Richard bekam einen Schreck. «Tatsächlich wollte ich den Richter besuchen. Er und meine Mutter haben einander Ende der Fünfzigerjahre in Algerien gekannt. Meine Mutter ist kürzlich gestorben, und obwohl die beiden den Kontakt verloren hatten, wollte ich Vincent versichern, wie viel Zuneigung sie noch für ihn gehegt hat.» Sie ging ein Risiko ein, und Richard spannte sich unwillkürlich an, ganz im Gegenteil zu Bonneval, der seinerseits lockerer wurde.

«Ah, ich verstehe, Madame. Das tut mir leid, mein herzliches Beileid; aber genau deshalb ist der Richter so nervös, verstehen Sie? Der Bruder des Richters, Ihr *Vincent* Grandchamps – da vertut man sich leicht –, ist verschwunden.» Richard und Valérie wechselten unwillkürlich einen Blick. «Ja», fuhr Bonneval fort, und diesmal nahm er eine ganze Handvoll Erdnüsse. «Vincent Grandchamps ist vor sechs Wochen verschwunden.»

«Also, das kann nicht stimmen!», platzte Richard heraus, bereute es aber sofort, als Valérie ihm unter dem Tisch einen kräftigen Tritt versetzte.

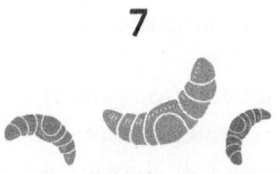

7

Richard hinkte heftig, während er versuchte, mit der kräftig ausschreitenden Valérie Schritt zu halten. Sie ihrerseits war nicht erfreut, teilte ihm das jedoch nicht persönlich mit, sondern überließ das Passepartout, dessen Kopf in der Tasche von einer Seite zur anderen pendelte, einerseits, weil Valérie so kräftig aufstampfte, andererseits aber, dessen war Richard sich sicher, weil er ihn mit einem missbilligenden Kopfschütteln bedachte.

«Das hat wirklich verdammt wehgetan! Sind das die Schuhe von Rosa Klebb?»

«Jimmy Choo», antwortete Valérie, die Oberst Rosa Klebb aus *Liebesgrüße aus Moskau* offensichtlich für eine Luxusschuhmarke hielt, welche aber an die Eleganz ihres eigenen Schuhwerks nicht heranzureichen schien.

«Aber wo liegt das Problem? Ich dachte, du wolltest Monsieur Grandchamps helfen? Wieso ist es dann verkehrt, der Polizei zu erzählen, was wir wissen?»

Sie fuhr mit einem zornigen Blick zu ihm herum, und Richard erwartete schon, dass Passepartout, durch die Fliehkraft beschleunigt, in hohem Bogen durch die Luft fliegen würde. «Ich dachte, Engländer wären zurückhaltend und schweigsam. Warum sollten wir ihm erzählen, was wir wissen?»

«Warum ihm *nicht* erzählen, was wir wissen?»

«Weil der alte Mann mich um Hilfe gebeten hat, darum.

Und nun ist er zufällig seit einigen Wochen untergetaucht. Das ist doch ein Hilfeschrei, oder?»

«Mag sein. Aber mit Sicherheit ebenfalls eine Angelegenheit für die Polizei.»

«Wenn Monsieur Grandchamps die Hilfe der Polizei gewollt hätte, wenn es sich um eine Angelegenheit dieser Art gehandelt hätte, wäre er selbst zur Polizei gegangen, denkst du nicht?» Sie pikte ihn mit dem Finger in die Brust.

«Nicht unbedingt», erwiderte Richard mürrisch.

«Stattdessen haben wir jetzt ein Treffen mit Richter Grandchamps und Brigadier-Chef Principal Philippe Bonneval.»

«Stimmt. Also mit dem besorgten Bruder des Verschwundenen und einem Gesetzeshüter.»

«Hör zu, Richard, sprich bitte einfach nicht vom Blut auf der Brille. Kannst du das für mich tun?»

«Warum denn nicht? Die beiden sind vermutlich die einzigen Leute, die *wirklich* Bescheid wissen sollten!»

Sie seufzte tief, näherte sich ihm und schaute ihm in die Augen. «Weil wir erstens keinen Beweis haben, überhaupt keinen. Und zweitens ...» Sie brach ab.

«Und zweitens?» Richard meinte, Verletzlichkeit zu spüren, und bemühte sich, energischer aufzutreten.

«Ehrlich?»

«Ehrlich.»

«Ich langweile mich, Richard. Das Leben ist langweilig. Ich bin jetzt seit beinahe einem Jahr verwitwet, und ich langweile mich fürchterlich! Dieser Mann hat mich um Hilfe gebeten, und vielleicht brauche ich ein kleines Abenteuer.» Sie fuhr wieder herum, und nun hatte Richard erneut Passepartouts Gesicht vor sich.

«Das wusste ich nicht», erwiderte er leise. «Ich wusste nicht, dass du deinen Mann verloren hast. Es tut mir leid.»

«Das muss es nicht.» Sie gingen weiter und näherten sich dem Wagen. «Es ging gnädig schnell, war kein langes Leiden wie sonst so oft. Jean-Pierre hätte es so gewollt, denke ich.»

«Das wünschen wir uns wohl alle.»

Sie setzte Passepartout auf die Rückbank.

«Was hatte er für einen Beruf, Jean-Pierre?»

«Er war selbstständig, nicht gerade ein schicker Betrieb, Schädlingsbekämpfung. Überwiegend Ratten und Maulwürfe. Aber obwohl er viel älter war als ich, hatten wir eine Menge Spaß zusammen.» Sie steckte den Schlüssel in die Zündung und ließ den Motor an. «Er fehlt mir.» Sie stützte sich dramatisch aufs Lenkrad.

Richard schwieg einige Sekunden. Er erkannte es, wenn man ihn rundweg emotional erpresste und wenn er manipuliert wurde. Manipuliert durch eine möglicherweise verrückte Frau, die einen Kick suchte, um der Langeweile, die im mittleren Alter einsetzte, zu entgehen und ihren Kummer oder Nicht-Kummer zu überwinden. All das wusste er, doch überraschenderweise – oder auch nicht überraschenderweise – störte es ihn nicht im Geringsten. Sein eigenes Leben war derzeit auch nicht gerade amüsant.

«Okay», sagte er schließlich und kommentierte das Opfer, das er angeblich brachte, mit einem tiefen gespielten Seufzer, «dann also auf ins Abenteuer.»

Sie wollte ihn unterbrechen.

«Aber nur unter einer Bedingung.» Er redete weiter, ließ sich nicht von ihren flehenden Rehaugen beeindrucken. «Wenn die Sache ernst ist, wenn der arme Mann ermordet wurde, holen wir Principal-Chef Brigadier Philippe ...»

«Es heißt Brigadier-Chef Principal ...»

«Wir holen den Dingsda mit ins Boot, und zwar verdammt noch mal *tout de suite*. Abgemacht?»

«Bonneval. Er heißt …»

«Abgemacht?»

Sie schenkte ihm ein strahlendes Lächeln, und er streckte die Hand aus, doch statt einzuschlagen, gab sie ihm einen Kuss auf die Wange, legte gleichzeitig den Gang ein und donnerte durch das Städtchen zur Rue Jules Ferry.

Sie funkelte ihn von der gegenüberliegenden Straßenseite wütend an. Es war ein Blick, zu dem nur wirklich eigensinnige Menschen fähig waren. Ein Blick, der sich natürlich und zwanglos einstellt und der bedeutet: *Ich habe es offensichtlich mit einem Idioten zu tun.* Lehrer sind Spezialisten darin, Pariser Kellner genauso, und außerdem jede französische Frau, die Richard, der gegebenenfalls genauso eigensinnig sein konnte, je kennengelernt hatte. Valérie stand am Tor des Hauses, das dem einen Monsieur V. Grandchamps gehörte, und Richard keine sechs Meter entfernt an dem Tor, das dem anderen Monsieur V. Grandchamps gehörte. Keiner war bereit nachzugeben, aber es hatte auch noch keiner auf die Klingel gedrückt, denn sie waren sich ihrer Sache doch nicht sicher genug, um ihre Gewissheit auf die Probe zu stellen und die Möglichkeit eines Irrtums zu riskieren.

«Er hat gesagt, das rechte Haus!», zischte Valérie. Sie schaute in die Richtung, aus der sie gekommen waren, und ihr Arm war ausgestreckt wie der eines Fahrradfahrers, der vor dem Abbiegen Handzeichen gibt.

«Das weiß ich!», zischte Richard zurück. Er blickte in die entgegengesetzte Richtung auf die Rue Jules Ferry, und sein rechter Arm war ebenfalls ausgestreckt. Ihm war klar, wie lächerlich sie aussahen, und eigentlich war es ihm egal, ob er

Recht oder Unrecht hatte. Aber er zog hier eine rote Linie und würde nicht zurückweichen. Wenn er an diesem «Abenteuer» teilnehmen sollte – ein unschuldiges Wort, das eher an Enid Blyton erinnerte als an alte Männer, die möglicherweise getötet worden waren –, würde er verdammt noch mal dafür sorgen, dass Valérie d'Orçay das nicht für selbstverständlich hielt. Dass sie ihn nicht einfach benutzen konnte, wie … nun, wie auch immer sie ihn benutzte. Er funkelte genauso aufgebracht zurück, dann aber sah er, wie die eindrucksvolle Gestalt des Polizisten Bonneval hinter ihr an «ihrem» Tor auftauchte. «Purer Zufall», knurrte er in sich hinein, rieb sich den Hinterkopf mit dem Arm, als hätte er das schon die ganze Zeit vorgehabt, und schlenderte, so lässig er konnte, über die Straße.

«Das ist eine eigenartige Anordnung, nicht wahr?», fragte er und deutete mit dem Kopf dorthin zurück, woher er gerade gekommen war. «Zwei Brüder, die einander auf diese Weise gegenüber wohnen, in exakt gleich gebauten Häusern.»

«Sie könnten unmöglich in demselben Haus wohnen», antwortete Bonneval und öffnete das Tor. «Sie verabscheuen einander.»

«Warum wohnen sie dann überhaupt so nah beieinander?» Diese Frage stellte Valérie.

«Weil sie einander so sehr hassen, dass keiner dem anderen den Luxus der Unabhängigkeit gönnt. Ich erkläre es Ihnen drinnen genauer. Vielleicht wird der Richter es noch besser erklären. Das kommt darauf an.»

«Worauf kommt es an?», fragte Richard, der allmählich ein wenig gereizt auf diese Unbestimmtheit reagierte.

«Darauf, wie er sich heute fühlt.»

«Bonneval!» Der Ruf, fast ein Befehl, mit dem ein Herr seinen Diener anblafft, brachte alle zum Schweigen. Die schrille Stimme des alten Mannes klang überheblich und erinnerte eher an eine alte Frau. «BONNEVAL!» Der Ruf ertönte erneut, und die Schultern des hünenhaften Polizisten sackten sichtlich nach unten.

«Fühlt er sich heute gut oder schlecht, was meinen Sie?», fragte Richard, und Bonneval schoss ihm einen Blick zu, als wollte er sagen, jetzt sei nicht die Zeit für Scherze. Er bedeutete ihnen finster, ihm zu folgen.

Die Eingangshalle war so dunkel, dass ihre Augen nach dem hellen Sonnenschein draußen eine Weile brauchten, um sich an das düstere Licht zu gewöhnen.

Es roch modrig, als stünde die Luft immer still und Fenster und Türen würden nie geöffnet. Bonneval führte sie durch einen dunklen Flur zu einem Zimmer im hinteren Bereich des Hauses. Auch hier waren die Fensterläden geschlossen, und nur durch einen schmalen Spalt drang Licht in den Raum wie ein Laserstrahl ein und enthüllte verdrossen einen großen Esstisch und Wände voller Bücherregale. In der Ecke saß ein kleiner Mann in einem Rollstuhl, eidechsenähnlich. Seine bösen Augen spiegelten einen Schimmer des einfallenden Lichts und folgten ihnen drei, als sie den Raum betraten.

«Monsieur *le juge*, das sind die Leute, von denen ich Ihnen berichtet habe. Sie haben Nachricht von Ihrem Bruder.»

«Die einzige Nachricht, die ich von meinem Bruder brauche, ist die über seinen Tod», spie er heraus. «Haben Sie die? Hmm, ja, haben Sie sie?», setzte er ihm zu. *Ganz der Charmeur*, dachte Richard. «Ha! Dachte ich es mir doch», fügte der Richter mit echter Enttäuschung hinzu.

«Er hat in meinem *chambre d'hôtes* übernachtet», sagte Richard von sich aus. «Obgleich es nicht weit von hier liegt.»

«Und das überrascht Sie, ja?» Jedes Wort des Richters troff von einer übellaunigen Schärfe. «Nun, mich überrascht es nicht. Das macht er ständig, nur um mich in Verlegenheit zu bringen.»

«Wieso genau sollte Sie das in Verlegenheit bringen?» Valéries Tonfall zeigte, dass Monsieur *le juge* sie nicht beeindruckte und gewiss nicht einschüchterte.

«Weil er loszieht, irgendwo eincheckt, die Zeche prellt und ganz allgemein den Störenfried abgibt. Die Leute wenden sich dann an mich. Sie müssen wissen, wir sind Zwillinge.»

«Warum macht er das?»

«Keine Ahnung! Das müssten Sie ihn fragen. Er ist ein kleiner Mistkerl. Seit jeher. Immer schon stand er mit dem Gesetz in Konflikt.»

«Und Sie dagegen sind Richter»

«War. Stets im Einklang mit dem Gesetz.»

Richard hatte bisher weder mit dem Gesetz noch mit dem Verbrechen viel zu tun gehabt. Was Ersteres betrifft, hatte er vor Gericht einmal um Nachsicht bitten müssen, weil ihm ein Fahrverbot drohte, und in Bezug auf Letzteres hatte er am Tag des Begräbnisses eines Unterweltbosses das falsche Pub im Londoner East Ende betreten. Die Begegnung mit dem Richter wegen des Fahrverbots hatte er als wesentlich einschüchternder empfunden. Bei Gericht hatte man ihn als Verbrecher hingestellt, weil er um zwei Uhr morgens bei der Fahrt entlang einer Baustelle, auf der gerade nicht gearbeitet wurde, auf dem Motorway zu schnell gefahren war. Im Pub dagegen hatten ihn weinende Londoner Gangster wie ein Mitglied der Familie willkommen geheißen. Richard hielt nichts von hundertprozentigen Überzeugungen und traute Menschen, die keinerlei Zweifel kannten, nicht ohne Weiteres über den Weg. Wie er es sah, verlangte das Gesetz absolute Überzeugung und Gewissheit, nur dem einen Motto folgend: «Ich zieh das um jeden Preis durch», wie ein betrunkener Karaoke-Fan, der unter allen Umständen weitersingt.

«Vincent und Victor haben sich vor langer Zeit zerstritten», erklärte Bonneval leise, als wollte er bei dieser Bemerkung nicht von dem Richter gehört werden.

«Unsinn!», rief der alte Mann aus. «Zwischen uns gab es noch nie irgendeine Übereinstimmung!»

«Es kommt selten vor, dass Zwillinge einander so sehr hassen», überlegte Valérie laut. «Dennoch hat Ihr Band dafür gesorgt, dass Sie sich nahe geblieben sind.»

«Ein Band? Pah!» Der alte Mann beugte sich vor, als wollte er mit seinem spitzen Kinn auf etwas deuten. «Das Band beschränkte sich auf die Verwandtschaft und den Namen. Wir sehen uns noch nicht einmal besonders ähnlich.»

Richard wünschte, er könnte das bestätigen, doch wenn er an *seinen* Grandchamps dachte, hatte er nur den Bart und den krummen Rücken vor Augen. An mehr erinnerte er sich nicht.

«Nun …», begann Bonneval.

«Seien Sie still, Mann!»

«Warum leben Sie dann als Nachbarn?» Valéries sehr vernünftige Frage löste zunächst nichts als Schweigen aus, während Bonneval auf seine riesigen Stiefel starrte und Grandchamps eine eingebildete Fluse von seiner grauen Hose zupfte.

«Ich mag diese *femme de ménage* nicht, die Reinigungskraft, die Sie für mich gesucht haben, Bonneval», sagte er schließlich, als wäre Valéries Frage durch die kurze Pause irrelevant geworden. «Das Mädel ist einfach zu stolz auf seine Tätowierungen. Wenn man nicht einmal seinen eigenen Körper makellos halten kann, wie soll man dann ein ganzes Haus sauber halten?»

Dieser Mann bellt, dachte Richard, obwohl er bei der Tattoo-Frage sympathisieren konnte.

Bonneval machte ein verletztes Gesicht. «Wie Sie wissen, arbeitet Marie in der Bar nur ein paar Stunden pro Woche. Sie braucht das zusätzliche Geld.»

«Und Sie haben zweifellos ebenfalls ein Auge auf sie geworfen», sagte der Richter grausam.

«Monsieur *le juge*», schnitt Valérie dem unfreundlichen Kerl das Wort ab, «Sie haben meine Frage noch nicht beantwortet. Warum leben Sie und Ihr Zwillingsbruder als Nachbarn, wenn Sie einander so sehr verabscheuen?»

Erneut folgte eine kurze Pause, und dann verzogen sich die Züge des Richters zu einem hässlichen Lächeln. Es veränderte sein Äußeres vollkommen. Richard hätte schwören können, dass der Mann seit gut dreißig Jahren nicht mehr gelächelt hatte, vermutlich nicht mehr, seit er bei irgendeinem schrecklichen Justizirrtum mitgeholfen hatte. Doch dieses plötzliche Lächeln, so unangenehm es auch war und so viele spitze gelbe Zähne es auch enthüllte, machte seine Augen weicher und brachte eine verblüffende Zahl von Lachfältchen und Krähenfüßen zum Vorschein.

«Warum, Madame, Sie fragen, warum?» Er kicherte böse. «Reine. Niedertracht.»

«Er ist hergezogen, um Ihnen das Leben schwer zu machen?»

«Nein.» Das Lächeln wurde noch etwas breiter, falls das überhaupt möglich war. «*Ich* bin hergezogen, um *ihm* das Leben schwer zu machen!»

Es folgte ein erschüttertes Schweigen, während Bonneval etwas verlegen dreinschaute, wie jemand, der sich öffentlich für einen furzenden Onkel entschuldigt. «Ich hätte in die Politik gehen können.» Der Richter starrte weiter ins Leere. «Wer weiß, wie weit ich es gebracht hätte? Aber dieser Wurm, diese Schlange im Gras, er hat mich behindert. Er hat seine Kriminalität, seine Gesetzeslosigkeit nicht verborgen. Er war unverfroren. Und so war ich bis zu meiner Pensionierung ein ganz normaler Feld-Wald-und-Wiesen-Richter, wenn auch respektiert und mit Sicherheit gefürchtet. Aber schlimmer als das, man hat mich bemitleidet. Bemitleidet! ‹Wenn sein Bruder nicht wäre …›, hieß es oft. Er hat meine Laufbahn ruiniert, und als ich in Pension ging, war ich fest entschlossen, nun die seine zu ruinieren. Ich bin ihm gefolgt, wohin er auch ging. Die Leute waren weniger bereit, ihre Geschäfte mit ihm zu machen, wenn sie wussten, dass Monsieur *le juge* Victor Grandchamps sie von der anderen Straßenseite beobachtete.»

Er sagte das mit so viel Überzeugung und Gewissheit, dachte Richard. Es war eine bescheuerte Idee, die eher so klang, als enthüllte ein klischeehafter Super-Bösewicht seinen Plan für die Weltherrschaft, worauf normalerweise der komplizierte Sturz folgte. Valérie beugte sich zu Richard und flüsterte ihm leise ins Ohr: «Dieser Mann ist ein Verrückter.»

«Warum suchen Sie ihn überhaupt?» Der Richter löste sich aus seiner gehässigen Träumerei.

«Er war im Algerienkrieg mit meiner Mutter befreundet. Sie ist vor Kurzem gestorben, und …»

«War es ein One-Night-Stand? Wahrscheinlich. Mein Bruder ist nämlich sehr früh aus der Armee desertiert.»

Sollte die Bemerkung Valérie gekränkt haben, und das war definitiv die Absicht gewesen, ließ sie sich nichts anmerken. «Ich habe ihr versprochen, ihm ihre Grüße zu überbringen. Das würde ich immer noch gern tun.»

«Nun, ich hoffe, dass es Ihnen gelingt! Er verschwindet ständig, das wird Bonneval Ihnen bereits gesagt haben. Ich würde ihn selbst suchen, aber wie Sie sehen, komme ich inzwischen nicht mehr so leicht herum. Suchen Sie ihn und bringen Sie ihn zurück.» Er kicherte erneut. «Ohne ihn ist mir langweilig! Was sagen Sie, Bonneval?»

Der Polizist zuckte mit den Schultern. «Sie können tun, was Sie wollen. Er ist nicht als vermisst gemeldet; tatsächlich trifft das Gegenteil zu. Immer wieder kommen Leute her, die berichten, dass er aufgetaucht ist. Sie sind nicht der erste Betreiber eines *chambre d'hôtes*, der sich beschwert, weil er die Zeche geprellt hat.»

«Ich bezahle seine Rechnungen auf keinen Fall!», unterbrach ihn der alte Mann. «Von mir bekommen Sie kein Geld!» Es klopfte an der Tür. «Oh, das ist diese bemalte Frau. Jetzt sind zu viele Leute bei mir im Haus, und Sie müssen gehen.» In einer theatralischen Bewegung drehte Grandchamps den Rollstuhl herum und kehrte ihnen tatsächlich den Rücken. Bonneval bedeutete ihnen mit einem Nicken, dass es Zeit zum Aufbruch war.

«*Bonjour!*», ertönte eine fröhliche Stimme von der Tür her. «Und wie geht es meinem giftigen Reptil heute?» Es war die junge Kellnerin aus der Brasserie, die die anderen Menschen im Zimmer erst zu spät bemerkte. «Oh, es tut mir leid.» Hochrot angelaufen, musterte sie ein Gesicht nach dem anderen, offensichtlich bestürzt, dass noch weitere Besucher da waren.

«Typisch», spie der Richter heraus. «Das liegt an den Tätowierungen.»

8

Richard starrte auf die elektronische Waage. In Gedanken war er überall, nur nicht bei der vor ihm liegenden Aufgabe, einige Passe-Crassane-Birnen für das Frühstück am kommenden Tag abzuwiegen. Jemand hatte noch kurzfristig bei ihm gebucht, und während das Zimmer Grandchamps' vorübergehend nicht zu nutzen war, konnte er das der Rizzolis erneut vermieten und damit doppelt kassieren. Das betrachtete er als einen kleinen Sieg in einer immer verwirrenderen Welt.

«Monsieur?» Hinter ihm hustete eine ältere Dame. «Monsieur?», wiederholte sie, diesmal ein wenig lauter.

Die Waage vor ihm spuckte geräuschlos ein selbstklebendes Preisetikett aus, doch Richard starrte weiter ins Leere.

Ein Arm griff an ihm vorbei, zupfte das Etikett aus dem Schlitz, klatschte es auf die Tüte, schwenkte die Birnen grob vor den Augen des geistesabwesenden Richard und riss ihn aus seinen Gedanken. Es war Valérie, und seit der Rückfahrt von Vaucheilles hatte sich ihre Laune nicht gebessert.

«Ich verstehe dich absolut nicht!», zischte sie und lenkte nicht nur seine Aufmerksamkeit auf sich, sondern auch die der alten Dame hinter ihm in der Schlange. Gerade wandte diese sich einer weiteren älteren Dame zu, die ebenfalls wartete, und verdrehte die Augen auf die gute alte Weise, die bedeutet: *Männer sind wirklich für nichts zu gebrauchen.*

Richard seufzte und ließ den Kopf hängen.

«Zum letzten Mal», erklärte er Valérie müde. «Ich habe genug Aufregung in meinem Leben.»

Die Augenbrauen der ersten älteren Dame schossen hoch, während die andere Dame hinter ihr fasziniert dastand und sich eine unabgewogene Traube in den Mund steckte.

«Was soll denn das bedeuten?» Valérie war starr vor Enttäuschung und Zorn. «Wer hat denn *genug* Aufregung?»

Die älteren Damen nickten sich zu; ein so schlichtes Gemüt wie das eines Mannes konnte sich einer solchen Frage unmöglich entziehen.

«Nun ja, ich meine nicht Aufregung als solche. Einfach nur, du weißt schon, das alles. All das, was vor sich geht.» Er versuchte, leise und ruhig zu sprechen, damit es keine Szene gab, eine sehr öffentliche Szene, die Valérie ihm offensichtlich machen wollte.

«Argh!», schrie sie und warf ihm die Tüte mit Birnen praktisch gegen die Brust. Dann stapfte sie davon. Richard sah die wartenden Damen an, die einmütig den Kopf über seine jämmerliche Männerart schüttelten.

«Schau», sagte er, nachdem er Valérie beim Einkaufswagen eingeholt hatte, «ich bin hergezogen, um ein ruhiges Leben zu führen und mein Buch fertig zu schreiben. Ich interessiere mich nicht dafür, einen Kleinkriminellen zu finden, der anscheinend einfach nur seinen Bruder auf die Palme bringen will. Er geht mich nichts an.» Valérie erwiderte nichts. «Außerdem» – Richard lachte wenig überzeugend – «wissen wir nicht einmal, was für eine Art von ‹Krimineller› der gute alte Vincent Grandchamps ist oder war. Wahrscheinlich *ist*. Ich würde sagen, es geht um ein paar unbezahlte Strafzettel wegen Falschparkens. Oder wegen des Überfahrens einer roten Ampel. Oder vielleicht, wir sind schließlich im Loire-Tal, hat er einen schweren Burgunder zu seinem Fisch getrunken.»

Valérie wandte sich ihm zu und sah ihn streng an. «Vincent Grandchamps hat einen illegalen Weinmarkt für eine von Siziliens größten Mafiafamilien betrieben.»

Richard ließ die Birnen fallen. «Die Mafia? Die italienische Mafia?»

«Sizilianisch.»

«Die sizilianische Mafia?», flüsterte er und schaute sich um, ob noch immer jemand ihr Gespräch belauschte. «Die verdammte sizilianische Mafia!»

«Ja!» Valérie hatte die Augen vor Erregung aufgerissen, unter anderem, weil sie Richards Reaktion vollkommen missdeutete. «Aufregend, nicht wahr?»

«Nein!», schrie er. «Nein, verdammt noch mal! Ich bin ein Filmhistoriker, der Frühstück macht! Kein Eliot Ness!»

«Vielleicht würde es dir guttun, dein Leben tatsächlich zu *leben*, statt nur einen Haufen dummer alter Filme über das Leben zu schauen!»

«Ach, wirklich? Weißt du auch, welchen Vorteil es hat, dumme alte Filme zu schauen, Madame d'Orçay? Sie bringen einen nicht um! Sie foltern einen nicht. Wenn ich abends *Singin' in the Rain* schaue, werde ich nicht anschließend in der Wüste verscharrt! Die Mafia. Ehrlich!»

Sie machte ein enttäuschtes Gesicht, legte ihm aber die Hand sanft auf den Arm. «Ich glaube, es würde uns *beiden* guttun.»

«Wovon redest du überhaupt?» Richard wurde den Eindruck nicht los, dass es ihm irgendwie gelungen war, sich zwei Ehefrauen zuzulegen, und beide waren ganz offen und hoffnungslos von ihm enttäuscht. Oder schlimmer noch, sie versuchten, einen besseren Mann aus ihm zu machen. «Was heißt guttun? Soll das ein Scherz sein? Diese Art von ‹guttun› brauche ich nicht! Diese Leute sind Killer. Ich will nicht abgemurkst und einbe…» Doch bevor er das Wort «einbetoniert» zu Ende sprechen konnte, wurde er von einer englischen Stimme hinter sich unterbrochen.

«Richard?»

Sobald er die Stimme erkannte, sackten seine Schultern erneut nach unten. Valérie ließ die Hand auf seinem Arm liegen. «Martin», sagte er, drehte sich um und spielte den Erfreuten. «Wie geht's?»

«Offensichtlich nicht so gut wie dir!» Martin reichte ihm eine schlaffe Hand, während er den Blick ziemlich lüstern auf Valérie heftete. Seine Frau Gennie konnte die Augen ebenfalls nicht von Valérie losreißen und wirkte genauso scharf auf sie. Es stellte sich das unangenehme Gefühl ein, zwei Raubtiere vor sich zu haben, die Frischfleisch witterten. Richard kannte das alles schon und wusste, dass sie *haargenau* wie zwei Raubtiere waren, die Blut rochen. Der Schaden, den die beiden mit ihren «Spielchen» in der Gemeinschaft der Englischsprachigen angerichtet hatten, war legendär und einer der Gründe dafür, dass Richard und Clare diesen Kreisen in ihrer kurzen Zeit hier im Wesentlichen aus dem Weg gegangen waren.

Beide waren Ende fünfzig, hatten sich ganz gut gehalten, und Gennie war eher zierlich. Stets trugen sie zumindest ein sportliches Kleidungsstück im Partnerlook, an einem Tag Turnschuhe, am nächsten eine Joggingjacke. Es war, als wären sie zwei Versprengte einer dieser japanischen Reisegruppen, die immer ein übereinstimmendes knalliges Kleidungsstück mit dem Logo einer Reisegesellschaft anhaben. Außerdem ließen die beiden nur selten die Hände voneinander, und so standen sie nun in der Frischwarenabteilung des Supermarkts, einer den Arm um den anderen gelegt wie Jugendliche in der Schul-Disco, und dabei troff ihnen praktisch der Sabber vom Mund.

«Willst du uns einander nicht vorstellen, Richard?», fragte

Gennie, die Martin kurz losgelassen hatte, um den beiden die Hand hinzustrecken.

«Äh, ja, natürlich, das ist Valérie d'Orçay, sie ist zu Gast im B&B.» Er benutzte den Ausdruck «B&B» nicht gern, viel lieber war ihm *«chambre d'hôtes»*, was *er* jedenfalls stilvoller fand, aber andererseits fiel es ihm schwer, im Gespräch mit anderen Briten französische Wörter zu verwenden, selbst wenn diese Briten ebenfalls ein B&B oder *chambre d'hôtes* führten. Die Briten verwenden in Gegenwart anderer Briten nicht gern Fremdwörter; das gilt einfach nur als Angeberei, und Richard hasste die Vorstellung, er könnte angeberisch wirken.

«Sind Sie wirklich ein Gast?» Martin zwinkerte Richard zu, ohne den Versuch zu unternehmen, seinen verschwörerischen Blick vor Valérie zu verbergen. «Wir sind Martin ...»

«Und Gennie.»

«Thompson. Wir sind alte Freunde von Richard, und ... und, nun, von wirklich *allen* hier. Wir führen ebenfalls ein *chambre d'hôtes.*»

«Aber wir sind keine Konkurrenz.»

«Oh nein, wir haben zum größten Teil eine ganz andere Klientel.»

«Wie schön», erwiderte Valérie fröhlich, die entweder so tat, als bemerkte sie die unhöfliche Störung nicht, oder, was wahrscheinlicher war, sie nicht als solche wahrnahm. «Ich dachte schon, Richard bleibt einfach immer nur allein zu Hause und schaut Filme; es freut mich, dass es in seinem Leben doch auch noch etwas Aufregendes gibt!» Sie lachte. Martin und Gennie stimmten ein. Richard lächelte matt und spürte, wie eine Passe-Crassane-Birne in seiner Hand zu Matsch wurde.

«Nun», sagte Martin, nachdem der Heiterkeitsausbruch vorbei war, «natürlich hat Richard sich unserer kleinen Gruppe nie *richtig* angeschlossen ...»

«Aber nicht, weil wir nicht versucht hätten, ihn zu überreden!», warf Gennie ein.

«Das kann ich mir vorstellen!» Valérie schnaubte laut und hängte sich bei Richard ein. «Aber er ist, wie sagt man noch …»

«Ein Gesellschaftsmuffel?», fragte Gennie strahlend von Frau zu Frau.

«Ja, genau, Richard, du bist wirklich ein Gesellschaftsmuffel!» Martin schlug Richard herzhaft auf den Rücken, was Richard Lust machte, seine zermatschte Birne zu nehmen und sie Martin ins Gesicht zu klatschen – mal den Cagney spielen.

«Es ist wirklich schön, dich kennenzulernen, Valérie, und wunderbar zu wissen, dass Richard sich nicht langweilt, obwohl Clare so viel weg ist.»

«Ihr müsst mal vorbeikommen», sagte Gennie und kramte in ihrer Jackentasche. Sie zog eine Visitenkarte heraus; darauf stand: «Martin und Gennie Thompson», und ihre Namen prangten zu beiden Seiten eines Goldfischglases, in dem ein paar Autoschlüssel lagen. Ganz unten stand in Schönschrift ein Satz, der eher als Aufforderung zu verstehen war: «Wir helfen den Briten in Frankreich zusammenzukommen.»

«Oh, mal sehen.» Richard versuchte, sich zurückzuziehen, eine Hand auf den Einkaufswagen gelegt. «Bei mir läuft im Moment dermaßen viel …»

«Das sehen wir!» Martin und Gennie lachten erneut los, woraufhin Valérie mit Verspätung einstimmte, auch wenn sie den Grund des Lachens nicht begriff.

«Nein!», fuhr Richard auf. «So ist es nicht. Valérie ist ein Gast, bei dem ich Hand anlegen musste.» Sofort bereute er seine Wortwahl. «Sie hatte ein Problem. Okay, jedenfalls muss ich für morgen Frühstück vorbereiten, und Clare trifft bald ein, äh …» Plötzlich wurde ihm klar, dass er nicht zugehört hatte, als Clare ihm sagte, wann sie landen würde oder an welchem

Flughafen. «Jedenfalls, ich muss los. Schaut rein, wenn ihr …»
Er holte tief Luft und wendete seinen Einkaufswagen. Es belastete ihn, dass er die Thompsons im zweideutigen Stil einer Filmkomödie ausgerechnet durch den Fleischgang verließ.

«Er wirkt ziemlich gestresst», sagte Gennie mit echter Sorge.

«Ja, in der Tat.» Martins Sorge war weniger echt. «Er sollte mal einen draufmachen. Valérie, ihr müsst vorbeikommen, alle beide. Wir werden uns prächtig amüsieren, nicht wahr, Gennie?»

«Oh ja, prächtig.»

Valérie beobachtete Richard, der tief über seinen Einkaufswagen gebeugt langsam davonzog, ganz auf seinen Einkaufszettel konzentriert. «Clare ist seine Frau, oder?»

«Aber ja, Sie meinen, das wussten Sie nicht?» Martins Augen weiteten sich bei der Aussicht auf hochkarätigen Klatsch. Außerdem ging er noch einen Schritt auf Valérie zu.

«Nein.» Valérie wandte sich ihm zu, war überrascht, ihn so dicht vor sich zu haben, und trat zurück. «Ich bin ein Gast. Wir haben uns erst heute Morgen kennengelernt, das ist alles.»

«Nun, schön für Sie», sagte Gennie, die Valéries Unbehagen spürte. «Clare ist sowieso nie da. Unter uns gesagt» – sie schaute sich um, als könnte jemand sie belauschen –, «ich glaube, die beiden haben Probleme.»

«Der arme Richard», sagte Martin, und seine Unaufrichtigkeit leuchtete so hell wie die Lampe eines Bergarbeiterhelms.

«Vielleicht bist du genau zur rechten Zeit gekommen, Valérie.» Gennie zwinkerte ihr zu. «Du kannst ihn aufmuntern!»

«Oh, wie schon gesagt, ich bin einfach nur in der Pension abgestiegen. Ich habe ihm heute Vormittag beim Kontakt mit ein paar Gästen geholfen, mehr nicht.» Nun zog auch sie sich zurück; mit den Thompsons fühlte sie sich zunehmend unbehaglich. «Da war ein italienisches Paar, und ich habe ein bisschen übersetzt.»

«Oh, Sie haben auch eines!» Das klang bei Martin so, als wäre ein «italienisches Paar» ein Haustier. «Heute Nachmittag ist ein Pärchen bei uns eingetroffen, ganz reizende Leute und *sooo* attraktiv. Sie haben einen komischen Namen, klingt wie eine Nudelsorte!» Er lachte über seinen eigenen Scherz.

«Ach, Martin.» Gennie schlug ihn sanft auf den Arm. «Farroli, so heißen sie. Reizende Leute. Ich spreche ein bisschen Italienisch, habe das aber nicht durchblicken lassen. Ich habe gehört, wie sie von ihren Verwandten in Vauchelles gesprochen haben. Kommt mir wie eine lange Anreise vor.»

«Stimmt», erwiderte Valérie, die sich fragte, ob dieser Zufall wirklich ein Zufall sein konnte.

«Für die meisten meiner Verwandten würde ich nicht einmal die Straße überqueren», schnaubte Martin, und dann fügte er wie eine Schlange hinzu: «Aber Freunde kann man sich aussuchen. Du musst uns besuchen kommen, Valérie.»

«Ja, das musst du!», stimmte Gennie begeistert ein.

«Ja.» Valérie lächelte. «Das glaube ich auch.»

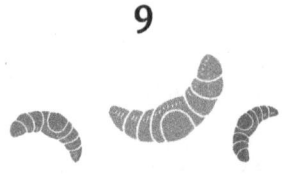

9

Valérie löste langsam die Handbremse und ließ den Wagen sanft bergab rollen. Sie machte sich an die Arbeit des heutigen Abends, aber leise. Etwa zwanzig Meter vom Haus entfernt startete sie den Motor behutsam und fuhr in Richtung Stadt. Natürlich war eine solche Mantel-und-Degen-Taktik nicht nötig, aber wieso sollte sie die Eintönigkeit des Lebens nicht mit ein bisschen Dramatik aufpeppen?

«Man muss das Leben in vollen Zügen auskosten, meine Kleine», hatte einer ihrer Ehemänner ihr gern gesagt, auch wenn sie sich sein Gesicht nicht mehr recht vor Augen rufen konnte. «Das Leben ist für die Lebendigen da!», hatte er hinzugefügt, doch einen Moment später war er über die Reling ihrer Korsika-Fähre gespült worden. Eine für die Jahreszeit ganz untypische Welle hatte ihn erfasst, und er wurde nie wieder gesehen.

Sie hatte Richard vorhin versprochen, sich nicht auf die «verdammte Mafia» einzulassen, wie er sie genannt hatte. «Machen wir eine Bestandsaufnahme», hatte er gesagt. «Schlaf einmal darüber.» Es war das Englischste, was sie jemals gehört hatte, und als sie ihm das gesagt hatte, hatte er geschmollt, worüber sie hatte kichern müssen.

Sie mochte Richard. Außerdem war klar, dass Passepartout ihn ebenfalls mochte, und Hunde haben eine besonders gute Menschenkenntnis. Richard selbst wirkte auch ein bisschen wie ein Hund. Sie lächelte bei dem Gedanken, wie sehr ihn diese

Beschreibung kränken würde, aber sie stimmte. Er war wie ein alter Jagdhund, inzwischen zu erschöpft, um dem Wild nachzuhetzen, doch vielleicht war ihm noch die Kraft für einen letzten wichtigen Jagdausflug geblieben. Seine großen, traurigen Augen und die etwas zu großen Ohren passten perfekt zu diesem Bild. Nicht, dass er nicht gut ausgesehen hätte, dachte sie, nur fehlte ihm die Haltung eines Mannes, der das auch wusste. Er schien mit eingezogenem Schwanz herumzulaufen wie ein gescholtener Hund. Allgemein gesprochen zog sie Hunde Männern vor und fand es gut, dass sie mehr Hunde als Ehemänner gehabt hatte, wenn die Bilanz zugegebenermaßen auch knapp ausfiel. Sie hatte jedoch nie erwogen, beides in einer Person zu kombinieren, und die Vorstellung belustigte sie. *Ein stubenreiner Ehemann*, dachte sie. *Nun, das wäre einmal etwas Neues, einer, der richtig pariert.*

Sie fuhr durch das schläfrige Städtchen Saint-Sauver, dessen Geschäfte alle schon geschlossen waren. Die beiden Kneipen waren leer, und selbst im Café des Tasses Cassées saßen nur wenige Gäste. Der Markttag schien den Ort erschöpft zu haben, und die Bürgersteige wurden bereits hochgeklappt. Sie fuhr an dem großen Supermarkt vorbei, in dem sie vorhin den Thompsons begegnet waren, und dann noch drei Kilometer bis zu dem Dorf Faurent. «Wir wohnen etwa hundert Meter hinter der *Boulangerie*», hatte Martin gesagt und es geschafft, selbst das Wort *boulangerie* zweideutig klingen zu lassen. «Hinter einer großen Hecke, du kannst das Haus nicht verfehlen.» Auch damit hatte er recht, dachte sie, als sie den Wagen im Schatten einer in der Nähe stehenden Platane parkte. Es war eine Lorbeerhecke und die dichteste, die sie je gesehen hatte. Weniger eine Markierung der Grundstücksgrenze als eine Festung von der Sorte, die verkündet, dass man keine Schnüffler wünscht. Als sie den beiden vorhin begegnet war, waren sie ihr jedoch nicht wie die Sorte

Mensch erschienen, die sich zurückhaltend und verschlossen gibt – ganz im Gegenteil.

«Juhuu!» Gennies Kopf lugte gerade so eben über die Hecke, bedeckt von einem riesigen Strohhut. «Du kommst ja pünktlich!», sagte sie fröhlich. «Bist du auch wirklich Französin?»

«Ha! Nur ein kleiner Scherz!» Aus dem Nichts tauchte Martins Glatzkopf auf. «Wenn du reinkommen willst, geh ein bisschen nach rechts, dann zeige ich dir meinen Geheimgang.» Valérie hatte das Gefühl, dass das gezwungene Lächeln ihr immer schwerer fiel, doch sie tat wie geheißen. Eine dicke Holztür schwang nach innen auf und brachte einen perfekt getrimmten Rasen und ein aufgebautes Krocketspiel zum Vorschein. Sie trat ein wenig nervös hindurch, und die Tür schlug hinter ihr zu. Vor ihr standen breit lächelnd Martin und Gennie, einen Krocketschläger in der Hand und ansonsten, von Gennies Hut abgesehen, ohne einen Fetzen Kleidung am Leib.

Valérie war nicht leicht zu schockieren, und falls doch, ließ sie sich das definitiv niemals anmerken, insbesondere nicht gegenüber Fremden und schon gar nicht gegenüber nackten Fremden. «Ah, nun, ich fühle mich leicht overdressed», sagte sie ruhig, und bevor Martin zur unvermeidlichen Retourkutsche ansetzen konnte, fügte sie hinzu: «Was für einen schönen Garten ihr habt.»

«Ich grabe und schnippele gern», sagte er augenzwinkernd.

«Das reicht, Martin», seufzte Gennie. «Geh und mixe uns ein paar Drinks.»

Martin zuckte mit den Schultern, als wollte er sagen: *Man kann es nicht allen recht machen.* Dann schlenderte er davon. Sein Körper war einer der unattraktivsten, die Valérie jemals gesehen hatte. Die Hängebrüste eines Mannes in den mittleren Jahren über einem vorgewölbten Bauch. Seine Figur erinnerte sie an den VW-Käfer, den sie einmal besessen hatte. Auch wenn sie natürlich nicht die Probe aufs Exempel gemacht hatte, war ihr trotzdem aufgefallen, dass Martin wenig PS unter der Haube hatte. So einen Ehemann hatte sie auch einmal gehabt. Was hatte sie sich damals nur dabei gedacht? *Arme Gennie.* Martins Frau sah für ihr Alter gar nicht schlecht aus, aber doch nicht so gut, dass es Valérie wirklich angenehm gewesen wäre, als die Nackte sich bei ihr einhängte und sie zu einer abgeschiedenen Pergola führte.

«Das ist der Jahreszeit geschuldet, oder?», fragte Valérie.

«Was? Oh.» Gennie kicherte. «Nun ja, wir könnten hier gewiss nicht das ganze Jahr so leben. Ha! Wir würden uns was abfrieren. Nein, für die Wintermonate haben wir noch ein weiteres B&B in Spanien; selbst da ist es jedoch manchmal grenzwertig. Es verstört Sie doch nicht, oder? Wir sind gern geradeheraus, und in dieser Phase unseres Lebens sind wir große Anhänger der Freikörperkultur.» Ihr Tonfall klang bei dieser Erklärung eigenartig ernsthaft, gleichzeitig jedoch auch hohl, fast so, als zitierte sie diese Worte nach dem Klappentext eines Selbsthilfe-Ratgebers.

Die arme Frau, dachte Valérie erneut. *Ich wette, das alles war Martins Idee; sicherlich ist er mindestens wohlhabend und gelangweilt vom Leben.*

«Ihr redet doch hoffentlich nicht über mich!» Martin trug ein Tablett mit Drinks über den Rasen. «Mir brennen schon die Ohren.» Nun, wie Valérie sah, war das das kleinste seiner körperlichen Probleme. Er stellte das Tablett auf dem Holztisch ab, setzte sich neben Valérie, schubste ihren Hintern mit seinem an und sagte: «Aufrücken, aufrücken.» Das tat sie auch, und zwar ein gehöriges Stück, während sie sich nach einem freien Krocketschläger umblickte. «Nun, was hört man alles, Val?» Er war wirklich ein abstoßendes Männchen. «Was ist das mit Rich und dir?»

«Also, genau deshalb bin ich hier», begann sie und bemerkte, dass die beiden sich interessiert vorbeugten. «Ich wollte nicht, dass ihr – wie sagt ihr Engländer noch – diese Sache in den falschen Hals bekommt …» Martin setzte dazu an, sie zu unterbrechen, doch ein scharfer Blick Gennies veranlasste ihn, sich seine Bemerkung zu sparen. «Ich habe Richard wirklich erst heute Morgen kennengelernt, nun ja, oder spät gestern Nacht, als ich eingecheckt habe; es gibt kein ‹wir›. Ich wollte euch das nur klarmachen.» Innerlich tadelte sie sich selbst; das war nicht die Richtung, die sie hatte einschlagen wollen, und so wie sie hier in die Ecke gedrängt und von schlaffem Fleisch umgeben saß, wollte sie nicht länger als irgend nötig bleiben.

«Ja, Clare ist recht attraktiv», äußerte Gennie ein betont zurückhaltendes Kompliment.

«Aber auch sehr kalt», fügte Martin mit einer gewissen Bitterkeit hinzu.

«Zu Beginn, ja.» Gennies Blick deutete nun an, dass sie innerlich weit weg war, doch dann riss sie sich zusammen und kam wieder ins Hier und Jetzt zurück. «Sie ist nach England zurückgekehrt. Ich glaube, sie hat Probleme mit Richard.» Die letzten drei Worte sprach sie gar nicht richtig aus, sondern formte sie praktisch nur mit den Lippen. *Es wirkt sehr eigenartig, wenn eine Nackte sich besorgt gibt, dass jemand ihre Worte mitbekommen könnte*, dachte Valérie. *Einerseits so verlogen und andererseits so vollkommen offenherzig.*

«Das ist schade, er wirkt sehr nett.»

«Aber er ist nicht dein Typ, hm?», fragte Martin. In seiner Stimme schwang eine jämmerliche Hoffnung mit. «Wie mag dein Typ wohl aussehen?»

Valérie wollte schon *bekleidet*, sagen, schluckte das Wort aber herunter und atmete stattdessen geräuschvoll ein, als schwelgte sie in den Düften des Gartens. «Hier ist es extrem ruhig; Sie haben bestimmt immer alle Hände voll zu tun?»

«Oh ja.» Gennie lächelte. «Wir stecken bis über beide Ohren in Arbeit. Wir führen zwei Firmen, verstehen Sie, und die müssen wir ganz streng trennen.»

«Zwei Firmen?»

«Richtig. Einerseits betreiben wir eine traditionelle französische Pension.» Martin bemühte sich, professionell und geschäftsmäßig zu klingen, was angesichts seines Mangels an Bekleidung ein lächerliches Unterfangen war. «Und andererseits ...» Er verstummte seltsam verschämt und sah Gennie hilfesuchend an.

«Und andererseits führen wir eine, nun man könnte es eine ‹Vorstell›-Firma nennen. Wir stellen Menschen gleicher Gesinnung...»

«Menschen gleicher Gesinnung», fügte Martin überflüssigerweise hinzu.

«Menschen gleicher Gesinnung» – Gennie ergriff wieder die Zügel – «einander vor.»

«Es ist eine Art Agentur», erklärte Martin nüchtern.

«Swinger», erläuterte Gennie fast ein bisschen herausfordernd.

«Swinger?», fragte Valérie. Dieses Wort kannte sie nicht. «Sie meinen Leute, die zum Swing tanzen?»

«Na ja, so kann man es auch ausdrücken!», prustete Martin.

«*Échangistes.*» Gennie nahm die Sache offensichtlich sehr ernst.

«Ah, ich verstehe.» Etwas Abstoßenderes konnte Valérie sich kaum vorstellen. «Und das ist erfolgreich, ja? Es gibt viele *Swinger* im Loire-Tal?»

«Die Leute kommen von viel weiter her.» Nun war Martin

derjenige, der leicht provokant wirkte, während Valérie sich bemühte, ihre Bestürzung zu verbergen.

«Nun, das finde ich toll, wirklich! Erwachsene Menschen sollten das Recht zum Spielen haben.» Im Rahmen des gesunden Menschenverstands und, bis zu einem gewissen Grad, des guten Geschmacks, hätte sie hinzufügen können.

Gennie kicherte plötzlich. «Das einzig Schwierige ist, die beiden Firmen getrennt zu halten! Ach, Martin, erinnerst du dich an den komischen kleinen Mann vor ein paar Wochen?»

«Guter Gott, ja. Der arme Kerl. Er hat die falsche Tür erwischt, als er spätnachts nach Hause gekommen ist; ich weiß immer noch nicht, wie er das geschafft hat, aber so war es.»

«Wir waren, nun, wir waren mit Gästen zusammen, und er ist gewissermaßen einfach hereingestolpert! Es war natürlich fürchterlich peinlich! Für ihn, meine ich.»

«Er ist ziemlich schnell weggelaufen!» Martin hatte Lachtränen in den Augen. «Was angesichts seines krummen Rückens kein schlechter Spurt war! Anschließend hat er sich einfach vom Acker gemacht. Ist abgehauen, ohne zu zahlen.»

«Er muss allerdings ganz durcheinander gewesen sein, der arme Mann.» Gennie riss sich zusammen. «Er muss vor Schreck hingefallen sein; er hat sich an seiner Brille geschnitten und sogar Blut an der Badezimmerwand hinterlassen.»

«Den haben wir nie wiedergesehen. Natürlich haben wir erwogen, ihn zu suchen, um ihm seine Brille zurückzugeben, aber, na ja, wir dachten, am besten lassen wir es auf sich beruhen.»

Grandchamps hatte also auch hier übernachtet und dieselbe Nummer abgezogen. In Richards B&B allerdings ohne den Part mit den *échangistes*, es sei denn, Richard hätte ihr etwas verschwiegen. Doch diesen Gedanken verwarf sie sofort wieder. Nein, dieser Typ war er wirklich nicht.

«Aber die jungen Italiener, die bei Ihnen abgestiegen sind, die Farroli, die stehen nicht auf so was, oder? Frisch Verheiratete, meine ich.» Es fiel ihr immer schwerer, ihre wahre Meinung über die Sache zu verbergen.

«Tja», machte Martin, «leider nicht. Und Gennie hat sich beim Namen vertan; sie heißen Rizzoli, nicht Farroli. Nein, sie wirken nicht so. Man bekommt einen sechsten Sinn für so was.»

Eine halbe Stunde später stand Valérie vor Richards Fenster. Es war ihr gelungen, sich den Thompsons nach dem Gespräch relativ schnell zu entwinden; hoffentlich hatte Martin mit seinem sechsten Sinn erfasst, dass sie ihm den Hals brechen würde, sollte er irgendetwas bei ihr versuchen. Außerdem wollte sie zurückkommen und Richard alles erzählen: von Grandchamps, dem Blut und den Rizzolis. Doch jetzt stand sie im Dunkeln und beobachtete ihn, ohne selbst gesehen zu werden. Es brannte kein Licht, man sah nur die flackernden Bilder eines riesigen Fernsehers. Auf dem Bildschirm verabschiedete Ingrid Bergman sich gerade von Humphrey Bogart; selbst Valérie kannte diesen Film. Was sie allerdings zum Innehalten bewogen hatte, war Richards Gesicht: Ein Ausdruck kindlichen Staunens und absoluter passiver Zufriedenheit stand darin. Er sah so friedlich und glücklich aus. Ihre Nachrichten konnten warten, dachte sie, sollte er erst zu Ende träumen. Und nachdem sie einen Abend in der erstickenden Gesellschaft der Thompsons verbracht hatte, brauchte sie außerdem dringend eine Dusche.

10

Passepartout befand sich im Zentrum der Aufmerksamkeit, wirkte dadurch aber nicht im Geringsten eingeschüchtert. Madame Tablier stand in der Zimmerecke, eine selbst gedrehte Zigarette hinter dem Ohr und einen Eimer in der Hand, und starrte den kleinen Hund wütend an, einen Ausdruck im Gesicht, den Passepartout sofort begriffen hätte, wenn er für so etwas empfänglich wäre. *Eine einzige falsche Bewegung, mein Kleiner, und du kommst schneller in den Eintopf, als du Wau sagen kannst*, bedeutete diese Miene.

Monsieur Meyer saß Passepartout gegenüber. Er wirkte ohnehin nicht wie ein glücklicher Mensch, und der kleine Hund vergrößerte sein Leiden noch. Seine Familie, die aus einer recht schroffen Frau und zwei neunjährigen Zwillingstöchtern bestand, war am Vorabend aus dem Elsass angereist, und es sah so aus, als wäre das Leben einfach ein bisschen zu hart für den armen Monsieur Meyer. Richard konnte sich recht gut in ihn hineinversetzen. Die Meyers waren pünktlich zum Frühstück eingetroffen, wie Menschen deutscher Abstammung es Richards Erfahrung nach immer taten, hatten aber nicht damit gerechnet, dass jemand einen recht arroganten Chihuahua an ihrem Tisch abladen würde. Madame Meyer warf Monsieur Meyer einen Blick zu, mit dem sie fragte, was er, falls überhaupt, dagegen unternehmen würde, während Monsieur Meyer Passepartout einfach nur anstarrte, als wäre er die lebende Verkörperung aller seiner irdischen Enttäuschungen.

Richard stand hinter seiner Frühstückstheke und bemühte sich, unauffällig auszusehen, etwa so wie ein nervöser Wild-West-Sheriff, der darauf wartet, dass ein Gegner seinen Revolver als Erster abdrückt. Einerseits hatte Valérie sich mit ihrer Bitte an die Meyers «einmal kurz» auf Passepartout aufzupassen, viel zu viel herausgenommen, da sie sich damit verhalten hatte, als gehörte ihr das Haus; doch andererseits versuchte er sich so zu geben, als wäre er machtlos, weil ihr das Haus gehörte. Es war der Weg des Feiglings, und er war absolut bereit, ihn vorläufig einzuschlagen. Die Meyers hatten für drei Nächte gebucht; Richard bliebe also mehr als genug Zeit, die Sache auszubügeln. Vielleicht.

Valérie stürmte die Treppe herunter, in ein langes, fließendes cremefarbenes Kleid gehüllt, das ihre beträchtliche Eleganz noch betonte, sie aber auch etwas geisterhaft wirken ließ, als könnte sie sich in Luft auflösen. Richard hatte den Verdacht, sie wäre nur deshalb in ihr Zimmer zurückgekehrt, um ein zweites Mal Einzug in den Frühstücksraum halten zu können, doch als sie den erleichterten Meyers den Hund abgenommen hatte, brachte sie ein Notizbuch zum Vorschein.

«Ich habe nachgedacht», sagte sie, als wären Richard und sie allein. «Wir unterhalten uns nach dem Frühstück.»

«Okay», erwiderte er sanftmütig und fing Monsieur Meyers Blick auf, der sagte: *Sie ebenfalls, hm?*

Es folgte ein kurzer Moment der Ruhe, doch lang genug, dass der *patron* zumindest scheinbar Atem schöpfen konnte. Dann stand Valérie mit einer weiteren schwungvollen Bewegung erneut auf. «Nein», sagte sie. «Es kann nicht warten! Komm bitte mit.» Damit ging sie durch die offene Verandatür nach draußen.

«Ich serviere gerade das Frühstück. Ich kann nicht einfach …»

«Gewiss kann Madame Tablier kurz einspringen», schoss sie über die Schulter zurück, was Madame Tablier mit einem weiteren ihrer «Eintopf»-Blicke erwiderte. Die Meyers, die geduldig darauf gewartet hatten, dass der Kaffee fertig wurde, schauten einander an, und dann schauten die drei weiblichen Familienmitglieder das männliche Familienmitglied an. Dem wurde mulmig; nun müsste er gleich etwas unternehmen.

Als Richard am Tisch vorbeiging, hob Monsieur Meyer die Hand, um ihn auf sich aufmerksam zu machen. «Ja», sagte Richard abgelenkt, «tut mir leid, der Kaffee ist gleich fertig. Madame Tablier, würden Sie bitte …» Er eilte weiter, wobei er allen Blicken auswich.

«Sie wollen also Kaffee?», fragte Madame Tablier Monsieur Meyer in drohendem Tonfall.

«Äh, ja, bitte.»

Madame Tablier reagierte mit einem Schnauben und sah Richard nach, wie er mit Valérie den Raum verließ. Sie selbst blieb auf ihrem Posten in der Ecke wie ein Wächter. Der Kaffee konnte warten.

Valérie stand im Garten, Passepartout zu ihren Füßen, der mit jedem Zentimeter seines Körpers wie ihr Gehilfe aussah. «Schau», begann Richard, «ich kann nicht ständig wegen dieses Unsinns alles stehen und liegen lassen. Diese Leute haben anständiges …»

«Ja, schon gut.» Sie verwarf seinen Tadel mit einer Handbewegung. «Ich auch. Und jetzt hör zu. Dieses nette italienische Pärchen, das gestern aufgebrochen ist. Was weißt du über diese Leute?»

«Wieso? Was spielt das für eine Rolle?»

«Was weißt du über sie?»

«Na ja, sie sind ein nettes italienisches Paar, in den Flitter-wochen, wie sie sagten, und verständlicherweise haben sie ein Problem mit Blut an den Wänden! Ich selbst übrigens auch.»

«Sie sind inzwischen bei den Thompsons abgestiegen.»

«Ja und?» Unwillkürlich verstimmte diese Information Richard, und wenn er selbst ein Gast wäre, würde er letztlich einen Blutfleck der Sorte Mätzchen vorziehen, die Martin und Gennie immer wieder aosheckten. *Das wird sofort ein Härtetest für ihre Ehe*, dachte er.

«Das geht dich also nichts an?» Die aufgebrachte Valérie musterte ihn wie eine Lehrerin einen begriffsstutzigen Schüler.

«Warum sollte mich das etwas angehen? Und warum geht es eigentlich dich etwas an? Sie haben in den Flitterwochen das Loire-Tal besucht und meine Pension verlassen, wahrscheinlich aus Angst um ihr Leben, bleiben aber vor Ort. Ich begreife nicht, warum dich das beunruhigt.»

«Weil irgendwas los ist. Das spüre ich genau.»

Hitzewallungen, dachte Richard, sagte es aber klugerweise nicht laut. Wenn er selbst eine Art Midlife-Crisis durchmachte, war es absolut denkbar, dass Valérie ihrerseits mit den Hormon-schwankungen der Wechseljahre zu kämpfen hatte, oder?

«Entschuldigen Sie» – Monsieur Meyer näherte sich ih-nen –, «aber wir warten jetzt seit zehn Minuten auf unseren Kaffee.»

«Ja, entschuldigen Sie bitte. Ich komme sofort.»

«Sie verfolgen den armen Monsieur Grandchamps, das weiß ich.» Valérie ließ sich vom Kaffeedurst der Meyers nicht stören.

«Dein armer Monsieur Grandchamps ist ein Mafiaboss oder etwas Ähnliches. Ehrlich, ich bin froh, dass die ganze Bagage weg ist. Allerdings befürchte ich, dass nicht einmal die Mafia mit Martin und Gennie fertig wird.»

«Außerdem warten wir auf unsere Eier.» Auf Meyers zaghafte Forderung reagierte Richard mit einem Seufzer und Valérie mit Gleichgültigkeit. Meyer wirkte, als sei er an beides gewöhnt.

«Auf Ihrer Website steht, dass sie hauseigene Eier servieren.» Er schwenkte einen von Richards verschwommen gedruckten Werbezetteln, als wäre er ein Beweis.

«Madame Tablier!», rief Richard, der nicht einmal mehr so tat, als hätte er die Lage im Griff. «Madame Tablier!»

«Ja», ertönte unmittelbar hinter ihm eine mürrische Antwort.

«Ah, ich dachte, Sie wären drinnen. Könnten Sie bitte …»

«Ich bin ganz Ihrer Meinung.» Madame Tablier nickte zu Valérie hinüber und deutete überflüssigerweise auch noch mit dem Eimer auf sie. «Irgendwas ist los.»

Valérie nickte ihrerseits bestätigend, und Richard beobachtete, wie sich zwischen den beiden Frauen ein widerwilliger Respekt bildete. Er sackte erneut in sich zusammen.

«Meine Frau möchte wirklich ein Ei haben.» Meyer bemühte sich, energisch zu klingen, wurde aber auch diesmal nicht beachtet. Auch er sackte in sich zusammen. Dann richtete er sich sofort wieder auf, da er bemerkte, dass nun auch der Rest der Meyer-Familie hinter ihm stand, alle mit demselben missbilligenden Ausdruck im Gesicht.

«Es ist überhaupt nichts los!» Richard war eisern. «Wir sind hier im Loire-Tal. Im Loire-Tal ist nie etwas los.» Plötzlich unterbrach er sich und sah Valérie vorwurfsvoll an. «Woher weißt du überhaupt, dass die Rizzolis bei Martin und Gennie sind?»

«Ich war dort.»

«Du bist hingefahren?»

«Ja. Ich bin hingefahren. Ich wusste, dass du nicht mitkommen würdest, und so bin ich allein gefahren.»

«Und?»

«Und sie tragen keine Kleider; das habe ich sehr schnell herausgefunden.»

«Die Rizzolis?»

«Die Thompsons!»

«Das hätte ich dir sagen können. Die beiden sind eine Sex-Plage.»

Madame Meyer versuchte, ihren Töchtern die Ohren zuzuhalten, während sie ihren Mann vorwurfsvoll ansah.

«Das weiß ich jetzt auch. Mir ist es egal. Sie sind erwachsen und können tun, was sie wollen.»

«Und das machen sie auch, glaub's mir.»

«Der arme Monsieur Grandchamps war dort zu Gast.»

«Wusste ich's doch.» Madame Tablier stellte ihren Eimer ab und fingerte an ihrer Zigarette herum. «Irgendwas ist los.»

«Es ist überhaupt nichts los!»

«Wir hätten jetzt wirklich gern Kaffee, bitte.»

«Ja, ich hab Sie gehört!» Richard schrie plötzlich die falschen Leute an.

«Und er ist auf dieselbe Weise verschwunden. Blut, Brille, und weg war er!» Valérie machte eine Geste wie ein billiger Bühnenmagier. «Hat sich einfach in Luft aufgelöst.»

Richard schüttelte den Kopf. «Ja und? Ich will nichts damit zu tun haben. Wie ich Martin und Gennie kenne, haben sie ihn wahrscheinlich mit einer Reißverschlussmaske in eines ihrer Verliese gesperrt.»

Valérie machte sofort ein anderes Gesicht. «Glaubst du wirklich?»

«Nein! Nein, verdammt noch mal. Ich glaube, dass er ein alberner alter Mann ist, der alberne Spielchen treibt. Übrigens dumme Mafia-Spielchen, und – das möchte ich klipp und klar sagen – es hat nicht das Geringste mit mir zu tun!»

«Eier!», stieß Monsieur Meyer nun endlich böse heraus. «Wir wollen unsere Eier.»

«Hören Sie.» Richard verlor inzwischen die Beherrschung und deutete auf den Hühnerstall. «Gehen Sie und holen Sie sie verdammt noch mal selbst!»

Die Familie Meyer schaute auf den Hühnerstall, der nicht weit entfernt unter dem Schatten der Linde in der Gartenecke stand. Die beiden kleinen Mädchen schrien auf und bargen den Kopf am Kleid ihrer Mutter. Die Mutter sah den Vater finster an, der Vater machte ein benommenes Gesicht, und Richard, Valérie und Madame Tablier drehten sich um und schauten ebenfalls hinüber.

Eine Drahtschlinge um den Hals und die Augen glasig vom Tod, hing eine Henne vom Stall herab.

«Die Drecksäcke», sagte Richard leise. «Sie haben Ava Gardner ermordet.»

11

R ichard wischte sich die Stirn und stützte sich schwer auf den Spaten. Jetzt, spät im Frühjahr, war der Boden trocken und das Graben anstrengend, doch er war fest entschlossen, Ava Gardner dieselbe Ehre zu erweisen wie allen anderen und sie zu bestatten und würdig zu verabschieden. Hinter dem Holzschuppen lagen mindestens acht Hennen, und jedes Grab war mit einem Stein gekennzeichnet, damit er beim nächsten Todesfall keine der vorangegangenen Leichen versehentlich ausgrub. Er arbeitete so schnell er konnte, um Ava Gardner unter die Erde zu bringen, bevor Madame Tablier sich der schmackhaften Leiche bemächtigte. Er hatte bereits gesehen, dass sie den toten Vogel begehrlich musterte, und auch wenn Richard vielleicht nicht länger der Herr in seinem eigenen Haus war – hoffentlich eine vorübergehende Situation –, würde er nicht zulassen, dass Madame Tablier seine geliebte Ava Gardner verspeiste.

«Beerdigst du alle deine Hühner?», hatte Valérie gefragt, wie üblich mit Passepartout im Arm und einer Andeutung von Überraschung in der Stimme.

«Ja», hatte Richard spitz geantwortet.

Und das war alles gewesen. Selbst Valérie hatte ein gewisses Maß an Feingefühl gezeigt und war wieder ins Haus gegangen. Richard grub weiter, und als ihm das Loch groß genug vorkam, gab er etwas Stroh hinein, legte den steifen Vogel sanft in die Grube und schaufelte sie wieder zu.

«Das nehme ich persönlich», murmelte er und setzte sich schwerfällig auf eine nahe gelegene Gartenbank. «Das nehme ich persönlich», wiederholte er. «Die Sache ist nur die», fuhr er fort, «ich weiß nicht einmal, was *das* ist.» Er starrte auf die frisch aufgeworfene Erde auf Ava Gardners Grab. «Ich kapiere es nicht, altes Mädel. Ein Kerl verschwindet, vielleicht gewaltsam und vielleicht auch öfter als einmal, und dann legt man *dir* die Schlinge um den Hals. Das ist nicht richtig, oder?» Er stockte. «Sich an jemandes Hennen zu vergreifen? Das gehört sich nicht, selbst wenn man die Mafia ist.» *Die Mafia*, dachte er, *offensichtlich ist sie der Grund dafür, dass Valérie an die Verstrickung der Rizzolis glaubt; es gibt keine Hinweise darauf, aber man kann ja genauso gut bei nationalen Stereotypen ansetzen wie anderswo. Es ist allerdings merkwürdig, dass Valérie allein zu den Thompsons gegangen ist.* Er ballte verärgert die Hände; sie rannte rum und macht Ärger, und dann kratzte *seine* Henne ab.

«Es wird Zeit, dass ich wieder die Kontrolle übernehme, Ava», sagte er und stand steifbeinig auf. «Ich darf mich nicht länger herumschubsen lassen. Das, was dir zugestoßen ist, lasse ich nicht ungestraft durchgehen. Nein.» Er nahm den Spaten zur Hand, als wäre er ein Gewehr. «Ein Mann tut, was zu tun ist.»

«Mit wem redest du, Richard?» Es war Valérie, die sich – ausnahmsweise einmal ohne Passepartout – zum Glück vorsichtig über den Hühnerfriedhof bewegte.

Er sah sie herausfordernd an. «Ich rede mit mir selbst, Madame. Nur so kann ich hier ein vernünftiges Gespräch garantieren. Pass bitte auf, wo du hintrittst, du wärst beinahe über Katherine Hepburn gelatscht.»

«Du hast mit den Hennen gesprochen, oder?» Bei dieser Vorstellung schaute sie ein bisschen besorgt.

«Ja. Und?»

«Oh.»

«Hast du ein Problem damit?»

«Nein, ich finde es eigentlich süß.»

«Oh, na ja.» Er wusste nicht, was er sagen sollte. «Danke.»

«Und?»

«Und was?»

«Was hatte deine Henne zu sagen?»

Richard wandte sich Valérie zu, um zu sehen, ob sie ihn verspottete. Sie sah nicht so aus, und er hatte den Verdacht, dass sie nicht fähig war, ihre Emotionen zu verbergen, nicht einmal ihren Sarkasmus.

«Sie hat merkwürdigerweise gar nicht viel gesagt. Das Reden fällt auch ziemlich schwer, wenn einem der Hals gebrochen wurde. Mal davon abgesehen, dass sie ein Huhn ist.»

«Und was hast du beschlossen?» Sie setzte sich auf die Bank, und er ließ sich seinerseits wieder nieder, neben ihr.

«Ich habe beschlossen, dass ich es nicht mag, wenn man mich herumschubst.»

«Wer schubst dich denn herum?»

«Du.»

«Das tue ich gar nicht.»

«Oh doch.» Sie machte ein verletztes Gesicht. «Schau, es ist nicht deine Schuld, nicht wirklich. Man kann mich ziemlich leicht herumschubsen, aber jetzt hat Ava Gardner den Preis dafür bezahlt.»

«Ich denke, ich habe dich absolut nicht herumgeschubst.»

«Oh doch, das hast du, du und alle anderen, die ich kenne.» Er seufzte müde. «Ich will nichts als ein ruhiges Leben, aber dann kommt es so, dass man einfach von den Launen und Einfällen anderer Leute mitgeschleift wird. Ich gebe *dir* nicht die Schuld daran, aber innerhalb einer sehr kurzen Zeitspanne habe ich einen Gast verloren, der vielleicht ermordet wurde –

wie du meinst –, und zwar möglicherweise öfter als einmal, falls stimmt, was die Thompsons dir gesagt haben. Und zwei italienische Killer – du hältst sie ja dafür – schicken mir jetzt mittels meiner Hennen Mafia-Todesdrohungen!»

«Aber …»

«Bitte unterbrich mich nicht. Ich erinnere mich nicht, mich irgendwann freiwillig dafür gemeldet zu haben, und doch stehe ich anscheinend verdammt noch mal im Zentrum des Ganzen. Ich kenne dich nicht einmal; nach allem, was ich weiß, könntest auch *du* Grandchamps ermordet haben! Und außerdem noch die arme Ava. Vielleicht steckst du dann auch noch mit den Rizzolis unter einer Decke.»

«Und warum sollte ich immer noch hier sein, wenn ich die Täterin gewesen wäre?»

«Keine Ahnung», antwortete er mürrisch. «Ich habe noch zwei Hennen; vielleicht ist dein Werk noch nicht vollendet.»

Sie stand auf. «Du benimmst dich albern.»

«Ja, weiß ich. Ich weiß, dass ich mich albern benehme. Diese ganze verdammte Sache ist albern. Wir haben einen alten Mann, der seinen Bruder so sehr verabscheut, dass er ihn finden muss, um ihn weiter ärgern zu können, einen Polizisten, der die Vermisstensuche offensichtlich nicht für seine Aufgabe hält, ein mysteriöses italienisches Paar, das inzwischen zwei britischen Perversen in die Hände gefallen ist, du kommandierst mich herum, als wären wir verheiratet, und dann noch eine tote Henne! Ich habe das Recht, mich albern zu benehmen. Ihr könnt mich alle am Arsch lecken, ich lasse mir das nicht länger gefallen.» Er schaute, ob sie das Filmzitat erkannte, aber das war offensichtlich nicht der Fall. *Herr im Himmel*, dachte er, *hat diese Frau noch nie im Leben einen Film gesehen?* «Nun, ich lasse mich nicht mehr herumschubsen. Von jetzt an machen wir alles so, wie ich es will, klar?»

Er sah sie an; falls er mit einem Streit gerechnet hatte, wurde er enttäuscht. Vielmehr schaute sie wie die Unschuld in Person, als erkenne sie von dem verheerenden Bild, das er gerade gezeichnet hatte, kein einziges Detail wieder. «Natürlich», sagte sie und tätschelte seinen Arm. «Wie lautet dein Vorschlag? Was sollen wir jetzt tun?»

Verdammt, dachte Richard, damit hätte er rechnen müssen. Es ist ja gut und schön, wenn man die Kontrolle haben will, aber man sollte dann auch einen Plan vorschlagen.

«Nun, ich werde darüber nachdenken», sagte er nicht vollkommen überzeugt.

«Du und die Henne?»

«Die Henne und ich, ja. Und ich glaube, wir sollten diesen Polizisten richtig einweihen.» Er hörte, wie Valérie ein halb verschlucktes Geräusch machte, das die starke Vermutung nahelegte, dass sie es anders sah. «Wir haben ihm nur erzählt, dass Grandchamps verschwunden ist; von dem Blut oder der zerbrochenen Brille haben wir nichts gesagt. Wenn er die Umstände kennen würde, wäre er bestimmt eher geneigt, sich der Sache anzunehmen. Statt alles auf uns abzuwälzen.»

«Aber nichts beweist, dass diese Spuren überhaupt existiert haben. Daher würden wir ihm nur dasselbe berichten wie zuvor; außerdem würde er uns fragen, warum wir es ihm nicht gleich zu Anfang erzählt haben.»

«Das wollte ich ja!»

«Aber der Beweis, Richard, der Beweis ist zusammen mit den Rizzolis verschwunden.»

«Was ist mit dem Richter? Er muss doch auch echte Sorge um seinen Bruder empfinden; wir könnten ihm von den abhandengekommenen Beweismitteln berichten.»

«Oder» – sie zögerte ein wenig – «wir suchen die Beweismittel selbst und gehen *dann* zur Polizei.»

Er schwieg kurz und wägte das ab. «Du glaubst, dass die Rizzolis die Beweismittel an sich genommen haben?»

«Ja, das glaube ich.»

«Das bedeutet, dass wir ihre Zimmer bei Martin und Gennie durchsuchen müssten?»

«Richard!», rief Valérie aus und sprang von der Bank. «Das ist eine großartige Idee! Wir durchsuchen die Zimmer der Rizzolis!»

«Nein, Moment mal, ich wollte überhaupt nicht …»

«Wirklich, du kannst das einfach toll. Du hast vollkommen recht; von jetzt an machen wir alles auf deine Weise.»

«Was? Also hör mal, Moment mal …» Er verstummte mitten im Satz; er spürte, dass sein Mund sich weiterbewegte, aber es kam nichts heraus. Er fühlte sich wie ein Hobbyschachspieler, der auf einen Großmeister getroffen war. Das zum Thema Kontrolle.

«He, Chef?» Madame Tablier tauchte auf, eine Zigarette zwischen den Lippen, und überprüfte mit einem suchenden Blick, ob sie noch rechtzeitig gekommen war, um sich die Henne zu schnappen. «Chef?»

«Meinen Sie mich?», fragte Richard niedergeschlagen.

«Es sind Leute eingetroffen, die ein Zimmer für ein paar Nächte suchen. Ich sagte Ihnen, dass die meisten Gäste derzeit nur noch eine Nacht bleiben, aber sie wollen trotzdem ein Zimmer. Soll ich sie in den Raum der Deutschen stecken? Die sind bereits abgeschwirrt.»

Die Meyers waren sofort nach dem Erlebnis mit der toten Henne aufgebrochen. Zwei traumatisierte kleine Mädchen, eine verängstigte Mutter und ein Vater, der wusste, dass er nichts dafür konnte, aber trotzdem von Schuldgefühlen gequält wurde. Ihren Kaffee hatten sie nie bekommen. Und auf Eier hatten sie vermutlich keine Lust mehr.

«Ja», antwortete Richard, «wenn das Zimmer bereit ist.»

«Die Meyers sind zu kurz geblieben, um einen echten Sauhaufen daraus zu machen. Ich werd' nicht lang brauchen.»

«Wie heißen die neuen Gäste?»

«Marie Gavinet, Monsieur. Ich heiße Marie Gavinet.» Eine zierliche Gestalt trat hinter Madame Tablier hervor. «Wir sind uns bereits begegnet. Und, Monsieur, Madame» – sie nickte Valérie zu –, «ich brauche wirklich Ihre Hilfe.» Sie trat ein Stück zur Seite und gab den Blick auf einen jungen Mann frei, der hinter ihr stand. «Das heißt, *wir* brauchen wirklich Ihre Hilfe.»

«Tsss!», murrte Madame Tablier verärgert und stapfte davon. «Und mich behandelt man hier, als wäre ich Luft.»

12

Es fiel Richard schwer, Melvil Sanspoil nicht anzustarren. Er war außerstande, die Welt anders als durch die Vermittlung alter Filme wahrzunehmen – eine Geste, ein Charakter, jemandes Aussehen oder eine Situation, alles wurde nach dem Vorbild kategorisiert und beurteilt, das Hollywood gegeben hatte. Und in Richards Augen war Melvil Sanspoil Peter Lorre, der glupschäugige ungarische Emigrant, der während eines großen Teils der Vierzigerjahre Hollywoods bevorzugter Bösewicht gewesen war: schwach, leicht beeinflussbar und gefährlich. Er konnte sich kein modernes Äquivalent vor Augen rufen, und genau das war wohl das Problem mit der modernen Welt: Sie hatte keinen Peter Lorre zu bieten.

Melvil Sanspoil hatte jedoch etwas an sich, das ihn auf Anhieb liebenswert machte. Er strahlte eine zähe Verletzlichkeit aus, einen energischen Kampfgeist, der sagte: *Ja, vielen Dank auch, ich weiß genau, wogegen ich ankämpfe, aber ich habe die Absicht zu siegen.* Außerdem war unübersehbar, dass Marie Gavinet ihn innig liebte, und in dieser Hinsicht war Sanspoil tatsächlich ein echter Glückspilz und *spielte*, wie Richards Dad es gern ausgedrückt hatte, *eindeutig über seiner Liga.*

«Er ist ein sehr eigenartig aussehender junger Mann», flüsterte Valérie ihm zu. «Wirklich sehr eigenartig. Sie dagegen ist sehr hübsch.» Es war eine Beziehung, die Valéries Verständnis überstieg; Schönheit musste sich doch zu Schönheit gesellen.

Die ästhetischen Trennlinien sollten nicht verwischt werden, nicht einmal um der Liebe willen. *Vielleicht ist das die Französin in ihr*, dachte Richard, und vielleicht kam seine spontane Sympathie für den Underdog von dem Briten in ihm.

«Ich mag ihn», nahm er ihn in Schutz. «Ich mag sie beide.»

«Monsieur, könnte ich bitte Zucker haben?» Melvils Stimme klang tiefer, als man es von seinem Aussehen erwartet hätte, eine sonore, volltönende Stimme, die mit ihrer perfekten Aussprache eine klassische Bühnenausbildung verriet.

«Natürlich.» Richard stellte die Zuckerdose mitten auf den Tisch, und Valérie und er selbst setzten sich, um dem jungen Paar Gesellschaft zu leisten. Madame Tablier, die leise vor sich hin grummelte, weil sie von der Besprechung ausgeschlossen war, rumorte im oberen Stockwerk herum und machte das Zimmer fertig. Passepartout saß desinteressiert auf dem Sofa, so reglos wie eine ausgestopfte Kuriosität in einem altmodischen Kleinstadtmuseum.

Ein Schweigen entstand. Alle schauten in ihre Kaffeetassen und warteten darauf, dass jemand anders das Gespräch begann.

«Das ist sehr guter Kaffee», sagte Marie.

«Danke.» Richard war froh, mit einem neutralen Thema einsteigen zu können. «Eines ist merkwürdig, wissen Sie; gleich als ich anfing, für andere Leute Frühstück zuzubereiten, ist mir aufgefallen, dass heutzutage zwar jeder *glaubt*, über Kaffee Bescheid zu wissen, dass aber keiner wirklich Bescheid *weiß*! Mich selbst eingeschlossen, muss ich sagen.»

«Genauso geht es mir im Chez Bruno. Die Leute beschweren sich, und dann …»

«Wieso brauchen Sie unsere Hilfe?» Valéries Geduld mit der Methode, um den heißen Brei herumzureden, war schnell erschöpft. Erneut entstand ein verlegenes Schweigen. «Hat es mit dem armen Monsieur Grandchamps zu tun?» Beim Attribut *arm* verdrehte Richard unwillkürlich die Augen. «Ich meine den Monsieur Grandchamps, der verschwunden ist, nicht den Richter.»

Das junge Liebespaar wechselte einen raschen Blick. «Tatsächlich mit beiden», antwortete Marie dann leise.

«Ich verstehe.» Valérie lächelte plötzlich gewinnend, und alle entspannten sich ein bisschen. «Wie wär's, wenn Sie einfach ganz von vorn anfangen, mein liebes Kind?»

Ihre plötzliche Wärme verblüffte Richard ein wenig. *Oho*, dachte er, *jetzt macht sie auf Miss Marple*. Er bezweifelte, dass ihm diese plötzliche Veränderung angenehm war, denn er befürchtete, tiefer in die Sache hineingezogen zu werden.

«Danke, Madame.» Als Marie zu reden begann, legte Melvil die Hand auf ihre, und sie lächelte ihn warm und dankbar an. «Ich weiß, dass wir uns bereits begegnet sind, und als ich Sie mit Brigadier Bonneval und später beim Richter gesehen habe, war ich mir nicht sicher, wie ich Sie einschätzen sollte. Aber so, wie die beiden nach Ihrem Aufbruch über Sie geredet haben …»

«Sie haben gelauscht?» Valéries Tonfalls war nicht tadelnd, aber sie wollte wissen, wie ehrlich die junge Frau war.

«Ja, sicher», kam die trotzige Antwort.

«Gut gemacht, erzählen Sie weiter.»

«Was haben sie über uns gesagt?»

«Ach, Richard, das ist im Moment wirklich nicht besonders wichtig.»

«Entschuldigung.» Er fühlte sich gescholten wie Nigel Bruce als Dr. Watson neben dem strengen Basil Rathbone als Holmes.

«Nun, früher habe ich für den anderen Monsieur Grandchamps gearbeitet», fuhr Marie fort, «für den, der verschwunden ist.»

«Den Ganoven?» Richard war fest entschlossen, bei diesem Gespräch nicht außen vor zu bleiben.

«Anscheinend ja, Monsieur. Aber er war ein ganz reizender Mensch. Er war sehr nett zu mir, als meine Mutter gestorben ist; er hat immer darauf geachtet, dass es mir gut ging.»

«Dann war er also ganz anders als Monsieur *le juge*?»

«Oh ja, Madame, das genaue Gegenteil. In der Stadt kursierte immer der Scherz, die einzige Möglichkeit, die Grandchamps-Zwillinge auseinanderzuhalten, sei …»

«Ich hatte ganz vergessen, dass sie Zwillinge waren», dachte Richard laut nach, und Valérie bedeutete ihm mit einem Blick, still zu sein. Allmählich fühlte er sich, als sollte er lieber mit Passepartout auf dem Sofa sitzen, eine weitere ausgestopfte Kuriosität.

«Wie ging der Scherz, Marie?», fragte Valérie ruhig.

«Die einzige Möglichkeit, die alten Grandchamps-Zwillinge voneinander zu unterscheiden, sei ihre Persönlichkeit.» Es folgte ein kurzes Schweigen.

«Ich verstehe nicht recht?», sagte Valérie rundheraus.

«Es bedeutet, dass der eine Persönlichkeit hatte und der andere nicht», erklärte Richard, als legte er einen Trumpf auf den Tisch. «Ich habe doch recht, oder?», fragte er dann rasch und nervös.

«Ja, Monsieur.»

Richard lehnte sich auf seinem Stuhl zurück, ein zufriedenerer Mensch.

«Das ist nicht besonders komisch», bemerkte Valérie eingeschnappt. «Sie haben also für Monsieur Grandchamps gearbeitet?»

«Den Ganoven», fügte Richard überflüssigerweise hinzu.

«Ja, aber nachdem er verschwunden war, gab es natürlich nichts mehr zu tun.»

«Und niemanden, der ihren Lohn bezahlt hätte?»

«Genau, Madame.»

«Darf ich Sie etwas fragen» – Richard hätte fast den Finger gehoben –, «seit *wann* ist er Ihrer Meinung nach verschwunden?» Valérie schenkte ihm einen Blick, der möglicherweise zum ersten Mal andeutete, dass Richard etwas Relevantes gesagt haben könnte, und er aalte sich einen Moment lang in dem Gefühl.

«Mindestens seit einem Monat, vielleicht auch länger.»

«Können Sie es nicht mit größerer Gewissheit sagen?»

«Nein, leider nicht. Es war nicht ungewöhnlich, dass Monsieur nicht zu Hause war, wenn ich zum Putzen kam, aber es lag immer mein Geld bereit. Freitags. Wenn ich ihn nicht persönlich sah, legte er es auf die Kommode im Flur. Und dann hörte das auf.»

«Und was haben Sie dann gemacht?»

«Am zweiten Freitag ohne Geld habe ich Brigadier Bonneval davon berichtet.»

«Und was hat er getan?»

«Nichts. Er sagte, Grandchamps sei ein alberner alter Mann, der ein dummes Spiel treibe, und er werde nicht die kostbare Zeit und die Mittel der Polizei verschwenden …»

«Seine Mittagspause und die Schuhsohlen …», warf Melvil erbittert ein, und Marie lächelte ihn an.

«Er sagte, er werde den Richter fragen, was der tun wolle, und ein paar Tage darauf sagte Bonneval, der Richter brauche eine Helferin im Haus, Putzen, Aufräumen und so was.» Sie machte ein schuldbewusstes Gesicht. «Ich, wir, brauchen das Geld.»

«Oh, das ist absolut verständlich, liebes Kind.» Valérie tätschelte Maries Hand. «Absolut verständlich.»

«Aber was ich nicht begreife», sagte Richard mit einem entschuldigenden Blick zu Valérie, «ist, wie wir Ihnen helfen können. Wobei genau brauchen Sie Hilfe?»

Marie und Melvil sahen einander an; sie tauschten sich lautlos darüber aus, wer von ihnen die Sache erklären sollte.

«Jemand folgt mir», berichtete Melvil ohne jedes Anzeichen von Furcht in der Stimme. Eher klang es so, als erregte ihn die Vorstellung, und er hob das Kinn wie ein Schmierenkomödiant.

«Wer denn?», fragte Valérie, ein Funkeln in den Augen, das Richard bereits als gefährlich einschätzen konnte, obwohl er sie erst seit gestern kannte.

«Ein Mann und eine Frau, eher jung.»

Richard und Valérie blickten einander an, und in ihrer eigenen stummen Zwiesprache gelangten sie zu dem unvermeidlichen Schluss: die Rizzolis.

«Seit wann?», fragte Richard so erschöpft wie ein Polizei-Sergeant im Innendienst, der sich der Pensionierung näherte.

«Na ja, es ist eigenartig», mischte Marie sich ein. «Ich hatte beim Richter geputzt – viel zu tun ist da eigentlich nicht –, aber ich hatte Melvil losgeschickt, um einen Brief einzuwerfen.»

«Einfach nur die Stromrechnung», erläuterte er rasch.

«Als er zurückkam, sagte ich zu ihm, mittwochs habe mein Monsieur Grandchamps immer *seine* Briefe eingeworfen. Jeden Mittwoch, unfehlbar. Der Postbriefkasten wird immer um sechzehn Uhr fünfundvierzig geleert. Punkt sechzehn Uhr vierzig stand Monsieur immer dort bereit, auch bei Wind und Wetter, und übergab dem Postboten seine Briefe. Ohne dass ihm das bewusst war, hatte Melvil genau das Gleiche getan.»

«Vorher waren diese Leute mir gar nicht aufgefallen, doch sobald die Post weg war, folgten sie mir zum Haus des Richters zurück, wo ich wartete, bis Marie fertig war. Heute Morgen saßen sie dann im Zug nach Tours und beschatteten mich auf dem Weg zur Arbeit.»

Richard machte ein bestürztes Gesicht; er konnte nicht begreifen, wieso es in seinem Leben plötzlich so erschreckend abenteuerlich zuging.

«Und sind Sie sie losgeworden?» Valérie war so erregt, dass sie Melvils Hand ergriff.

«Jawohl, Madame», antwortete er stolz und deutete mit dem Kopf auf eine Tasche, die er behutsam auf den Tisch gelegt hatte. Er öffnete sie so vorsichtig wie ein Magier, dessen Bewegungen in Zeitlupe abgespielt werden. Darin lag ein lebensgroßes Hühnerkostüm, auf dem zuoberst stolz der «Kopf» prangte. Es folgte ein verlegenes Schweigen.

«Sie haben sich als Huhn verkleidet», sagte Richard langsam, als spräche er mit einem schwerhörigen Menschen. «Und das hat das Paar von Ihrer Spur abgebracht?» Er hatte nicht ganz so skeptisch klingen wollen, aber die Sache grenzte ans Lächerliche.

«Ich bin Schauspieler, Monsieur», sagte Melvil so, wie nur Schauspieler das schaffen: mit einer Mischung aus Selbstüberschätzung und Herausforderung. Richard nickte wissend; so etwas hatte er sich schon gedacht.

«Als Huhn?», fragte er, bemüht, seine Skepsis zu verbergen.

«Gerade habe ich keine Rolle, aber ich liege nicht auf der faulen Haut!» Marie fasste seine Hand fester. «Ich habe einen Job bei Monsieur Œuf in Tours», fügte er verdrossen hinzu. «Ich verteile Flyer auf der Straße.»

«Wir brauchen das Geld, Monsieur», erklärte Marie verzweifelt.

«Wir brauchen das Geld», wiederholte Melvil.

«Ja, sicher.» Richard war sich bewusst, dass es in Valérie brodelte und sie diese Ablenkung in Vogelgestalt nicht billigte. «Aber wie sind Sie die Rizz… dieses Paar losgeworden, dieses Paar, das Ihnen gefolgt ist?»

Melvil gewann sein Selbstbewusstsein rasch zurück. «Nun,

ich bin ins Restaurant gegangen, um sie hinter mir herzulocken, und dann nach hinten verschwunden, wo ich mein Kostüm angelegt habe. Auf dem Weg zurück nach draußen bin ich direkt an ihnen vorbeigegangen und habe sie seitdem nicht mehr gesehen.»

Marie drückte seinen Arm und lächelte ihn an. Valérie hielt noch immer seine Hand gepackt, während Richard sich vorstellte, wie der junge Mann, als riesiges Huhn verkleidet, durch die Altstadt von Tour gejagt wurde. Dazu hörte er den Soundtrack von *Der dritte Mann,* eine laute Zither-Melodie. Er lächelte in sich hinein, ließ den Gedanken aber sofort wieder fallen, weil er nicht wollte, dass Valérie ihn so sah.

«Sie sind ein Glückspilz», sagte Valérie. «Das haben Sie gut gemacht.» Sie drehte seine Hand um und musterte sie ein bisschen zu auffällig. «Entschuldigung», sagte sie. «Das ist ein Hobby von mir. Waren Sie ein kränkliches Kind? Ihre Lebenslinie ist sehr schwach ausgeprägt.»

«Ja, gut gemacht.» Richard hatte das Gefühl, die Situation retten zu müssen, da selbst der coole Melvil Sanspoil einen Moment brauchte, um sich von dieser ungeschickten Frage zu erholen.

«Ich weiß, der Richter möchte, dass Sie seinen Bruder finden …», begann Marie.

«Ja, was hat er nun eigentlich über uns gesagt?» Der Gedanke kränkte Richard noch immer, obgleich er nicht wusste, warum.

«Ich sagte dir doch, dass das keine Rolle spielt. Fahren Sie fort, liebes Kind.»

«Na ja, kann Melvil eine Weile hierbleiben? Ich mache mir große Sorgen um ihn, und hier scheint es mir sicherer für ihn zu sein.»

«Wirklich? Wieso eigentlich?» Richard konnte nicht anders, und da er grandios daran gescheitert war, für die Sicherheit seiner Hennen zu sorgen, fühlte er sich der Aufgabe, Melvil zu beschützen, absolut nicht gewachsen.

«Ja, natürlich.» Valérie beschloss, für sie beide zu antworten.

«Wir haben leider nicht viel Geld.» Bei diesen Worten biss Marie sich auf die Lippen.

«Das ist überhaupt kein Problem», erklärte Valérie, stand auf und überließ es Richard, darüber nachzugrübeln, wann er jemals wieder die Kontrolle über die Situation erlangen würde. «Gehen Sie beide nach oben, dann zeigt Madame Tablier Ihnen das Zimmer.»

Die beiden nahmen ihre kleinen Reisetaschen und das Hühnerkostüm, voll überschwänglicher Dankbarkeit. Marie küsste Richard sogar auf die Wange. Dann gingen sie leise nach oben.

«Lass mich das also klarstellen: Nicht nur ermittele ich nach Vermissten, jetzt bin ich auch noch ein Leibwächter, stimmt das?»

«Was wäre dir lieber: Nein zu sagen und sie der Bedrohung durch die Rizzolis zu überlassen?»

«Die Rizzolis sind vielleicht einfach nur ein sehr nettes Paar, das ein bisschen vom Loire-Tal sehen möchte!»

«Die Rizzolis sind überall, und ich glaube nicht an Zufälle.» Valérie sagte das mit Nachdruck, und selbst Richard konnte nicht bestreiten, dass sie erstaunlich oft aufzutauchen schienen.

«Was war das wieder für ein Quatsch mit dem Handlesen? Wenn ich schon jemandes Leibwächter sein soll, würde ich es vorziehen, wenn du ihm nicht erzählst, dass er nicht mehr lang zu leben hat, weißt du? Das stärkt nicht gerade sein Vertrauen.»

«Ich wollte seine Hand sehen, Richard. Er ist Schauspieler; er könnte vorgetäuscht haben, Monsieur Grandchamps zu sein, als der sich hier aufgehalten hat.»

«Ach ja, glaubst du das wirklich?»

«Ich wollte mir sicher sein.»

«Und, bist du das jetzt?»

«Ja, Richard. Melvil Sanspoil hat nicht die Hand, deren Abdruck auf deiner Wand war.»

«Wir haben also immer noch den vermissten Monsieur Grandchamps, und jetzt sozusagen auch noch ein verirrtes Lamm. Oder Huhn, um genauer zu sein.»

«Ja.» Valérie nahm Passepartout auf den Arm, und von oben hörten beide das glückliche Summen Marie Gavinets.

13

I ch liebe dich», sagte Melvil schlicht und ernsthaft. Sie saßen steif auf der Kante des großen Doppelbetts.

Marie lächelte ihn an, ohne ihr Summen einzustellen. Nicht dass sie nicht hätte antworten wollen, aber in einer Ecke des Raums staubte Madame Tablier gerade so aggressiv ab, als wäre jedes Staubkörnchen eine persönliche Beleidigung, und das hätte selbst das überschwänglichste Turteltäubchen ein wenig zurückhaltend gemacht. Nicht dass Madame Tablier ihnen auch nur zugenickt hätte, denn sie war in die Musik versunken, die sie über ihre orangeroten Kopfhörer hörte, und bewegte ihren Staubwedel zu einem Takt, den Marie nur erahnen konnte.

«Ich liebe dich!», wiederholte Melvil, diesmal lauter, beinahe herausfordernd. Madame Tablier zuckte weder zusammen, noch drehte sie sich missbilligend um, und Marie hörte auf zu summen.

«Ich liebe dich auch», antwortete sie und nahm ihre Melodie wieder auf.

«Was summst du heute?»

Marie wusste es selbst nicht. Die Melodien, die sie wiederholte, waren normalerweise einfach das Letzte, was sie gerade gehört hatte; es konnte genauso gut ein Werbejingle aus dem Fernsehen wie ein kompliziertes Konzert sein. «Keine Ahnung.» Sie stand auf und öffnete die kleine Reisetasche. «Spielt das eine Rolle?»

«Nein, aber ich würde den Moment gern festhalten, das ist alles. Ihn richtig würdigen. Es war eine geniale Entscheidung hierherzukommen.»

Marie blickte nervös auf Madame Tablier, die eine kleine Spinnwebe zwischen den Deckenbalken entdeckt hatte und die Anwesenheit des Liebespaars noch immer ignorierte.

«Ich glaube, dass sie uns helfen können.» Marie setzte sich wieder neben Melvil ans Fußende des Betts und seufzte tief. Sie war nicht daran gewöhnt, sich helfen zu lassen; ihre alleinerziehende Mutter hatte ihr von klein an beigebracht, selbstständig zu sein. Doch sie erkannte es, wenn sie Hilfe brauchte, und die brauchten sie jetzt wirklich. Auf seine typische Art ängstigte es Melvil kein bisschen, dass jemand ihm folgte. Er konnte sich selbst gut genug einschätzen, um zu begreifen, dass er nicht das Zeug zum Hauptdarsteller hatte und daher wohl niemals als internationaler Spion auftreten würde, doch als Marie angedeutet hatte, er könnte sich tatsächlich in Gefahr befinden, hatte er die Rolle sofort angenommen. Die Art, wie er seine Verfolger abgeschüttelt hatte, war tatsächlich ziemlich kühn gewesen.

Aber die Beschatter würden nicht aufgeben, das wusste sie. Sie folgten Melvil und ihr. Wahrscheinlich waren sie gefährlich, und das alles war ihre Schuld. Schließlich war es ihre Idee gewesen. Sie hatte vorgeschlagen, sie sollten Monsieur Grandchamps Gewohnheit beibehalten, regelmäßig die Post aufzugeben und dem Postboten jeden Mittwoch um sechzehn Uhr vierzig den Umschlag zu übergeben. Der Postbote war mit Sicherheit nicht misstrauisch. Er war ein schlaksiger junger Mann mit Kopfhörern, die so durchlässig waren, dass es so klang, als hätte er ein Wespennest auf dem Kopf. Er grüßte Marie nie, wenn sie ihm einen Umschlag reichte, oder vielleicht tat er es auch, doch das Nicken ging in dem Kopfschlenkern unter, mit dem er den Takt zum Beat der lauten Musik schlug. Genau wie Madame

Tablier es jetzt beim Angriff auf die Spinnweben tat. Ihr Kopf wippte zum Rhythmus irgendeines Songs.

Hier im *chambre d'hôtes* fühlte sich Marie sicherer, obwohl sie wusste, dass sie nachher wieder zur Arbeit zurückkehren müsste. Außerdem wusste sie natürlich, dass sie eigentlich nicht wirklich arbeiten musste. Im letzten Monat hatte sie mehr Geld beiseitegelegt, als sie in einigen Jahren verdienen konnte, aber sie hatte Angst, es anzurühren. Sie könnten es einfach nutzen, um weit wegzureisen, aber etwas hinderte sie daran. Lag es daran, dass das Geld ihr nicht gehörte? Sollte Monsieur Grandchamps tot sein, brauchte er es nicht. Falls er aber nicht tot wäre und zurückkäme, wäre alles noch da, in abgenutzten Fünfzig-Euro-Scheinen. Tausend Stück, so wie sie abgeliefert worden waren und auf ihn warteten.

Falls er zurückkam. Sie hatte das Gefühl, dass es ein großes *falls* war.

Sie hatte vorhin den alten Richter und Bonneval miteinander reden hören, und der Richter war überzeugt, dass sein schurkischer Bruder, wie er ihn genannt hatte, noch lebte. «Der läuft noch immer rum», hatte er gesagt, «und führt nichts Gutes im Schilde.» Sie selbst war sich da allerdings nicht so sicher. Seine Umschläge hatten zum Verschicken bereit auf dem Schreibtisch gelegen. Alle waren mit Datum versehen, sahen gleich aus und gingen an dieselbe Adresse in Trapani, Sizilien. Einfache weiße Umschläge, die nach Datum geordnet waren und für sie den Gedanken nahelegten, dass er sein Verschwinden nicht geplant hatte, sondern dass es der Absicht von jemand anderem entsprach.

Sie seufzte tief und legte den Arm um Melvil. Sie war schuld, dass sie in dieser Lage steckten, und so war es an ihr, dafür zu sorgen, dass sie wieder heil herauskamen, doch wenn Monsieur *und* Madame als Deckung unten waren, könnten die Leute, die ihnen folgten, das durchaus als Botschaft auffassen. Allerdings mochte es Monsieur und Madame ebenfalls in Gefahr bringen, doch diesen Gedanken versuchte sie rasch auszublenden. Sie mochte sie. Valérie war die Art von energischer Frau, wie Frankreich sie wie am Fließband produzierte, von keinerlei Zweifel angekränkelt und fest entschlossen, alles unter ihrer Kontrolle zu haben. Richard wirkte ein bisschen orientierungslos oder sogar gequält, wie ein Autofahrer, der falsch herum in eine Einbahnstraße eingebogen ist und nicht weiß, wie er den Wagen wenden soll. Nun, die beiden waren vielleicht nicht die sichersten Leibwächter der Welt, aber sie waren alles, was sie hatten.

«Es war sehr klug von dir, von einer Stromrechnung zu sprechen, *Chéri*.» Sie umarmte Melvil und sah dabei, dass Madame Tablier ihnen noch immer den Rücken zukehrte und mit dem Kopf zu dem stummen Takt wippte.

«Ja, das stimmt.» Er wölbte die Brust. «Na ja, ich konnte ja wohl kaum sagen, dass in dem Umschlag nichts als Traubenkerne waren, oder?» Marie legte rasch den Finger an die Lippen und deutete mit dem Kopf auf Madame Tablier.

«Oh, die hört kein Wort!»

Madame Tablier wippte weiter mit dem Kopf, und Marie und Melvil küssten sich lautlos, die Augen vor Erleichterung und Leidenschaft geschlossen. Ohne sich umzudrehen, wusste Madame Tablier, was vor sich ging, und nahm die Gelegenheit wahr, um verstohlen die Hand in die Tasche zu stecken und auf die Play-Taste ihres Walkmans zu drücken.

14

Brigadier-Chef Principal Philippe Bonneval legte das Schreibtischtelefon sanft auf die Gabel zurück und entwirrte dabei das verdrehte alte Kabel. Es irritierte ihn immer wieder, dass seine Vorgesetzten ihn in seinem sogenannten verschlafenen Nest so sehr vernachlässigten, dass es in seinem Büro noch nicht einmal ein schnurloses Telefon gab.

Er machte eine zufriedene, wenn auch leicht gequälte Miene, da er sich gerade dem wachsenden Club von Menschen angeschlossen hatte, die alle dasselbe dachten, nämlich: *Diese Valérie d'Orçay ist eine fest entschlossene Frau, nicht wahr?* Sie hatte wissen wollen, wie seine Ermittlungen liefen, worauf er eigentlich eine Antwort parat gehabt hätte. *Von welchen Ermittlungen reden Sie?,* hätte er sagen können, was er allerdings heruntergeschluckt hatte.

Philippe Bonneval hatte stets alle Hände voll zu tun, selbst wenn er sich von den Psychospielchen alter Männer fernhielt. Er hatte an Polizeikonferenzen teilgenommen, in denen seine Großstadtkollegen ihn wegen seines Berufsalltags verspotteten, der angeblich aus verschwundenen Katzen, umgestürzten Bäumen und gestohlenen Schafen bestand, doch er wusste, wie es wirklich aussah.

Erst am Vortag war er noch spätnachts unterwegs gewesen, weil ein paar der Jungs vom Wohnwagencamp – so sollte er das jetzt nennen – mal wieder Traktordiesel getrunken und sich damit vergnügt hatten, Kühe umzuwerfen. Clément Roger, der in Richtung Saint-Sulpice einen großen Bauernhof bewirtschaftete, hatte ihn spät am Abend angerufen und sich zunächst darüber beschwert, dass zwei Kühe seiner prämierten Herde umgeworfen worden seien. Dann jedoch hatte der Landwirt mit mühsam unterdrücktem Kichern berichtet, dass die «dummen Kerle» versucht hätten, einen Stier umzuwerfen.

«Ist jemand verletzt worden?», fragte Philippe, der einen Aufstand im Lager befürchtete, sollte Roger bei dem Vorfall mit seinem Gewehr eingetroffen sein.

«Der Stier? Nein, dem geht es gut.»

«Der Junge aus dem Wohnwagencamp, ist *er* verletzt?»

«Schwer zu sagen, Bonneval, er steckt immer noch am Kopf des Stiers fest. Es muss allerdings recht schmerzhaft sein, wenn man ein verdammtes Stierhorn im Arsch hat!»

Der Junge war mit leichten Blessuren davongekommen, litt allerdings sehr unter der Peinlichkeit. Bonneval hatte gute Beziehungen zu den Leuten im Wohnwagencamp und die Wogen glätten können. Später am Tag würden ein paar der älteren Campbewohner zu Rogers Hof gehen und als Schadenersatz ein altes Ballenwickelgerät reparieren. Nein, hier gab es keine Großstadtkriminalität und kein organisiertes Verbrechen, doch nur wegen seines diplomatischen Geschicks wurde der Vorfall als belangloser Dummejungenstreich abgetan.

Philippe Bonneval hatte den Laden im Griff. Die Kleinstadt und die *Gemeinde* Vauchelles gediehen prächtig, waren ordentlich und einladend – ganz anders als damals vor zwanzig Jahren, als er hier eine Wohnung gesucht hatte. Es störte ihn nicht, wenn der Bürgermeister den Verdienst für sich beanspruchte; er selbst und alle anderen wussten, wie die Geschichte wirklich ging. Bonneval kannte jeden, und jeder kannte ihn; es gab tatsächlich keine Kriminalität in Vauchelles, nicht weil dies ein besonderer Ort war, sondern weil Bonneval die Entwicklung eines Verbrechens vorhersehen konnte und vorbeugende Maßnahmen ergriff.

Was also, wenn Richter Grandchamps seinen Bruder verloren hatte? Er wollte ihn nur deshalb zurückhaben, weil er sich ohne ihn, ohne seine Nemesis, ein bisschen langweilte. Was für eine eigenartige Beziehung die beiden doch hatten. Seinen eigenen Bruder vermisste Bonneval aufrichtig. Der war rund zehn Jahre älter gewesen und im Dienst gestorben. Eine Schusswunde im Kopf hatte ihm in einer der gefährlicheren Gegenden einer berüchtigten *banlieue* von Paris den Garaus gemacht. «Tod durch Missgeschick», hatte das Gericht geurteilt und hinzugefügt, er hätte nicht mit einer ungereinigten Waffe angeben sollen. «Möge es allen neuen Rekruten eine Lektion sein», hatte der Minister bei der an die Verhandlung anschließenden Pressekonferenz gesagt. «Halten Sie Ihre Waffen sauber, und stecken Sie sie um Himmels willen nicht aus Prahlerei in den Mund.»

Philippe Bonnevals Bruder, der nur noch anhand einer kleinen Narbe an der Schulter hatte identifiziert werden können, mochte ein erstklassiger Idiot gewesen sein, doch Philippe vermisste ihn trotzdem. Sein gerahmtes Foto hing an der Wand. Stolz trug er auf dem Bild seine tadellos saubere Uniform, im Gesicht sein typisches schalkhaftes Lächeln, als hätte er die Uniform gestohlen und trüge sie nur zum Spaß.

Plötzlich erinnerte das Bild Bonneval daran, dass er Madame d'Orçay ein Foto von Monsieur Grandchamps versprochen hatte – «Schicken Sie es mir als E-Mail», hatte sie gesagt, «ich schau es mir dann auf dem Handy an.» Bonneval starrte auf den Büroscanner, der fast unter einem Stapel von Jagdzeitschriften verschwand und erschöpft und vernachlässigt wirkte. Das könnte eine Weile dauern, dachte er, und Madame d'Orçay kam ihm nicht gerade wie eine geduldige Frau vor.

Natürlich hätte eine angemessen finanzierte Polizeiwache alle Dateien sofort abrufbereit oder zumindest eine Sekretärin, die sich des alltäglichen Verwaltungskrams annahm und dafür sorgte, dass die Ordnungskräfte ihre eigentliche Arbeit tun konnten. Irgendwo musste er ein Foto des alten Grandchamps haben, überlegte er auf dem Weg zum Aktenschrank, auch wenn ihm unklar war, was Madame d'Orçay mit dem Herumzeigen dieses Bildes erreichen wollte. Außerdem hatte sie ihn um eine Liste weiterer Pensionen gebeten, in denen der alte Mann letzthin übernachtet hatte. Das war einfach, da der Richter Bonneval immer angerufen hatte, wenn sich wieder einmal jemand über unbezahlte Rechnungen seines Bruders beschwerte. Auf Geheiß des Richters hatte Bonneval das jedes Mal schriftlich festgehalten.

«Ist im letzten Monat irgendjemand Verdächtiges in Vauchelles aufgetaucht?», hatte sie ihn außerdem gefragt.

Darauf hatte er selbstbewusst geantwortet: «Nein, Madame, davon wüsste ich.» Er hätte zudem noch darauf hinweisen können, dass man auch sie selbst dieser Kategorie zuordnen könnte.

«Ja, Sie wüssten vermutlich Bescheid», hatte sie nach kurzem Nachdenken geantwortet.

Die Sache war die, Bonneval unterstützte gern von Gemeinsinn getragene Bemühungen, insbesondere wenn sie gegen das Verbrechen gerichtet waren, doch das hier kam ihm einfach nur wie ein weiteres Spiel vor. Tatsächlich war das Leben einfacher, wenn sich die beiden alten Männer nicht gegenüber wohnten. Einmal hatte der Richter buchstäblich mit einer alten Schrotflinte durchs Fenster auf seinen Bruder gezielt und abgedrückt. Jetzt, wo einer der beiden weg war, war das Leben für alle ruhiger geworden. Nicht einmal Marie hatte einen Nachteil erlitten, da Bonneval stattdessen den Richter überredet hatte, sie für sich arbeiten zu lassen.

«Ich bin mir sicher, dass er wieder auftaucht, Madame, es ist wirklich nicht nötig, dass Sie sich den Urlaub in unserem friedlichen Tal verderben.» Es hatte eine verblümte Warnung sein sollen, die er nur in andere Worte gekleidet hatte, doch das hatte Valérie d'Orçay entweder nicht verstanden oder schlichtweg ignoriert.

«Sie wissen von seiner Verbrecherlaufbahn, nehme ich an?»

«Ja, Madame, allerdings seiner ehemaligen Verbrecherlaufbahn. Und vieles davon war Prahlerei; ich bin mir nicht sicher, ob er es so schlimm getrieben hat, wie er die Leute glauben machen wollte.»

«Seine Laufbahn mag durchaus eine *ehemalige* sein, Brigadier, aber der auf seinen Kopf ausgesetzte Preis ist sehr aktuell.»

Das war ihm neu. Er hatte angenommen, sowohl der Richter als auch der alte Mann selbst hätten seine Vorgeschichte aufgebauscht. Gerede über die Mafia im Val de Follet war wie Gespräche über FaceTime und Künstliche Intelligenz auf dem Bauernmarkt: Es waren zwei Welten.

«Woher wissen Sie das, Madame?», hatte er gefragt und sich dabei bemüht, es so klingen zu lassen, als handelte es sich um Geheiminformationen, in die nur er eingeweiht sein sollte, und nicht um eine krachende Überraschung und einen Anschlag auf seine Überlegenheit.

«Ich habe Freunde im Innenministerium. Schauen Sie, fünfhunderttausend Euro sind eine Menge Geld und dürften einige sehr unangenehme Leute anlocken.»

«Fünfhunderttausend Euro?», hatte er wiederholt.

«Tot oder lebendig.»

Bonneval hätte fast den Hörer fallen lassen. Fünfhunderttausend Euro! Für fünfhunderttausend Euro könnte man eine Menge schnurlose Telefone, Scanner und Sekretärinnen bekommen! Er dachte an sein eigenes kärgliches Gehalt und seine dürftige Pension. Zum Glück machte er diese Arbeit nicht nur des Geldes wegen, aber es kam ihm unfair vor, dass die, gegen die er als Polizist kämpfte, über so viel größere Ressourcen verfügten als er.

Er begann, die Liste der Orte zu suchen, an denen Grandchamps gesichtet worden war, und kramte ein Foto des alten Mannes hervor. Fünfhunderttausend Euro. Diese Summe ging ihm nicht aus dem Kopf. Was *hatte* der alte Mann nur getrieben? Er räumte die Zeitschriften vom Scanner und legte das Foto aufs Glas. Das Bild ploppte auf seinem uralten Computer auf. «Was hast du ausgeheckt, dass jemand bereit ist, für deinen Tod eine halbe Million Euro zu bezahlen?», fragte er laut.

Er mailte Valérie das Dokument mit ein paar Zeilen dazu: Bürgerliches Engagement sei ja gut und schön, Vorrang habe jedoch ihre persönliche Sicherheit und die Sicherheit anderer. Dann setzte er seine Kappe auf, zog sein Hemd glatt und begab sich zu dem Ort, an dem er den nun fünfhunderttausend Euro werten alten Grandchamps zuletzt gesehen hatte. Eines war sicher, eine halbe Million Euro würden eine Menge böses, habgieriges Gesindel nach Vauchelles locken, Banditen und zwielichtiges Pack, das auf einen großen Reibach hoffte. Nun, Philippe Bonneval würde sich nicht zurücklehnen und das einfach vor seiner Nase geschehen lassen.

15

Ein *Pling* von Valéries Handy riss Richard aus seiner Träumerei. Nun ja, die Bezeichnung Träumerei verlieh seinem Zustand eine Tiefe, die nicht ganz verdient war – es war eher ein gedankenleeres Grübeln. Er fühlte sich wie ein leer stehendes Bürogebäude in einer nächtlichen Großstadt: Die Lichter brannten, doch es war praktisch niemand da. Er hatte sich nach Kräften bemüht, hatte sich tatsächlich sein ganzes Leben lang immer nach Kräften bemüht, aber er kam einfach nicht dahinter, wie es hatte passieren können, dass er sich in weniger als achtundvierzig Stunden aus einem durchaus liebenswerten (seine Beschreibung), gelegentlich beschwipsten Filmfan in einen Mafiajäger und Leibwächter verwandelt hatte. Er fühlte sich, als sollte er ein Cape tragen oder so. Stattdessen hatte er ein ziemlich abgetragenes, kariertes Hemd an, das seine Frau Clare ihm vor Jahren geschenkt hatte und von dem Valérie bereits heute Morgen behauptet hatte, es stehe ihm nicht. Womit sie wieder einmal eine Grenze überschritten hatte, die sich ohnehin jeden Tag zu verschieben schien.

Wie war es nur dazu gekommen? Richard Ainsworth, Geißel des internationalen organisierten Verbrechens und wackerer Verteidiger potenzieller Mordopfer? Er trug seine Brille an einem Band um den Hals, Herrgott noch mal.

«Ah, das kommt von unserem Freund, dem Polizisten.»

Valérie griff nach ihrem Handy. «Ich muss sagen, dass er sehr tüchtig ist.»

«Entschuldigung, was?»

«Bitte konzentrier dich, Richard, ich glaube, dass inzwischen Menschenleben davon abhängen.» Richard schauderte. Er hätte gewimmert, doch das war vermutlich kein für Verbrechensbekämpfer typisches Verhalten. «Ich sagte, Bonneval hat mir eine Liste der Häuser geschickt, in denen Monsieur Grandchamps übernachtet hat oder zu Gast war.»

Richard seufzte. «Okay. Woher weiß Bonneval denn, wo er zu Gast war?»

«Anscheinend hat Grandchamps es immer geschafft, dass man ihn rausgeschmissen oder sich zumindest über sein Verhalten beschwert hat.»

«Was für ein eigenartiger Mann.»

«Es wirkt so, als hätte er absichtlich versucht, die Aufmerksamkeit auf sich zu lenken.»

«Oder auf seinen Bruder.»

«Genau. Gut beobachtet, Richard.»

«Aber warum? Es wirkt wie eine eigenartige Lebensweise, nichts als Gehässigkeit und Langeweile für beide.»

«Sie müssen einander wirklich verabscheuen», stimmte sie zu. «Hast du Geschwister?»

«Ich? Ich habe einen Bruder, aber wir haben kaum Kontakt. Er lebt in London und arbeitet Tag und Nacht, um für zwei Ex-Frauen und seine erwachsenen Kinder zu sorgen, die er nicht ausstehen kann.»

«Das klingt ziemlich traurig.»

«Wie man's nimmt. Er ist zu dem Schluss gelangt, dass er das entscheidende Rädchen im Getriebe der Welt ist und dass besagte Welt ohne ihn nicht mehr funktionieren würde. Er ist ein einziges Mal hier gewesen und fand es schrecklich. Wahrscheinlich nicht genug Lärm.» Er machte ein wehmütiges Gesicht. «Clare mochte ihn.» Der Gedanke erschütterte ihn. «Und du, hast du Geschwister?»

«Brüder.» Sie winkte beiläufig ab, als wäre es gleichgültig, ob es nur zwei waren oder eine ganze Mannschaft. «Clare ist deine Frau?», fragte sie desinteressiert, während sie durchs Display ihres Handys scrollte.

«Vorläufig noch. Wie viele Brüder hast du?»

Sie spielten beide dieses Spiel, ein Spiel, das nur Erwachsene kannten, nämlich möglichst so zu tun, als würde man sich nicht für den Hintergrund des anderen interessieren, um den eigenen nicht preisgeben zu müssen. Richard hatte den Eindruck, es gäbe aus seiner Sicht jämmerlich wenig zu verstecken, aber ihm kam allmählich der Verdacht, dass bei Valérie d'Orçay wesentlich mehr zu holen war, als sie enthüllen wollte. Er hoffte, dass sie sich nur vorläufig so zurückhielt. Er musste zugeben, dass sie eine ziemlich aufregende Frau war, selbst wenn ihre Einstellung zum Gallinazid – falls das das richtige Wort war – allzu ungerührt ausfiel. Wieder trat ihm das schreckliche Bild Ava Gardners vor Augen, und er schauderte erneut.

«Nun gut.» Er setzte die Brille auf. «Wo fangen wir an?»

«Na ja, diese Liste ist ziemlich lang.»

«Unser Freund, der Polizist, interessiert sich also mehr für die Sache, als er durchblicken lässt, was meinst du?»

«Nein, er sagte, der alte Richter habe eine Liste angelegt, was ja zu seinem juristischen Beruf passt – alles schriftlich machen. Bonneval hat sie mir nur geschickt. Ich habe ihn erst vor wenigen Minuten darum gebeten. Wie schon gesagt, er ist sehr tüchtig.»

Wohl eher schon eingeschüchtert, sagte sich Richard. Er hatte den Verdacht, dass es massenhaft Männer gab, die durch Valéries Ruf zu den Waffen plötzlich aktiv und «tüchtig» wurden. Sie reichte ihm das Handy, damit er einen Blick auf die Liste werfen konnte, und er tat das über seine Brillengläser hinweg.

«Warum machst du das?», fragte sie unschuldig.

«Was? Warum mache ich was?» Er wandte sich ihr befangen zu und schaute auch jetzt wieder über seine Brillengläser hinweg.

«Eine Brille tragen, die du offensichtlich gar nicht brauchst.»

Er setzte sie ab. «Die ist mehr zum Autofahren.»

«Ich glaube, du möchtest gern älter aussehen, als du bist.» Es folgte ein Schweigen, währenddessen Richard durch den Text auf dem Handy scrollte. «Wieso?»

Die verdammte Frau ließ einfach nicht locker.

«Weißt du, was mir an dieser Liste auffällt?», fragte er entschlossen. Er konnte nur hoffen, dass ihm etwas einfallen würde, wenn sie gleich nachhakte.

«Was denn?»

«Na ja …»

«Äh, Sie beide.» Es war Madame Tablier, die am Fuß der Treppe stand.

«Nicht jetzt, Madame, Richard steht kurz vor einer Entdeckung, scheint mir.»

Madame Tablier verzog höhnisch den Mund, knurrte: «Ich bin wohl nicht gut genug für Ihresgleichen», und verschwand nach draußen.

«Also, was wolltest du sagen?»

Plötzlich hatte Richard eine Eingebung. Er sah Valérie an, war aber fast zu aufgeregt, um Worte zu finden. «Na ja», wiederholte er, «all diese Orte sind das Hauptreiseziel in ihrem, wie sagt man, Gebiet.» Sie machte ein zweifelndes Gesicht. «Nein, wirklich. Ein einziges *château* ist darunter, und das ist natürlich Chambord. Es gibt einen einzigen *jardin*, und der ist natürlich

Villandry. Oder es gibt einen einzigen Weinberg, und der liegt natürlich in Sancerre, das ein beträchtliches Stück von hier entfernt ist. Aber er ist am berühmtesten. Tatsächlich ist es genau so: Grandchamps hat die berühmtesten Orte besucht. Ich persönlich habe Chenonceau immer Chambord vorgezogen.»

«Und?»

«Na ja, das war es schon. Es ist einfach nicht besonders einfallsreich, das ist alles. Wenn eine Kirche aufgelistet ist, dann Notre-Dame in Chartres. Die Abtei, die auftaucht, ist Fontevraud. Es ist, als hätte er eine Liste der beliebtesten Touristenziele im Loire-Tal gefunden und arbeitete sie ab.»

Sie sah ihn an.

«Ja, na ja.» Jetzt verließ ihn der Mut. «Ich weiß, das ist nicht viel.»

«Er gibt sich also alle Mühe, gesehen zu werden, willst du das damit sagen?»

Richard wusste selbst nicht recht, was er sagen wollte. «Wohl schon», antwortete er wie ein widerwilliger Schuljunge.

Sie tippte etwas in ihr Handy. «Die Top Ten der Touristenziele im Loire-Tal», sagte sie beim Eingeben der Buchstaben. «Chambord, Villandry, Notre-Dame, Fontevraud … Du könntest richtig liegen. Er hält sogar die Reihenfolge ein! Richard! Genial. Falls er dieselbe Liste verwendet hat, und wahrscheinlich ähneln die sich alle, können wir sogar sehen, wo er als Nächstes auftauchen wird!» Sie beugte sich vor und umarmte ihn, und in diesem Moment kehrte Madame Tablier in den Raum zurück.

«Oh, halten Sie sich mal zurück», raunzte sie. «Ehrlich, alle sind miteinander zu Gange.» Und damit ging sie wieder und bekam nicht mit, wie überfordert Richard von dem war, was ihm gerade widerfahren war. Er stand auf und setzte sich sofort wieder.

«Na ja, anscheinend hat er alle größeren *châteaux* abgegrast, und wir werden ihn niemals finden, indem wir aufs Geratewohl zu einem der hundert anderen fahren. Was meinst du?»

Richard versuchte, seine Fassung zurückzugewinnen, indem er vollkommen reglos dasaß und mit leerem Blick in die Ferne starrte.

«Alles in Ordnung, Richard?»

«Was? Ja, ja, ich habe einfach nur nachgedacht.» Er versuchte, ein entsprechendes Gesicht zu machen. «*Châteaux*, sagst du?»

«Ja, *châteaux*. Es gibt zu viele von ihnen.»

«Das ist das Problem mit diesen Listen. Bei allen ist es dasselbe: Es geht nur um die *châteaux* und um kaum etwas anderes.»

«Gibt es denn noch irgendwas anderes?»

«Den Zoo. Der Zoo dominiert hier alles. Tatsächlich macht er drei Viertel meines Geschäfts aus. Er hat seine eigene Fernsehserie und gemietete Pandas. Er ist riesig, taucht aber nie in diesen Listen auf.»

«Und außer dem Zoo?»

Richard war enttäuscht. Wann immer er erwähnte, dass der Zoo die Pandas für einen hohen Preis mietete, wurde das sofort zum Thema, und im Laufe der Jahre hatte er einige geistreiche Bemerkungen gefunden, die er bei solchen Gesprächen gern anbrachte. Valérie dachte jedoch offensichtlich, dass Pandas, ob nun gemietet oder nicht, nicht relevant waren.

«Außer den gemieteten Pandas?» Er versuchte es erneut, sie reagierte aber nicht. «Na ja, dann ist da noch der Fluss selbst. Man kann Kreuzfahrten machen, es gibt Kanuverleihe und so weiter …»

«Ach.» Valérie machte ein enttäuschtes Gesicht.

«Also, man kann über die Rizzolis sagen, was man will, aber

sie haben mich gebeten, eine Schiffstour für sie zu buchen. Die Buchung musste telefonisch erfolgen, und ihr Französisch …»

«Du hast eine Schiffstour für sie gebucht?» Valérie war plötzlich ganz munter.

«Ja, das habe ich dir ja gerade gesagt. Es gibt einige Schiffe, und ich sagte ihnen, sie sollten sich für eines der kleineren entscheiden, da herrscht weniger Gedränge, aber sie hatten schon ein ganz bestimmtes …», seine Stimme erstarb, «… im Sinn.»

Valérie blickte ihn auf eine Weise an, die nicht gänzlich ermutigend war, sondern eher wie ein Tadel dafür wirkte, dass er ihre Zeit verschwendete. «Erinnerst du dich, für welchen Termin du die Tour gebucht hast?»

«Äh, na ja, ja …», er wich ihrem ziemlich strengen Blick aus. «Es war tatsächlich für heute Nachmittag. Es ist nicht weit von hier, aber wir müssen uns beeilen. Soll ich nachschauen, wann …»

«Ja, Richard, mach das. Wir werden auf dem Boot mitfahren.»

Madame Tablier kehrte durch die Flügeltür zurück. «Sind Sie beide jetzt fertig, ja? Gut, also, ich habe ebenfalls Neuigkeiten.»

«Die können Sie uns später erzählen, Madame, wir müssen sofort los. Also, Passepartout fährt nicht gern Boot, ihm wird schnell schlecht, passen Sie also bitte gut auf ihn auf. Er hat schon gefressen.» Valérie reichte der erstaunten Madame Tablier einen nicht weniger überraschten Passepartout und eilte hinauf. «Bitte setz einen Hut und eine Sonnenbrille auf, Richard, wir sollten uns bemühen, nicht erkannt zu werden», rief sie ihm über die Schulter zu.

Richard sah Madame Tablier an, die sich gerade mit Passepartout einen Wettbewerb im Anstarren lieferte. Es sah so aus, als könnte der noch eine Weile dauern.

«Jedenfalls», begann Madame Tablier, ohne zu blinzeln oder den Hund auch nur einen Moment aus den Augen zu lassen, «ich muss Ihnen etwas berichten.» Passepartout leckte sich auf diese typische Hundeweise die Schnauze, wendete seinen konzentrierten Blick aber keine Sekunde von Madame Tablier ab.

«Wirklich?», antwortete Richard, von der Konfrontation fasziniert.

«Ja, diese beiden …» Richards Handy läutete, eine ziemlich dünne, geklimperte Version von «As Time Goes By …» aus *Casablanca*. Er zuckte gequält zusammen. Damals war ihm der Klingelton genau richtig erschienen, aber jetzt wirkte er ein wenig tragisch. Er hatte ihn eigentlich ändern wollen, konnte sich aber partout nicht erinnern, wie er das anstellen musste. Er nahm ab. Es war seine Tochter Alicia, und sie *facetimte* ihm, wie sie das nannte, was bedeutete, dass er nicht nur so klingen, sondern auch so aussehen musste, als interessierte ihn, was sie sagte. Telefonieren war viel einfacher, wenn man sich nur hörte. Er erinnerte sich an einen Beitrag in den französischen Nachrichten. Zu der Tatsache befragt, dass Telefonate nun nicht mehr nur übers Gehör gingen, sondern auch visuell geworden seien, hatte sich ein Mann bitterlich beklagt, dies sei das Ende der Zivilisation, wie man sie kenne. «Nehmen wir einmal an, meine Frau ruft an, und ich behaupte, dass ich im Büro Überstunden mache?» Er war wirklich ziemlich wütend. «Dann sieht sie, dass es nicht so ist.» Der Reporter hatte ihn ganz vernünftig gefragt, wo er dann wohl sein könne. «Das geht Sie nichts an», hatte der Mann geantwortet und war davongeeilt, zweifellos in der Hoffnung, dass seine Frau die Nachrichtensendung nicht sehen würde.

«Alicia! Wie schön, dass du anrufst!»

«Hallo, Daddy», kam die von Echos widerhallende Antwort. Sie klang immer so, als wäre sie von ihm enttäuscht, dachte er.

«Ich kann nicht lange reden, Liebling, ich muss gleich los, und zwar dringend. Ist mit dir alles in Ordnung?»

«Es geht um Mummy, Daddy.» Das Mädchen war siebenundzwanzig, redete aber immer noch so wie damals mit vier Jahren, als sie mit Ballettunterricht angefangen hatte. «Ich hoffe wirklich, dass ihr beide dieses Wochenende eine Lösung findet. Die Situation ist sehr stressig für uns alle, weißt du?» Richard fragte sich, ob es eine gesetzlich festgelegte Altersgrenze gab, ab dem der Nachwuchs die eigenen Unzulänglichkeiten nicht mehr auf die Eltern schieben durfte. Wenn man selber erwachsen wurde, sollte es einem doch wie Schuppen von den Augen fallen, und man müsste erkennen, dass die große Mehrheit der Eltern ebenso verängstigt und verunsichert ist wie jedes Neugeborene.

«Tut mir leid, Liebling.»

«Du weißt, dass Sly und ich versuchen, ein Kind zu bekommen. Da ist diese Ungewissheit wirklich nicht hilfreich.»

Richard hatte man im Laufe seines Lebens schon an vielen Dingen die Schuld gegeben, manchmal zu Recht, manchmal eher zufälligerweise, und oft, so empfand er es, war der Vorwurf an den Haaren herbeigezogen. Aber dass man ihm nun das Ausbleiben von Nachwuchs und fruchtbaren Tagen in die Schuhe schob, schlug dem Fass den Boden aus. Außerdem war er sich nicht sicher, ob ein Mann namens Sly überhaupt Kinder zeugen sollte. Nach Richards Ansicht war der Immobilienmakler Sly so schlau und gerissen, wie der Name es sagte, aber auf ihn hörte ja keiner. Jedenfalls sollte Sly keine Kinder zeugen, die mit Richard verwandt waren. Er war wirklich ein fürchterlicher Mensch. «Hi, Dick», hatte Sly ihn bei ihrer ersten Begegnung begrüßt, womit er den Anfang schon mal vermasselt hatte. «Natürlich ist meine Arbeit als Immobilienmakler nur ein Sprungbrett, an Wochenenden bin ich DJ.» *DJ an den*

Wochenenden war für Richard die Kurzform für *Ich betrüge meine Frau*. In einer Hinsicht bewunderte er Sly allerdings: Er war Makler im boomenden Central London, wo alle auf Immobilien scharf waren, und doch arbeitete er fast peinlich erfolglos. Selbst Richard musste zugeben, dass das eine gewisse Leistung war.

«Tut mir leid, Liebling, versuch, nicht an mich zu denken, wenn ihr … versuch, nicht daran zu denken, wollte ich sagen. Wir finden gewiss eine Lösung.»

«Das hoffe ich, Daddy.»

«Ich auch.»

Es folgte ein verlegenes Schweigen, und er sah, dass Alicia eine Haarsträhne zwirbelte, wie sie es schon als Kind immer getan hatte. «Ich glaube, Mummy hofft darauf, dass ihr dieses Wochenende wieder zusammenkommt.»

«Oh.» Richard setzte sich. «Lass uns die Sache erst mal langsam angehen.» Er war überrascht von Alicias Wahrnehmung der Situation, da sie nicht mit den Fakten übereinstimmte, wie er sie sah.

Alicia wirkte enttäuscht. «Wie ich sehe, hast du wieder diese grässliche Filmprojektorlampe am Fuß der Treppe aufgebaut. Das wird Mummy gar nicht gefallen.»

«Mir gefällt es aber.» Richard drehte sich zur Treppe um, und in diesem Augenblick tauchte Valérie auf. Mit ihrer riesigen Sonnenbrille und einem Kopftuch – dieses gewisse Altmodische fand Richard nur umso toller – sah sie elegant, edel und absolut strahlend aus.

«Wenn wir heute kein Glück haben, sollten wir es morgen mit dem Zoo versuchen, Richard», sagte sie leichthin und verschwand fast so schnell aus Alicias FaceTime-Bildschirm, wie sie darin aufgetaucht war. Richard drehte sich langsam zurück zum Handy und hatte eine benommene Alicia vor sich.

«Oh Daddy! Wie kannst du nur?» Damit erlosch das Display.

Ja, alles in allem zog Richard die altmodische Sorte Telefon vor.

16

Am dicht bevölkerten Campingplatz vorbei lenkte Valérie ihren Sportwagen langsam am Flussufer entlang zum Parkplatz, hinter dem die Ausflugsschiffe vertäut waren. Die Sonne schimmerte auf der reglosen Oberfläche des Flusses Cher, die nur hier und da von einem Kräuseln bewegt oder von einer treibenden Algeninsel durchbrochen wurde. Die Ruhe an diesem Ort war ansteckend, und Richard, der sich normalerweise lieber mit einem steinharten Baguette verprügeln lassen würde, als auf einem Campingplatz zu übernachten, schaute mit einem gewissen Neid auf die Camper, die auf beiden Ufern des grün belaubten Flussufers lagerten. Da es Spätfrühling war und die Schulferien noch nicht begonnen hatten, war der Campingplatz mit Leuten vom «grauen Markt» bevölkert, wie man sie auch nannte. Rentnerehepaare in glänzend sauberen Wohnmobilen, die durch Frankreich tuckerten, bevor die Scharen von Urlaubern eintrafen. Er seufzte tief.

«Du hast recht!», sagte Valérie plötzlich energisch, trat auf die Bremse und fuhr dann ziemlich rasch im Rückwärtsgang zwischen den Gruppen von Busreisenden hindurch, die über die schmale Straße zogen. Die sprangen überraschend rüstig aus dem Weg, während Valérie weiter rückwärtsfuhr, bis sie auf dem Busparkplatz ankam und ihren Wagen in der hinteren Ecke zwischen zwei großen Reisebussen versteckte.

Mit einem Druck auf den Schalter ließ sie das Dach hochfahren, während Richard erstarrt dasaß und sich vor dem Aussteigen fürchtete, denn vielleicht würde er feststellen müssen, dass einige der Rentner wie Kegel umgeworfen worden waren und die Überlebenden der Gruppe bereits Fackeln und Mistgabeln schwingend auf sie zustürmten. «Womit habe ich recht?», fragte er verwundert.

«Ich dachte, du hättest geseufzt, weil Parken auf dem Hauptparkplatz keine gute Idee wäre. Man könnte uns entdecken.»

«Oh ja, sicher.» Dagegen war es der Gipfel von Diskretion und Verstohlenheit, mit einer Rentnerreisegruppe so umzuspringen, als wären sie eine Versammlung von Bowling-Pins. Valérie rückte ihre riesige Sonnenbrille im Rückspiegel zurecht und band ihr Kopftuch fester. Sie wirkte wie ein Filmstar, der in seiner Freizeit versucht, inkognito zu bleiben, während er gleichzeitig dafür sorgt, auch ja gesehen zu werden.

«Setz deinen Hut auf, Richard, dich werden sie eher erkennen als mich, denke ich.»

Das bezweifelte Richard sehr und hatte sein ganzes als Mauerblümchen verbrachtes Leben zum Beweis. Selbst an seiner eigenen Hochzeit hatte er den größten Teil des Empfangs damit zugebracht, sich zahlreichen Leuten vorzustellen, obwohl manche seine eigenen Verwandten waren.

«Ich besitze keinen Hut, tut mir leid. Ich trage keine Hüte.»

Sie sah ihn entsetzt an, als hätte er sich zu einem Leben als Krimineller und Opiumsüchtiger bekannt.

«Du trägst keine Hüte? Aber warum denn nicht?» Sie wirkte sehr enttäuscht von ihm, und er fühlte sich getadelt. «Ein Mann sollte einen Hut tragen. Oder er sollte zumindest einen besitzen.»

«Na ja, ich habe zu dickes Haar. Da drückte sich immer eine Art Kerbe ein, unmittelbar über den Ohren.»

«Eine Kerbe?» Ihm fiel auf, dass sie ihre Gereiztheit nicht verhehlen konnte, wenn sie mit einem englischen Wort kämpfte, aber andererseits fragte er sich, ob sie überhaupt jemals versuchte hatte, ihre Verärgerung wegen etwas zu verbergen.

«Ja», antwortete er, ins Französische zurückwechselnd. «Wie ein Ring im Haar.» Sie sah ihn kühl an. «Unmittelbar über den Ohren», fügte er müde hinzu. Erneut erinnerte er sich an seine Hochzeit und die Fotos, die geschossen worden waren, als er seinen Zylinder abgesetzt hatte.

«Oh, Darling!», hatte Clare geschnaubt, als sie einen Monat darauf beim Fotografen das Hochzeitsalbum aufschlug. «Du siehst aus, als hättest du eine Lobotomie hinter dir!»

Seitdem hatte er keinen Hut mehr getragen.

«Aber eine Sonnenbrille besitzt du doch wohl, oder?»

Richard hielt seine Sonnenbrille hoch.

«Gut. Na ja, wahrscheinlich habe ich im Kofferraum einen Hut liegen, den du benutzen kannst.» Sie stieg aus und ließ Richard mit der Frage zurück, welche Art von Unisex-Kopfbedeckung sie wohl meinen konnte. Gab es, abgesehen von der schrecklichen allgegenwärtigen Baseballkappe überhaupt einen Hut für beide Geschlechter? Ihm fiel keiner ein, und schon stellte er sich vor, er würde stattdessen ein überzähliges Kopftuch umbinden. Er könnte auch jederzeit vier Zipfel in sein Taschentuch binden und es als Mütze aufsetzen …

Die Beifahrertür ging auf. «Hier.» Sie streckte ihm einen vollkommen angemessenen Panamahut entgegen, einen Männerhut. «Probier mal den hier an.»

Er sah sie misstrauisch an. «Das ist ein Männerhut», sagte er, bemüht, nicht überrascht zu klingen.

Sie warf ihm einen merkwürdigen Blick zu. «Würdest du einen von meinen vorziehen?»

«Nein, nein. Natürlich nicht.» Ihm lagen so viele Fragen auf der Zunge, aber nichts von alldem ging ihn etwas an, und außerdem hatte er jetzt den Hut eines anderen Mannes auf. Mit einem fremden Hut auf dem Kopf ist es schwierig, selbstbewusst aufzutreten.

«Er ist ein bisschen zu klein, aber er muss genügen», erklärte sie und bemühte sich, ihm den Hut frech und schief aufzusetzen, damit man nicht sah, dass Richard damit wie eine Figur aus einem Trickfilm aussah. «Setz deine Sonnenbrille auf.» Er tat wie geheißen. «Na also», erklärte sie lächelnd. «Niemand wird dich erkennen!»

Richard lächelte matt. *Wie überflüssig*, dachte er. *Mich erkennt sowieso nie jemand.*

Ein paar Minuten später saß er auf einer Steinbank in der Sonne und genoss den Frieden des Flusses vor ihm. Hinter ihm machten die Grauhaarigen einen Höllenlärm, während die Reisegruppenleiterin vergeblich versuchte, sie dazu zu bringen, sich in einer ordentlichen Reihe aufzustellen. Die gequält dreinschauende Frau Ende zwanzig trug eine blaue Uniform, die schon bessere Tage gesehen hatte, und hatte Mühe, ihnen Anweisungen zu geben oder sich auch nur Gehör zu verschaffen. Die alten Leute schlenderten andauernd davon, was die Aufgabe der Frau unmöglich machte, und sie schaute immer wieder zum Gittertor des sanft abfallenden Anlegestegs, als könnte sie es mit ihren Blicken zwingen, sich zu öffnen, damit sie die Gruppe aufs Boot scheuchen könnte und vielleicht ein Stündchen Ruhe hätte.

Valérie war losgegangen, um Tickets für Richard und sich zu kaufen, obwohl es so aussah, als würde es auf dem Boot recht voll werden. Außerdem war bisher noch nichts von den Rizzolis zu sehen. Richard hatte überprüft, dass er den beiden für diese Uhrzeit die Fahrt gebucht hatte, aber was bedeutete es, wenn sie nicht auftauchten? War das ein Zeichen für ihre Schuld oder für ihre Unschuld? Soweit er es beurteilen konnte, beruhte die Vermutung ihrer Schuld bisher nur auf der Wahrnehmung von Zufällen. Da war die Verbindung mit Italien, das war alles. Nichts verknüpfte sie mit dem Tod von Ava Gardner und dem Verschwinden Grandchamps', abgesehen davon, dass Marie und Melvil das Gefühl hatten, von den beiden verfolgt zu werden. Aber warum sollten die Rizzolis das tun? Nur weil Melvil Post zum Briefkasten gebracht hatte? So oder so, wenn die Rizzolis bei Martin und Gennie abgestiegen waren, waren sie vielleicht inzwischen zu dem Schluss gelangt, dass das Loire-Tal nicht das Richtige für sie war, und nach ihrem Zuhause in Trapani zurückgekehrt.

Valérie ließ sich neben ihm auf die Bank fallen. «Es ist nur ein einziges Ticket übrig.» Sie kickte unwillig mit der Fußspitze.

«Ich habe nichts dagegen, hier zu warten, wenn du mitfahren möchtest.» Er hätte gern hinzugefügt, er könnte die Rizzolis an der Flucht hindern, aber das war in vielerlei Hinsicht lächerlich. Valérie schaute sich nach der Schar der Passagiere um, die sich langsam vorwärtsschoben, da das Tor nun aufging. Sie streckte ihm das Ticket entgegen. «Wir sehen uns an Bord», sagte sie hastig und stand auf. «Aber wir sollten nicht zusammensitzen. Du gehst zum Aussichtsdeck oben, und ich setze mich nach unten. Und Richard, bemühe dich, unauffällig auszusehen!» Damit verschwand sie im Gewühle, und er verlor sie aus dem Blick, als die gesichtslose, grauhaarige Menschenmasse sich über den Steg und an Bord schob.

Richtig, dachte er und richtete sich auf. *Bemüh dich, unauffällig auszusehen.* Damit rückte er seinen zu kleinen Hut zurecht und stellte sich nervös pfeifend hinter den Reisegruppen an.

Es war allerdings schwierig, unauffällig zu wirken, da er der einzige Passagier auf dem oberen Aussichtsdeck war. Die anderen stritten sich um die Plätze unten. Doch auffällig oder unauffällig, Richard genoss es hier oben. Er fühlte sich wie ein Kapitän, der auf seine Galeerensklaven hinunterschaut, und klopfte auf die hölzerne Reling vor ihm, als schlüge er den Rhythmus für die Riemen. Damit hörte er auf, als eine alte Frau zu ihm trat, eine der wenigen, die unten keinen Platz gefunden hatten und nach oben ausgewichen war, wo es einige Holzbänke gab.

«Entschuldigen Sie, wo sind die Toiletten?»

Sein Image als Sklaventreiber war dahin, er schüttelte den Kopf, und sein Hut fiel herunter.

Wenige Minuten später hatte das Boot abgelegt und drehte langsam vom Wehr weg flussabwärts. Man hörte das sanfte Brummen des Motors, begleitet vom ebenso sanften Summen leisen Geplauders, da alle nach der Aufregung, an Bord zu gehen, nun zur Ruhe kamen. Die Ansagerin des Ausflugsschiffs tippte leise ans Mikrofon, als wollte sie die gelassene Ruhe nicht stören, und nach der Begrüßung kommentierte sie, was am Flussufer vorbeizog.

Richard entspannte sich und genoss die Aussicht, die vom Ufer heranwehenden Frühlingsdüfte und das leise Lüftchen im Gesicht. Sein letzter Ausflug mit einem der hiesigen Schiffe lag schon Jahre zurück. Damals, als Alicia noch klein war, hatten Clare und er begonnen, in diesen Teil Frankreichs zu kommen. Er lächelte. Das waren gute Tage gewesen, und er hatte glückliche Erinnerungen daran. Clare hatte Alicia – war sie damals fünf oder sechs? – in eine riesige Schwimmweste gesteckt, aus der ihr winziger Kopf gerade so eben herauslugte. Sie hatte ausgesehen wie ein Kissen, und er hatte so getan, als wollte er auf ihr sitzen, worauf sie vor Lachen gequiekt hatte. Er seufzte erneut, diesmal allerdings glücklich. *Du konzentrierst dich jetzt besser*, ermahnte er sich.

Er hatte die Rizzolis bisher nicht entdeckt. Allerdings war die Hälfte des unteren Decks durch ein großes cremefarbenes Sonnensegel, das den Passagieren Schatten spendete, vor seinen

Blicken verborgen. Er konnte Valérie sehen, deren Kopftuch in der Brise leicht flatterte. Sie bemühte sich, wie ein Mitglied der Reisegruppe auszusehen, und schon, als sie an Bord des Schiffs ging, hatte sie sich mitten zwischen diesen Leuten versteckt, doch sie stach von ihnen ab wie ein Schwan von einer Schar Enten. Obwohl sie saß, waren ihre Eleganz und Selbstsicherheit unübersehbar, ihre Kleidung entsprach nicht dem, was auf Rentner-Busreisen üblich war, und auch die nervöse Energie, die sie verströmte, widersprach der Atmosphäre, die die in sich zusammengesackten alten Leutchen in ihren wasserdichten Jacken um sich verbreiteten. Sie blickte zu ihm auf und schüttelte den Kopf. Anscheinend hatte auch sie die Rizzolis nicht gesehen.

Er beschloss, sich zu entspannen und die Aussicht auf die vorbeigleitende Landschaft einfach zu genießen. Die Campingplätze lagen inzwischen weit hinter ihnen, und am Ufer wechselte sich Wald mit Weinbergen ab. Am Saum des Flusses schwirrten eifrige Libellen umher, und hier und da tauchte in unregelmäßigen Abständen ein Reiher auf, als stünde er Wache. Die Ruhe machte Richard beinahe schläfrig; doch dann fiel ihm etwas auf dem Unterdeck ins Auge. Einige Passagiere um Valérie standen auf, um jemandem Platz zu machen, der sich an ihnen vorbeischob. Und wie Valérie sah auch diese Person nicht so aus, als gehörte sie zur Reisegruppe.

Das Erste, was an dem Mann auffiel, war seine Größe. Er musste weit über eins achtzig sein, dachte Richard. Er war drahtig, und seine Arme wirkten so, als wären sie ein wenig zu lang für den Körper. Er trug Jeans und eine braune Wildlederjacke mit Fransen an den Armen. Sein Gesicht konnte Richard allerdings nicht erkennen, denn das Auffälligste an dem Mann war sein riesiger, breitkrempiger Stetson-Hut. Er sah durch und durch wie ein Cowboy aus und passte so gar nicht zu seiner

Umgebung, was ihn aber offensichtlich nicht im Geringsten störte. Außerdem steuerte er nicht weniger offensichtlich direkt auf Valérie zu.

Valérie bemerkte ihn, als er sich zu ihr vordrängte, und Richard sah, dass sie aufstand. Wollte sie fliehen? Nun, wenn sie nicht vom Schiff springen und zum Ufer schwimmen wollte, waren ihre Optionen begrenzt. Ohnehin sah sie eher verärgert als erschreckt aus, verstimmt, als hätte der Typ ihr einen Strich durch die Rechnung gemacht, doch anscheinend nahm sie ihn nicht als Bedrohung wahr. Sie gestikulierte mit den Armen, als wollte sie den Mann tadeln, und sagte etwas, das Richard natürlich nicht verstehen konnte. Als Reaktion gestikulierte der Mann ebenfalls – es sah aus wie eine Begrüßung voller Erstaunen: Du auch hier? Dann setzte Valérie sich neben ihn auf die Bank, und die beiden umarmten sich und tauschten Küsse. Sie saßen nun mit dem Rücken zu Richard, Valéries Kopftuch verdeckte ihren Nacken, und der lächerliche Cowboyhut des Mannes verdeckte beinahe das ganze Unterdeck. Nun, der Hut, den Richard trug, gehörte jedenfalls nicht diesem Störenfried, überlegte er düster.

Er beobachtete, wie der Mann Valérie den Arm um die Schultern legte, und sah, dass sie sich bei der Berührung anspannte. Daraufhin nahm der Mann seinen Arm mit einer entschuldigenden Geste weg, und beide plauderten eine Weile steif. Richard fühlte, wie ein Schatten auf ihn fiel, und schob es zunächst melodramatisch auf seine sich verdüsternde Stimmung, doch bald bemerkte er, dass das Renaissanceschloss Château de Chenonceau mit seiner hoch aufragenden Schönheit die Sonne verdeckte. Auf der Brücke und den Wehrmauern standen Menschen und winkten dem vorbeigleitenden Boot unnötigerweise zu. Warum taten die Leute so etwas? Mürrisch weigerte er sich zurückzuwinken.

Dass nicht alle Besucher des *château* diesem geistlosen Unsinn huldigten, schien ihm recht zu geben; er war nicht der Einzige. Insbesondere zwei Menschen hoben sich von der Gruppe winkender Einfaltspinsel ab. Mit gesenkten Armen schauten sie aufmerksam aufs Boot hinunter. Richard setzte sich kerzengerade, und in diesem Moment glitt das Boot unter das Aquädukt des *château*. «Die Rizzolis!», stieß er hervor, und dann hörte er, wie die unvorsichtig geäußerten Worte ein halbes Dutzend Mal von den Steinbögen widerhallten. «Die verdammten Rizzolis!»

17

Sie saßen schon seit gut zehn Minuten im Auto und hatten kaum ein Wort gewechselt. Richard war wütend, vor allem auf sich selbst, und Valérie war offensichtlich ausgesprochen genervt, wenn auch vor allem von dem Traktor, der vor ihnen herfuhr und ihr die Möglichkeit nahm, einen landesweiten Geschwindigkeitsrekord aufzustellen. Schließlich ließ sie sich mit einem tiefen Seufzer am Steuer zurücksinken und gab sich vorläufig damit zufrieden, den Dingen einfach ihren Lauf zu lassen.

Das Schweigen dauerte jedoch an und wurde allmählich ungemütlich.

«Du bist sehr still», sagten beide genau in demselben Moment.

«Nein, sprich weiter.» Richard war sich nicht sicher, wie er seine Zurückhaltung erklären sollte, interessierte sich aber sehr dafür, warum Valérie so verschlossen war.

«Nun ja», begann sie, und ihr Blick schoss hin und her, als wären überall Stichwortzettel verstreut, die sie an das erinnerten, was sie sagen sollte. «Bei so was irre ich mich normalerweise nicht.»

«Bei so was?»

«Ach, du weißt schon.»

«Nein, eigentlich nicht.»

«Ich war mir sicher, dass sie da sein würden. Absolut sicher. Und normalerweise irre ich mich nicht!», fügte sie mit der ganzen Überzeugung eines Menschen hinzu, der über seine Irrtümer selten aufgeklärt wird.

Richard beschloss, seine Gedanken für sich zu behalten. Es kam kaum je einmal vor, dass er im Vorteil war, und normalerweise legte er es auch gar nicht darauf an, weil der Schuss gern nach hinten losging, aber er wusste, dass Valérie etwas vor ihm zurückhielt, und wenn er dasselbe tat, hätten sie vorläufig Gleichstand. Wenn sie ihm nicht von dem Mann auf dem Boot erzählt hatte, was verschwieg sie ihm sonst noch? Von wem erzählte sie ihm außerdem nicht, und warum beschäftigte die ganze Sache sie eigentlich so sehr? Und warum wiederum war das, was ihr wichtig war, auch ihm so wichtig? Das alles war sehr kraftraubend, aber er beschloss, dass er nun lange genug ihr zweiter Passepartout gewesen war. Vielmehr wurde es allmählich Zeit, dass er sich ins Zeug legte. Natürlich feinfühlig und ganz locker.

«Hast du auf dem Schiff mit jemandem Freundschaft geschlossen?», fragte er und klang dabei in etwa so locker und feinfühlig wie ein Zahnarztbohrer.

«Habe ich was?»

«Ich habe gesehen, wie du dich mit einem Mann unterhalten hast. Es wirkte so, als würdest du ihn kennen.» Er würde einen miserablen Pokerspieler abgeben.

Valérie schaltete überflüssigerweise, was den Wagen ein wenig ins Schlingern brachte. «Ach der», sagte sie und kehrte zum vorherigen Gang zurück.

«Ist das alles?» Offensichtlich wollte sie nichts erklären, aber Richard hatte allmählich genug.

«Du hast ihn also gesehen?»

«Die lange Bohnenstange mit dem breitkrempigen Cowboyhut? Ja, komischerweise ist er mir aufgefallen. Und du bist ihm ganz offensichtlich auch aufgefallen.»

«Ja. Ich hatte nicht erwartet, ihm zu begegnen», erwiderte sie leichthin.

«Du kennst ihn gut, oder?» Er studierte ausgiebig seine Fingernägel.

«Eigentlich nicht so besonders, nein.» Sie schien ihr Gleichgewicht wiedergefunden zu haben, und Richard hatte eigentlich keinen Grund, an ihren Worten zu zweifeln. «Wir waren nur ein halbes Jahr verheiratet, und davor hatten wir uns gerade einmal vierzehn Tage gekannt!»

Richard schaute weiter auf seine Fingernägel, während die Emotionen in seinem Inneren herumtorkelten wie die Zeitlupenaufnahme eines Dummys im Crashtest. Er wollte etwas sagen, die Sache mit einem Scherz abtun, als wäre er eine Art Künstlertyp, der von Frauen umschwirrt wird. Er wollte die Information einfach beiseitewischen.

«Es war eine stürmische Romanze, und wie alle Stürme zog sie rasch vorüber», erklärte Valérie nüchtern. Entweder bemerkte sie nicht, welche Wirkung diese Information auf ihren Beifahrer hatte, oder sie kostete sie genüsslich aus. «Du weißt ja, wie so was läuft», fügte sie hinzu.

Tatsächlich hatte er nicht die geringste Ahnung, wie diese Dinge liefen. In Woking, wo er aufgewachsen war, gab es keine stürmischen Romanzen. Höchstens erlebte man einmal eine kurze Bö, gefolgt von einem kalten Wind. «Ihr wart verheiratet, aber du kennst ihn nicht besonders gut?» Er konnte seine Skepsis nicht verbergen.

«Ja. Das ist vollkommen nachvollziehbar, weißt du. Es ist möglich, mit jemandem intim zu sein und trotzdem nicht das Geringste über ihn zu wissen. Manchmal denke ich, die Probleme fangen dann an, wenn man *tatsächlich* herausfindet, wie jemand tickt. Dann setzt Langeweile ein, und das Geheimnisvolle, die Romantik, zieht sich zurück.»

Sie sprach voll Überzeugung über ein Thema, über das sie offensichtlich eine Menge wusste, und er dachte darüber nach. Hatten Clare und er das gleiche Problem? Dass sie einander inzwischen einfach zu gut kannten und es kein Geheimnis mehr gab? Möglich. Vielleicht bekamen Paare deswegen Kinder: Es gab nichts mehr, was sie am anderen entdecken konnten, und so führten sie einen neuen Protagonisten ein. *Okay, das reicht jetzt*, dachte er. Er wollte Valérie befragen und nicht seiner fast schon gescheiterten Ehe nachtrauern.

«Und da ist dir ausgerechnet dein Ex-Mann über den Weg gelaufen, auf einem Boot im Loire-Tal? Einfach so? Totaler Zufall.»

«Oh, ein *so* großer Zufall ist es gar nicht; er ist Metzger in Tours.»

«Er sieht aus wie ein Amerikaner.»

«Ach ja, ich weiß! Was für ein Dummkopf mit seinen ganzen Cowboyklamotten – und er nennt sich sogar Tex! Sein richtiger Name ist Pierre.»

Wie enttäuschend und beruhigend banal, dachte Richard. *Einfach mal wieder jemand, der sich selbst etwas vormacht.* «Moment mal! Du sagtest doch, dein Mann sei tot, und habe als Schädlingsbekämpfer gearbeitet.»

«Das trifft auf jenen Ehemann auch zu.»

«Stimmt. Noch so eine stürmische Sache?»

«Oh nein, wir waren über ein Jahr verheiratet!»

Nicht zum ersten Mal hatte Richard das Gefühl, dass sein eigenes Leben bisher vernichtend langweilig verlaufen war. Er hatte nur eine einzige Ehe geführt, die es humpelnd bis zur Silberhochzeit geschafft hatte – eine Zeitspanne, die Valérie vermutlich als episch betrachten würde. «Ist das sein Hut?» Richard betastete die Krempe des Panamahuts so sanft, als trauerte er nun um seinen Besitzer.

«Das? Nein, ich weiß nicht mehr, woher ich den habe.»

Wahrscheinlich eine Ehe, die so kurz war, dass sie kaum Spuren in deinem Gedächtnis hinterlassen hat, dachte er säuerlich.

«Richard.» Er spürte, dass sie kurz den Blick von der Straße hob, spielte aber weiter mit dem Hut, statt sie anzusehen. «Bist du eifersüchtig?» Ihre Stimme klang nicht spöttisch, sie stachelte ihn nicht auf. Es war einfach nur eine offene Frage, die eine offene Antwort verlangte.

«Ich habe sie gesehen.»

«Wen?», fragte sie, doch die Erregung in ihrer Stimme legte die Vermutung nahe, dass sie es bereits wusste.

«Die Rizzolis. Ich habe sie gesehen.»

«Aber sie waren nicht auf dem Boot, sonst wären sie uns doch aufgefallen.» Sie klang sehr aufgeregt.

Uns? Er ließ es vorläufig auf sich beruhen. «Sie standen beim *château* auf der Brücke und haben die Schiffe beobachtet. Das ergibt tatsächlich Sinn; wieso sollte man in einem einzigen Schiff mitfahren, wenn es einen Aussichtspunkt gibt, von dem aus man in alle Schiffe hineinschauen kann?»

«Aber das ist genial, Richard, wir sind auf der richtigen Fährte.» Sie hielt inne. «Ich wusste, dass sie da sein würden.»

«Wusstest du auch, dass Tex da sein würde?»

«Nein.»

«Du hast nicht besonders erfreut gewirkt, ihn zu sehen.»

«Ich war auch nicht erfreut. Freut sich irgendjemand, wenn er seinen Ex oder seine Ex sieht? So ist das eben.» Sie war abgelenkt, das spürte er. «Wir müssen herausfinden, wo sie als Nächstes hingehen», sagte sie. Jetzt war sie wieder im richtigen Fahrwasser.

«Die Rizzolis?» Diesmal war Richard abgelenkt. Der angebliche Zufall mit Tex überzeugte ihn absolut nicht; er war einfach zu abwegig, um glaubwürdig zu sein, und Richard begriff, dass er vor einer Alternative stand. Er könnte entweder sagen: *Jetzt reicht's mir. Ich bin Filmhistoriker mit einem Nebenjob als Gastgeber, einer fast schon gescheiterten Ehe und einer desillusionierten Tochter*, oder er könnte zugeben, dass er sich seit Jahren nicht mehr so lebendig gefühlt hatte wie jetzt und dass er die derzeitige Achterbahnfahrt zwar nicht gerade genoss, aber doch fähig war, sich am Sicherheitsbügel festzuhalten, während er ein wenig herumgeschleudert wurde. Er warf den Panamahut des unbekannten Besitzers auf den Rücksitz. «Wir fragen die Thompsons», erklärte er entschieden. «Die Rizzolis können praktisch kein Französisch. Ich musste diese Tour für sie buchen. Daher vermute ich, dass Martin und Gennie ebenfalls alle Ausflüge gebucht haben, die die beiden eventuell noch machen wollen.»

«Natürlich. Wir müssen also mit Martin und Gennie sprechen», wiederholte sie und bog, ohne zu blinken oder abzubremsen, zu einem Rastplatz ab, der sich praktischerweise gerade anbot, und überfuhr dabei beinahe einen alten Mann, der sich neben einer Mülltonne erleichterte. Valérie nahm ihr Handy aus der Handtasche, zog die Visitenkarte der Thompsons aus dem Portemonnaie und wählte die Nummer.

«Schaltest du bitte den Lautsprecher ein?», flüsterte Richard.

«Hallo.» Gennie nahm ab.

«Hallo, Gennie? Hier ist Valérie d'Orçay.»

«Oh, Valérie. Martin und ich haben uns gerade über dich unterhalten. Und über Richard.»

Valérie sah Richards weit geöffnete Lider. Er verdrehte die Augen.

«Das ist schön. Wir hatten uns gefragt … nun, Richard hat sich während meines Besuchs bei euch ein bisschen außen vor gefühlt.» Richard klappte den Mund auf und schüttelte heftig den Kopf. Das Gespräch könnte man doch gewiss auch anders einleiten? «Und so hatten wir uns gefragt, ob ihr heute Abend zu Hause seid?» Sie hob die Hand, als wollte sie zu Richard sagen: *Wie soll ich es denn sonst anfangen?*

«Oh, wie aufregend!» Gennie konnte ihre Begeisterung nur mit Mühe zügeln, und nun bereute Richard seine Entscheidung bereits wieder, nicht von dieser Höllentour abzuspringen. «Allerdings geht es heute Abend nicht. Wie ärgerlich. Dieses reizende italienische Paar …»

«Die Rizzolis?»

«Ja, genau die. Nun, sie wollen sehr gern heute Abend mit uns zusammenkommen, wenn du mich recht verstehst?» Es gelang Richard, gleichzeitig zweifelnd und angewidert zu schauen. «Normalerweise ist unsere Devise ja, je mehr Leute, desto mehr Spaß», fuhr Gennie fort, «aber sie sind zurzeit unsere einzigen Gäste, sehr zurückhaltend und haben darauf bestanden, dass es auch heute Abend bei uns vieren bleibt. Wie schade. Es tut mir furchtbar leid.»

«Ja, das ist wirklich schade.» Valérie war kein bisschen enttäuscht, ganz im Gegenteil, wie Richard sah.

«Dann vielleicht ein anderes Mal, Valérie. Wir hätten euch wirklich gern beide bei uns.»

«Ja, dann ein anderes Mal. *Au revoir.*» Sie schaltete das Handy aus und schnitt damit Gennies letzten Satz ab.

«Gott sei Dank!» Richard sank zurück. «Und was machen wir jetzt?»

«Wir gehen zu den Thompsons, Richard.» In ihren Augen stand ein Funkeln, das ihm nicht gefiel.

«Aber sie sind … beschäftigt.»

«Genau.» Erneut weiteten sich ihre Augen, und ein schalkhafter Ausdruck trat zu dem erregten Funkeln. «Bist du unternehmungslustig, Richard?»

Vor seinem inneren Auge sah Richard, wie er den Sicherheitsbügel packte, während die Achterbahn nach unten schoss. Seine Fingerknöchel waren kreidebleich.

18

In der Diele leise vor sich hin summend, wischte Marie unter den Jagdtrophäen Staub auf der Kommode, einem großen, mit Schnitzereien verzierten, dunklen – beinahe schwarzen – Möbelstück aus Holz, das in einem Horrorfilm durchaus angemessen gewirkt hätte. Sein Aussehen erinnerte sie an den Richter: dunkel, krumm und mit den Trophäen früherer Erfolge beladen. Sie staubte die Kommode noch ein wenig länger ab, überflüssigerweise. Sie war noch nicht dahintergekommen, wieso der alte Richter sie so oft kommen ließ; schließlich empfing er niemals Gäste. Tatsächlich waren ihres Wissens die einzigen Leute, die ihn jemals besuchten, sie selbst und Bonneval, der gerade zu Besuch war und vor dem alten Miesepeter katzbuckelte.

Jemand in Bonnevals Position verantwortete sich normalerweise vor dem Bürgermeister, doch da der in der Regel erst am frühen Nachmittag aufwachte und danach höchstens zehn Minuten nüchtern war, genoss er wenig Respekt. Er war nur Staffage. Tatsächlich hatte der Richter ihn in einer manipulierten Wahl ins Amt gehievt und lenkte nun selbst die Stadt. Das wusste Bonneval, Marie wusste es und Bruno wusste es auch. Jeder in Vauchelles wusste es. Doch in letzter Zeit hatte der Richter aufgehört, in «seiner» Stadt herumzustolzieren, und war noch selten mit seinem Rollstuhl unterwegs oder blieb vielmehr gleich ganz im Haus, normalerweise in seinem

Arbeitszimmer. Dort saß er mit einer Decke auf dem Schoß hinter halb geschlossenen Fensterläden und spähte durch den Spalt, als wartete er auf jemanden. Sie erkannte ängstliche Menschen, und in dem einst so selbstbewussten, polternden Richter Grandchamps nahm sie im Halbdunkel des Arbeitszimmers Angst wahr.

Sollte sie Mitleid mit ihm empfinden? Ein wenig war es so. Obgleich er ein mürrischer, übellauniger alter Herr war, war etwas Verletzliches an ihm, das jemand mit Maries Naturell vielleicht besser wahrnehmen konnte als andere Menschen.

«Marie!», schrie der Richter aus dem Arbeitszimmer. «Hören Sie mit diesem verdammten Lärm auf, wir können uns hier drinnen nicht beim Denken zuhören!»

Marie wusste genau, wie man mit Haustyrannen umging, und hörte sofort auf zu summen. Stattdessen ging sie zu einem lauten La-la-la über, als wärmte sie ihre Stimme für eine Galavorstellung auf. Sie näherte sich der Tür des Arbeitszimmers, einfach nur um den alten Mann noch mehr zu reizen, und ging dann wieder zu leisem Summen über, um besser lauschen zu können.

«Verdammtes Mädel», hörte sie ihn sagen. «Man merkt, dass sie für meinen Bruder gearbeitet hat; sie ist genauso unverschämt wie er.»

«Ist oder war?», sagte Bonneval leise, als ließe er einen Testballon aufsteigen.

«Wovon reden Sie, Mann? Was soll das heißen, ‹war›?»

«Ich meinte, dass ihr Bruder tot sein könnte.»

Schweigen breitete sich aus, und Marie versuchte, durch den Spalt im Türrahmen zu spähen, doch der Richter saß mit dem Rücken zu ihr. Sie wollte sein Gesicht sehen, wollte sehen, ob der Gedanke an den Tod seines Bruders bei ihm Schmerz oder Erleichterung auslöste. Oder sogar Glück.

«Wieso glauben Sie, dass er tot ist?», fragte er leise, doch ohne dass seine Stimme irgendwelche Emotionen verriet.

«Ich halte es einfach für eine Möglichkeit, die wir in Betracht ziehen müssen.» Bonneval wirkte zuversichtlicher als üblich. «Es ist etwas, was wir nicht ausschließen sollten. Sie wissen, dass auf Ihren Bruder ein Kopfgeld ausgesetzt ist?»

Der Richter winkte mit seiner arthritisch verkrümmten Klaue ab. «Natürlich weiß ich das. Das geschieht ihm recht. Wenn man mit Killern ins Bett hüpft, wie er es getan hat, bezahlt man einen Preis dafür. Und dann gibt es immer jemanden, der Kasse machen möchte.»

«Fünfhunderttausend Euro.»

Der Richter schwieg erneut kurz und bugsierte seinen Rollstuhl näher zum Fenster. «Fünfhunderttausend Euro? Woher wissen Sie das?»

«Ich habe einen Freund im Ministerium. Ich habe Erkundigungen eingezogen.»

«Schön für Sie, Bonneval.» Es klang, als wäre der Richter weit weg, als hätte er sich völlig in sich zurückgezogen. «An Ihnen ist mehr, als ich dachte. Freunde im Ministerium, hä?»

Bonneval reagierte nicht auf die Kränkung.

«Das ist viel Geld, fünfhunderttausend Euro. Diese Leute würden jedoch irgendeine Art von Beweis für Vincents Tod haben wollen. Niemand, am wenigsten jemand von der Mafia, trennt sich ohne einen stichhaltigen Beweis von gutem Geld.»

Bonneval setzte sich an den Tisch.

«Außerdem ist er nicht tot! Noch nicht, jedenfalls.» Der Richter schob einige Umschläge über den Tisch, alle geöffnet. Sie sahen amtlich aus. Bonneval griff nach ihnen. «Es sind Strafzettel für Geschwindigkeitsüberschreitungen, Störung der öffentlichen Ordnung, unbezahlte Hotelrechnungen und so weiter. Der letzte Strafzettel wegen Rasens stammt vom vergangenen Wochenende. Oh nein, er ist nicht tot. Er macht ordentlich einen drauf.»

«Wie sind sie an die hier herangekommen?», fragte Bonneval überrascht.

«Ich habe seinen Briefkasten aufgebrochen, was meinen Sie denn? Und bevor Sie mir damit in den Ohren liegen, Bonneval, ja, ich weiß, dass das gegen das Gesetz verstößt.»

Der Polizist blätterte kopfschüttelnd in den Schreiben.

«Und noch etwas. Gestern habe ich einen Anruf von einem Hotel oder *chambre d'hôtes* oder so erhalten. Angeblich hätte ich dort übernachtet, sei verschwunden, ohne zu bezahlen, und hätte meine Brille zurückgelassen. Der Mann lebt und ist eine Bedrohung, Bonneval, glauben Sie mir. Und ich möchte, dass er gefunden wird.»

Bonneval stand auf und legte die Umschläge wieder auf den Tisch. «Wo ist dieses Gästehaus?», fragte er.

«In Saint-Sauver. Er scheint dort oft abzusteigen.»

«Dort gibt es viele Gästehäuser.»

«Nun, das hier wirkte stärker spezialisiert als üblich. Sie sagten, ich hätte auch einiges ‹Material› zurückgelassen und ob ich es zurückhaben wolle.»

«Material?», fragte Bonneval.

«Seien Sie doch nicht so naiv, Mann. Pornografie. Ha! In meinem Alter!» Er stockte. «In seinem Alter. Unserem Alter.»

«Vielleicht sollte ich mal hinfahren und mich umschauen?»

«Ha! So einsam sind Sie?», feixte der Richter.

Vermutlich errötet Bonneval jetzt, dachte Marie.

«Ich meine im Gästehaus. Ich muss ohnehin nach Saint-Sauver. Jemand wird vermisst, Charles Paulin. Der alte Schluckspecht ist verschwunden, und mein Kollege dort möchte, dass ich ein paar Bilder abhole. Mein Drucker ist mal wieder kaputt, und das Geld fehlt, um …»

«Paulin? Ja, ich erinnere mich an ihn, ein Nichtsnutz.» Der Richter verstummte erneut und fuhr zu dem Polizisten herum. «Finden Sie ihn einfach, Bonneval, okay? Finden Sie ihn. Vielleicht sind die beiden zusammen verschwunden.»

«Sie erinnern sich an Paulin?»

«Ich erinnere mich an alle meine Fälle. Ich weiß, dass mein Bruder sich um ihn gekümmert und ihn sogar Kumpel genannt hat. Aber Paulin war schon ein Trottel, bevor er mit dem Trinken anfing, und danach war er ein Volltrottel.» Er lachte über seinen eigenen Scherz. «Jedenfalls ein jämmerlicher Mensch. Er verlor den Halt, nachdem seine Frau sich die Brüste hat verkleinern lassen, können Sie sich das vorstellen? Er begann zu saufen und wollte den Arzt angreifen, der den Spezialisten empfohlen hatte.»

«Ich erinnere mich an ihn. Ich hab ihn oft bei Ihrem Bruder zu Hause gesehen.»

«Finden Sie meinen Bruder, Bonneval, und vergessen Sie Paulin», knurrte der Richter. «Finden Sie ihn.» Er hielt inne. «Vielleicht gebe ich Ihnen sogar einen Anteil an der Belohnung.» Bonneval blieb unvermittelt stehen, und Marie entfernte sich von der Tür und sang wieder ihr La-la-la.

19

R ichard saß wie erstarrt auf dem Fahrersitz, die Hände ums Lenkrad gelegt. Sie parkten hier schon seit zehn Minuten, und er starrte durch die Windschutzscheibe und versuchte zu ignorieren, was Valérie auf dem Beifahrersitz machte, oder sich zumindest nicht darauf zu konzentrieren. Sie hatte ein Pulver aus ihrer Handtasche geholt und hantierte nun schon geschlagene fünf Minuten mit Schalen und Spateln herum. Er würde jederzeit einräumen, dass er keine Ahnung hatte, was derzeit eigentlich in seinem Leben ablief, und jede neue Wendung, die so etwa alle halbe Stunde einzutreten schien, machte ihn noch benommener, aber Drogen? Nein, das hatte er nicht kommen sehen. Absolut nicht.

Er war nie ein großer Konsument gewesen, falls das überhaupt das richtige Wort war. An der Uni hatte er ein bisschen herumexperimentiert, wie so ziemlich alle anderen auch, hatte sich dann aber nicht mehr damit abgegeben. Wenn ihm jemand etwas anbot, entschuldigte er sich mit, «da würde ich total ausflippen, Mann», oder dergleichen. Tatsache war aber, dass er nicht auf Drogen stand; alles, was er genommen hatte, hatte ihn kaltgelassen oder sogar gelangweilt. Und die Wirkung auf andere Leute bestand darin, dass Drogen halbwegs interessante Menschen in totale Deppen verwandelten. In seinem Alter würde er gewiss nicht mehr damit anfangen. Sollten Halluzinationen eintreten, könnten sie nicht verrückter sein als seine derzeitige Realität, und das Potenzial von Rauschgift, «dem eigenen Leben auf den Grund zu gehen», war, offen gesagt, das Letzte, was er brauchte. Valérie hatte sich jedoch dafür entschieden, und sie war ein erwachsener Mensch. Wenn sie es also nötig hatte, high zu sein, nur zu. Es ging ihn nichts an. Wider Willen war er jedoch extrem enttäuscht und sogar desillusioniert.

«Hier», sagte Valérie und hielt ihm die Schale hin, doch er schaute nicht hinein.

«Auf so was steh ich nicht, danke», erwiderte er kühl.

«Auf was stehst du nicht?»

«Auf dieses … auf dieses Zeug.»

«Was meinst du damit?»

Er wandte sich ihr zu. «Ich denke, dass wenigstens einer von uns einen klaren Kopf braucht, oder?»

«Richard, das hier ist eine teure französische Gesichtsmaske aus Tonerde. Damit können wir uns in der Hecke tarnen.»

Seit fünf Minuten hielt Richard im Kopf eine missbilligende Moralpredigt wie ein viktorianischer Vater, dessen Tochter sich einen «Fußknöchelblitzer» geleistet hat, und jetzt fühlte er sich wie ein Vollidiot.

«Das war nur ein Scherz», sagte er und lächelte vermutlich wenig überzeugend. Daraufhin schüttelte Valérie den Kopf und schmierte sich den graugrünen Ton ins Gesicht. Er bemühte sich, sie nicht zu beobachten, doch ihm ging immer wieder der gleiche Gedanke durch den Kopf: *Wieso um Himmels willen glaubst du, Valérie d'Orçay, dass du dieses Zeug nötig hast?*

«Mir ist klar, dass das Mittel den Alterungsprozess nicht aufhält, aber es ist ein tolles Gefühl, wenn die Haut ab und zu kribbelt. Es ist wichtig, dass es im Leben manchmal kribbelt.»

Richard, der Schale und Spatel übernommen hatte, hatte keine Ahnung, wovon sie redete, klatschte sich das Zeug aber trotzdem ins Gesicht. Es musste an ihm liegen, dachte er; nichts kribbelte.

«Du hast es zu nah an den Lippen verstrichen, Richard», rügte sie ihn. «Na ja, egal. Wir haben etwa zwanzig Minuten, bis es trocknet, beeilen wir uns also.»

«Ist das wirklich nötig?», fragte er. Er sagte sich, dass ein letztes Flehen um gesunden Menschenverstand, ein Appell an Valéries vernünftigere Seite, hier gut investierte Zeit wäre. Doch in Wirklichkeit verschloss er nur die Augen davor, dass seine Bemerkung den letzten Zuckungen eines Fischs auf dem Trockenen ähnelte.

«Natürlich.» Sie verstrich gerade einen letzten Rest Tonerde auf ihrer Stirn. «Möchtest du etwa erkannt werden?»

Von wem?, wäre seine erste Frage gewesen, gefolgt von der offenen Erklärung, dass ein bisschen französischer Schlamm ihn für die Einheimischen nicht unsichtbar machen würde. Vielmehr würde daraus nur folgen, dass man ihn von jetzt an als den *komischen Engländer*, kennen würde, *der so aussäh, als hätte er sich für eine Nacht mit Swingern das Gesicht geschwärzt.* Wenn ihm das Herz noch tiefer rutschte, würde er es bald in der Hosentasche mit sich herumtragen. Allerdings hatte seine Hose keine Taschen. Er hatte eine alte schwarze Jogginghose gefunden, die er früher einmal im hiesigen Supermarkt gekauft hatte, vermutlich in Verbindung mit dem kurzlebigen Vorsatz, künftig Sport zu treiben. Außerdem ein schwarzes T-Shirt mit dem Aufdruck «Knurriger alter Blödmann», das Alicia ihm zum Vatertag geschenkt hatte und das er jetzt links trug, damit man die weiße Schrift nicht sah. Außerdem hatte er eine schwarze Pudelmütze aufgesetzt und kam sich mit alldem weniger wie ein Einbrecher als vielmehr wie ein entflohener Psychiatrieinsasse vor, der in einem Kurort untergekommen ist.

Valérie dagegen sah aus, als wäre sie direkt aus dem Filmset von *The Avengers* herausgetreten. Sie trug eine eng anliegende schwarze Leggins, einen schwarzen Rollkragenpullover, einen schwarzen Schal und kniehohe schwarze Stiefel. Sollten Gennie und Martin sie beim Herumschleichen in den Nebengebäuden ertappen, würden sie bei Valéries Anblick wahrscheinlich einen Herzinfarkt bekommen. In einem Winkel seines Herzens hoffte Richard sogar, dass sie ertappt würden. Dass er sich nachts mit einer Doppelgängerin von Emma Peel herumtrieb, könnte ihm ein gewisses Prestige verschaffen. So etwas konnte bei einem Mann, der bisher keinerlei Renommee genoss, Wunder wirken.

«Okay», sagte er, öffnete die Tür und stieg so elegant aus, wie es einem Mann durchschnittlicher Größe mit Pudelmütze beim Verlassen einer Ente möglich ist. «Dann mal los», flüsterte er grimmig, mehr zu sich selbst als zu Valérie, die keine Ermutigung brauchte. Sie war mit einer riesigen Taschenlampe bewaffnet, die sie versuchsweise einschaltete und auf Richards Gesicht richtete.

«Verdammt!», zischte er, taumelte geblendet zurück und wäre fast in den Graben gefallen, neben dem er das Auto geparkt hatte. «Hast du die aus einem Leuchtturm gestohlen?»

«Wäre dir kein Licht lieber?»

Erneut war die reine, unerschütterliche Logik ihres Arguments stärker als das Lächerliche ihrer Worte. Bei Valérie gab es nur alles oder nichts: kein Licht oder das Feuer der Sonne, es ist deine Entscheidung; dazwischen gibt es absolut nichts. Richard mit seiner durch und durch englischen Abstammung steckte dagegen immer irgendwo in der Mitte fest und wägte beide Seiten gegeneinander ab. Sie hatten unauffällig ein paar Hundert Meter entfernt geparkt und gingen nun vorsichtig aufs Haus der Thompsons zu. Valérie suchte die Hecke nach der Holztür in den Garten ab, da sie die Taschenlampe nicht unnötig einschalten wollte.

«Hier ist sie», flüsterte sie und brachte unvermittelt etwas zum Vorschein, das wie ein kleiner, schwarzer Geldbeutel aussah, tatsächlich aber eine Auswahl von Feilen und Picks enthielt.

«Du besitzt einen Dietrich?»

«Er ist sehr nützlich», antwortete sie, als wäre er ein Idiot. Wieder eiskalte Logik. *Natürlich ist er nützlich – im Geist stampfte er mit dem Fuß auf wie ein Kind, das einen Wutanfall hat. Er ist nützlich, um Schlösser zu knacken. Aber die Frage ist doch in Wirklichkeit …*

«Machst du so was oft?» Es fiel ihm schwer, ruhig zu bleiben. Die Situation jagte ihm das Adrenalin ins Blut, und dazu kam das Gefühl, dass er eindeutig mit einem Profi zusammen war. Das wurde allmählich ein bisschen zu viel für ihn.

Sie knackte das Schloss mühelos und bedeutete ihm, vor ihr einzutreten. Das tat er und fand einen dunklen Winkel, zu dem der gelbe Schimmer eines Lichts, das im Haus brannte, nicht vordrang. Es war ein unaufdringliches Licht, das nicht in große Entfernung abstrahlte. Valérie schloss die Tür hinter sich und stellte sich neben ihn.

«Dort drüben liegt das *Chambre-d'hôtes*-Gebäude.» Sie zeigte mit der ausgeschalteten Taschenlampe zu einem weiteren Bau. «Genau wie du haben sie für die Gäste ein separates Nebengebäude. Das macht die Sache einfacher für uns.» Richard wusste das alles bereits und kannte sich bei den Thompsons aus, ließ sich aber widerspruchslos von Valérie dirigieren.

«Okay», sagte Richard. «Dann mal los.» Er huschte ein paar Meter auf das weiße, hübsche Landhäuschen zu, das etwa zwanzig Meter vom Haupthaus entfernt stand. Sofort reagierte ein Bewegungsmelder, eine Sicherheitsleuchte sprang an, und er huschte schnurstracks zurück. Valérie war nicht mehr da.

«Was machst du nur?» Die Frage wurde aus den Tiefen der Hecke gezischt, in die Valérie sich verkrochen hatte.

«Oh, tut mir furchtbar leid!», keuchte Richard. «Als Einbrecher bin ich ein bisschen außer Übung.»

Valérie glitt an seine Seite. «Mir nach», flüsterte sie und schlich davon, immer dicht an der Hecke entlang. So umrundeten sie das Grundstück, bis sie schließlich auf der vom Haupthaus abgewandten Seite hinter dem Landhäuschen anlangten. Valérie huschte zu einer Hintertür und brachte erneut den Dietrich zum Vorschein.

Richard schob sich behutsam an ihr vorbei und öffnete lautlos die Tür. «Sie schließen nie ab», sagte er leise, «und du möchtest wirklich nicht wissen, warum.» Valérie nickte geschäftsmäßig, sodass er sich fragte, ob sie seine Worte überhaupt begriffen hatte.

Sie stiegen die Treppe so lautlos wie möglich hinauf. «Woher wissen wir, in welchem Zimmer sie untergebracht sind?» Zum ersten Mal ließ Valérie bei ihrem Vorgehen Zweifel erkennen.

«Ganz einfach», antwortete Richard. «Die Rizzolis sind die einzigen Gäste, daher hat Martin sie garantiert in einem Zimmer mit großen Fenstern einquartiert, dem Haupthaus gegenüber. Von den vier Zimmern entspricht nur eines dieser Beschreibung.»

Im Schimmer des Mondlichts, das durch ein Oberlicht einfiel, wirkten Valéries Augen ebenso strahlend wie ihr Lächeln. «Genial!», sagte sie und tätschelte seine Brust. «Absolut genial.»

Im sanften rötlichen Schimmer zweier gedimmter Deckenlampen war Gennie ähnlich überschwänglich. «Das ist genial,

Martin!», sagte sie und tätschelte seine nackte Brust. «Einfach genial. Scharaden mag jeder!»

Die Rizzolis wechselten einen Blick äußersten Befremdens und mochten nicht in Gennies Begeisterung für altmodische Salonspiele einstimmen. Außerdem verstanden sie nicht, wieso Gennie ein rotes Mieder mit schwarzem Spitzensaum, Netzstrümpfe und schwarze Stilettos trug oder wieso Martin eine Art Gummilederhose anhatte. Insbesondere Signora Rizzoli verzog das Gesicht in schlecht verhülltem Abscheu, und ihr Mann schüttelte kaum wahrnehmbar den Kopf, als er dem kalten Blick seiner Frau begegnete. *Ich habe keine Ahnung, was los ist*, war die stumme Botschaft. Die Rizzolis betrachteten sich als dynamische junge Profis, die Dinge ohne viel Theater erledigten und normalerweise nicht aus der Fassung zu bringen waren. Doch vorläufig hatte dieses merkwürdige englische Paar sie so verblüfft, dass sie reglos verharrten, beinahe starr vor Bestürzung.

«Okay, Liebling, möchtest du anfangen?» Bei diesen Worten ließ Martin die Hosenträger seines Kostüms laut schnalzen.

«Oh, okay. Schauen wir mal.» Gennie zupfte nachdenklich an einer schwarzen Spitzenschleife ihres Mieders herum, so anzüglich und doppeldeutig, dass es fast postkartenreif war. «Oh, ich habe einen!»

Sie beugte sich zu den Rizzolis vor, die sich instinktiv ein Stück zurücklehnten, doch dann ließ Martin sich schwerfällig neben ihnen nieder, geradezu unhöflich dicht bei ihnen.

Gennie legte die Hände zusammen, als wollte sie beten, öffnete sie dann wieder und machte die internationale Geste für ein Buch. «*Libro!*», rief Signor Rizzoli, sank aber unter dem grimmigen Blick seiner Frau in sich zusammen.

Gennie hielt zwei Finger hoch.

«Zwei Wörter!» Nun wurde Martin ganz aufgeregt.

Gennie hielt einen Finger hoch, legte dann zwei Finger auf ihren Arm und nahm einen wieder weg.

«Erstes Wort, zwei Silben, davon die erste Silbe.»

Die Rizzolis rutschten auf dem Sofa zur Seite und versuchten, einen gewissen Abstand zu Martin zu gewinnen, der sich angestrengt darauf konzentrierte, das scheinbar nicht zu bemerken. Gennie tat so, als hielte sie ein Lenkrad in Händen.

«Fahren?», schlug Martin vor. Gennie schüttelte den Kopf. «Rad, Lenkrad, Steuern, klingt wie Steuern ... STREICHELN?» Gennie schüttelte erneut den Kopf.

«Auto.» Diesmal sprach Signora Rizzoli, die zu dem Schluss gelangt war, dass sie diesen Unsinn am besten schnell beenden sollten, indem sie das Spiel gewannen und es hinter sich brachten.

Gennie deutete auf ihre Nase und gleichzeitig auf das unverhohlen eisige Gesicht der Italienerin.

«Es klingt wie Auto?», grübelte Martin, aber Gennie schüttelte den Kopf. «Oh, *car*! Natürlich. Englisch für Auto. Ich Dummkopf.» Er tätschelte Signora Rizzolis Knie, worauf diese den Rücken durchdrückte, als wäre sie von hinten angeschossen worden. Ihr Mann schnappte nach Luft und erwartete eine Reaktion, doch die erfolgte nicht.

Gennie bedeutete, dass es nun um die zweite Silbe ging, und zeigte auf sich selbst.

«Frau! Gattin! Dame! Car-Lady! Nein, Moment noch!»

«*Madre.*» Es war erneut Signora Rizzoli. Sie erntete ein nervöses Lächeln der Ermutigung von ihrem Mann, das aber angesichts ihres unterkühlten Blicks in sich zusammenfiel.

«Sexbombe!», rief Martin. «Car-Sexbombe!» Gennie schüttelte den Kopf und deutete erneut auf Signora Rizzoli. «*Madre?*», sann Martin. «Mutter? Car-Mutti? Mammi? MA! Ich hab's. Car-ma! KARMA!» Diesmal deutete Gennie auf Martin und erneut auf ihre Nase. «Viel Glück, mein Schatz.» Martin zwinkerte zurück. «Das zweite Wort wird wohl kniffeliger sein ...»

«Wonach schauen wir eigentlich genau?» Richard stand stumm in der Ecke, während Valérie gewandt und geräuschlos Schubladen aufzog und in Reisetaschen kramte.

«Das weiß ich noch nicht», kam die Antwort, und so fragte Richard sich, wieso sie in jemandes Zimmer eingebrochen waren, wenn ihnen gar kein Ziel vorschwebte.

«Sie müssen allerdings vorhaben, eine Weile hierzubleiben», sagte Richard. «Nach meiner Erfahrung räumt keiner seine Kleider in Schubladen ein, nicht in einem *chambre d'hôtes*.»

«Ich habe meinen Koffer ausgepackt», entgegnete Valérie abgelenkt. «Und ich weiß nicht, wie lange ich bleibe.» Sie zog eine weitere Schublade auf und tastete unter den Kleidern herum. «Ah! Richard!» Es war beinahe ein Kreischen. «Wusste ich's doch!» Langsam zog sie die Hand heraus, und im Schatten des schräg einfallenden Taschenlampenlichts tauchte eine Pistole auf, die sie Richard hinhielt.

«Eine Pistole», sagte er ausdruckslos. Er war erschüttert und einen Augenblick besorgt, weil der Lauf in seine Richtung zeigte.

«Eine Pistole, richtig, und zwar genauer gesagt eine Beretta Pico .380. Sie ist eine typische Zweitwaffe; es wird hier noch andere geben, aber das reicht mir als Beweis.» Sie legte die Waffe flach auf den Handteller und wägte sie. «Sie ist übrigens geladen.»

Sie warf sie Richard zu, der sie vor Angst, dass sie losgehen könnte, beinahe fallen ließ. Sofort nahm Valérie ihre Suche in der Schublade wieder auf. «Ah!» Erneut kreischte sie, und Richard, der inzwischen schwitzte und die Pistole weit von sich weghielt, als röche sie schlecht, fürchtete sich vor dem, was sie als Nächstes aus der Schublade klauben würde. Vielleicht eine Maschinenpistole? Ein Flammenwerfer? Er war völlig überfordert, aber was ihm plötzlich auffiel – und er fragte sich, wieso er es bisher übersehen hatte –, war, dass Valérie überhaupt nicht überfordert wirkte.

«Ein Handy!», sagte sie, und er war überrascht, dass sie nicht enttäuscht war. «Das nehme ich mit.»

«Du kannst es nicht einfach mitnehmen, das ist Diebstahl!» Es war der falsche Zeitpunkt für eine moralethische Standpauke, das war ihm klar, auch wenn er fühlte, wie sich der Schweiß unter seiner Tonmaske sammelte, um gleich wie mit Geysiren herauszuspritzen. «Stell dir vor, sie vermissen es und murksen noch eine meiner Hennen ab.»

Valérie dachte kurz darüber nach, während sie versuchte, das Handy zu starten. «Hmm, es verlangt eine PIN … was hast du gesagt? Oh, okay. Nun, ich brauche ohnehin Zeit, um es mir näher anzuschauen. Geh also für alle Fälle mal runter und steh Schmiere.»

Richard tappte widerstrebend nach unten. Er hatte nichts dagegen, das Zimmer zu verlassen. Nur befürchtete er, dass sie es plündern und alles Mögliche mitnehmen würde. Alles könnte vollkommen harmlos sein, und dann würden die Rizzolis mit der Polizei zu ihm nach Hause kommen und ihre Pistole zurückfordern. Er betrachtete die Pistole. Niemand nimmt eine Schusswaffe mit ins Loire-Tal, allenfalls ein Jagdgewehr, und dies hier war keine Jagdwaffe. Zumindest nicht für die übliche Jagd nach der üblichen Art von Beute. Er werde gejagt, *chassé*, hatte der alte Mann zu Valérie gesagt. Richard trat in den Schatten zurück, die Pistole lose in der Hand, und dann bemerkte er,

was für ein eigenartiges rotes Licht aus dem Fenster im Haupthaus fiel. *Die Thompsons sind wirklich komische Leute*, dachte er.
Jedem das Seine und so, aber auf Richard wirkten sie erotisch
so verlockend wie Cornish Pasty und waren genauso englisch.

Plötzlich fuhr er zusammen, denn aus dem erleuchteten
Zimmer drang ein Krachen. Sollte er verschwinden? Sollte er
seinen Posten verlassen? Er wusste, dass Valérie an seiner Stelle
die Entscheidung inzwischen längst getroffen hätte. Er rannte
zum Haupthaus und spähte durchs Fenster, das überraschenderweise weder durch Vorhänge noch durch eine Jalousie vor
Blicken geschützt war. Was er drinnen sah, gefiel ihm gar nicht.
Der arme Martin und die arme Gennie; man hätte sie warnen
sollen …

20

Auf Zehenspitzen schlich Richard zur Rückseite des Hauses und versuchte kopfschüttelnd, das Bild zu verjagen, das sich in sein Gehirn eingebrannt hatte. Er bemühte sich, so zu gehen, dass der Kies nicht knirschte und keine weiteren Sicherheitsleuchten angingen, und als er bei der Hintertür ankam, war er im Stillen stolz auf sich. Er schaute durch das Fenster in die große Küche. Auf dem Tisch standen eine geleerte Flasche einheimischen Weißweins und daneben ein paar Servierplatten mit Krümeln von den Amuse-Bouches, die Gennie immer für ihre Abende bereithielt. Er konnte durch die Küche in den nur schwach erhellten Flur schauen, und dahinter erkannte er den subtilen roten Schimmer – falls man das so ausdrücken konnte –, der aus dem Wohnzimmer weiter hinten kam. Es sah so aus, als hätte jemand die Tür einer Dunkelkammer offen gelassen.

Er zögerte, bevor er weiterging. Was er gesehen hatte, war verstörend genug, insbesondere in Anbetracht der Tatsache, dass die Rizzolis sich hier noch irgendwo herumtreiben mochten. Außerdem irritierte ihn der Ort, an dem er sich gerade befand: die Hintertür der Thompsons. Martins endlose Wiederholung des doppeldeutigen Scherzes über seinen «Lieferanteneingang» erinnerte Richard an zahllose Abende in Gesellschaft der beiden, an denen er sich gewünscht hatte, überall zu sein, nur nicht dort, wo er war. *Martin ist ein fürchterlicher Langweiler,* dachte er und nahm die Hand wieder vom Türgriff, aber Martin war auch ein Langweiler, der in Schwierigkeiten steckte. Er streckte die Hand wieder aus und drückte den Türgriff langsam herunter, trat vorsichtig in die Küche, versteckte sich rechts der offenen Tür zum Flur und lauschte auf irgendeine Bewegung. Als er sich vergewissert hatte, dass alles still war, schlich er umständlich auf Zehenspitzen durch den Flur auf das rote Leuchten zu.

Die Wohnzimmertür quietschte laut, als er sie aufschob, und für alle Fälle wich er ein Stück zurück. Als nichts geschah, huschte er in den Raum. Von dieser Seite des Fensters war der Anblick, der sich ihm bot, nicht besser als von draußen. Dort in der Ecke saßen Martin und Gennie auf dem Boden, Rücken an Rücken und zusammengeschnürt wie Weihnachtsgänse. Ihre Haut war blass und von Gänsehaut überlaufen, und die Härchen auf ihren Armen standen hoch, als säßen sie auf dem elektrischen Stuhl. Von dort, wo Richard stand, konnte er Martins Gesicht nicht sehen, sehr wohl aber das von Gennie. Ihr Mund war mit etwas verschlossen, das wie rosa Frischhaltefolie aussah, und ihre Augen waren aufgerissen, nicht so sehr vor Schmerz oder Verblüffung über Richards Anblick als vielmehr vor Verlegenheit, sich in einer derart misslichen Lage zu befinden.

Er schlich näher, weiterhin von der Befürchtung erfüllt, die Rizzolis könnten sich noch irgendwo aufhalten. Stumm und mit Gesten untermalt stellte er Gennie diese Frage. Sie schüttelte den Kopf, so gut es ging, und er trat rasch zu dem gefesselten Paar. Der Ausdruck in Martins Gesicht war weit von Verlegenheit entfernt; auch seine Augen waren aufgerissen, doch bei ihm eindeutig vor Erregung. Sein Mund war ebenfalls verschlossen, in seinem Fall aber mit einem kleinen, nietenbeschlagenen schwarzen Gürtel, der um sein Gesicht geschnallt war, und etwas zwischen den Lippen, das wie ein roter Ball aussah. Da wären wir wieder beim Thema Fleisch, dachte Richard errötend. Martin sah aus wie ein Ferkel, das an einer Zitze saugte.

Martin sperrte die Kiefer auf, als versuchte er, verstopfte Ohren zu öffnen, und schob den Ball mit der Zunge nach unten Richtung Kinn. Richard beobachtete ihn mit einem Gesichtsausdruck, der eindeutig angeekelt wirken musste, aber in Anbetracht der Lage waren ihm Fragen der Höflichkeit inzwischen egal. Martin seufzte vor Erleichterung, weil es ihm gelungen war, den Ball aus dem Weg zu schieben. «Richard», sagte er und musterte ihn von Kopf bis Fuß. «Wie siehst *du* denn aus?»

Richard achtete stets darauf, auf jede Eventualität so gut wie möglich vorbereitet zu sein. Er hielt nicht unbedingt etwas von Spontaneität und neigte nicht dazu, aus dem Bauch heraus zu handeln – das mochte sogar zu dem anscheinend endgültigen Niedergang seiner Ehe beigetragen haben –, doch buchstäblich nichts in seinem Leben hatte ihn je auf diese Frage vorbereitet, vor allem unter den gegebenen Umständen. Sie war wie ein Schlag in die Magengrube. Beim Versuch, Martins Frage irgendwie zu verarbeiten, stand er auf, und dabei erhaschte er im körperhohen Spiegel, der die Tür von innen schmückte, einen Blick auf sich selbst. Ganz in Schwarz gekleidet, auf dem Kopf eine zu kleine Pudelmütze und das Gesicht mit Schlamm beschmiert – ein zufälliger Beobachter mochte tatsächlich Anlass zu einer solchen Frage haben. Aber Herrgott noch mal, ein dicker, gefesselter Gummifetischist mit Briefklammern an den Nippeln sollte nicht jemandes anderen Abendgarderobe infrage stellen. Er war in Versuchung, Martin den roten Ball zwischen die Kiefer zurückzuschieben.

«Was ist passiert?», fragte Richard nach einer Weile, ohne auf Martins Frage einzugehen, die ihn, wie er wusste, zusammen mit vielen anderen Dingen, die heute Abend vorgefallen waren, für immer quälen würde.

«Entschuldigung, Richard, was hast du gesagt?»

Richard bemerkte, dass er seine Lippen nicht mehr ungehindert bewegen konnte und er wie ein schlechter Bauchredner klang – seine Tonmaske war hart geworden. *Das ist mal wieder typisch.* Er verdrehte die Augen und breitete die Arme aus.

«Wa… p…ssiert?» fragte er so betont wie möglich. «'orry, 'ennie.» Damit beugte er sich über sie, um ihr das Klebeband vom Mund zu entfernen.

«Du musst es kräftig abreißen, alter Mann», sagte Martin von hinten. «So mag sie es am liebsten.»

Richard schaute weg, als er das Band abriss. Gennie quietschte vor Entzücken, und Richard schnalzte unwillkürlich missbilligend mit der Zunge. Oder er hätte geschnalzt, wenn es gegangen wäre.

«Ich hab's dir ja gesagt», bemerkte Martin, als hätte er ihm eine technische Anleitung gegeben, wie man Autoreifen wechselt.

«Al… wa… i… p…ssiert?» Richard versuchte nicht, seine Ungeduld zu verbergen.

«Also, wir hatten einen reizenden Abend, nicht wahr, Liebling?»

«Reizend», stimmte Gennie zu und spitzte die Lippen, um sie ein bisschen beweglicher zu machen.

«Wir spielten Scharade. Das war Gennies Idee, ein richtiger Knüller. Sie war dran, ich meine Signora Rizzoli, und es war total einfach. Sie sagten, sie wollten es auf Französisch machen, um die Sprache ein bisschen zu lernen, aber ich meine ‹großes Feld›? Nun, das ist einfach zu leicht. Großes Feld? Das ist nicht mal ein Buchtitel oder so.»

«Grandchamps», sagte Richard langsam und deutlich. «Gro-

ßes Feld.» Er bewegte dabei Lippen und Kinn, um mehr Frei-
raum zum Sprechen zu haben.

Gennie machte eine Bewegung, als wollte sie auf ihre Nase
und auf Richard deuten, aber ihre Fesseln ließen es nicht zu.
«Ja genau, Richard! Da fiel mir ein, dass Monsieur Grandchamps für diese Nacht spontan wieder ein Zimmer bei uns
gebucht hatte. Er ist heute Nachmittag gekommen, nicht wahr,
Liebling?»

«Ja.» Martin nickte, und der rote Ball hüpfte an seinem
Kinn auf und ab wie ein nach oben verrutschter Adamsapfel.
«Aber es war alles sehr merkwürdig. Es war, als erinnerte er sich
nicht daran, schon einmal hier gewesen zu sein. Als er sich an-
meldete, sagte Gennie: ‹Wissen Sie nicht mehr, dass Sie früher
schon einmal hier zu Gast waren, mein Lieber?› Das schien ihn
aus irgendeinem Grund zu verschrecken. Der arme Kerl, keiner
wird gern daran erinnert, dass er alt wird. Jedenfalls ist er einfach weggegangen.»

«Aber was ist mit den Rizzolis passiert?»

«Na ja, wir haben versucht, ihnen all das zu berichten, sind
aber nur bis zu dem Punkt gekommen, dass er sich heute hier
angemeldet hat, und konnten nicht mehr erklären, dass er
wieder aufgebrochen ist. Sie waren plötzlich sehr erregt, und
möglicherweise haben wir die Situation falsch interpretiert.
Schneller, als man jemandem den Hintern versohlen kann, um
einmal ein Sprichwort zu prägen, waren wir in dieser Lage. So,
wie du uns jetzt siehst. Und sie haben sich einfach vom Acker
gemacht!»

«Wie lang ist das her?», fragte Richard außer sich.

«Keine Ahnung. Vielleicht zehn Minuten.»

Richard stand auf, kniete sich dann aber wieder hin, um die
Fesseln der Thompsons zu lösen.

«Oh, bemüh dich nicht, alter Mann», sagte Martin und hatte

zumindest den Anstand, entschuldigend zu klingen. «Schieb einfach den Ball an seinen Platz zurück und kleb Gennie den Mund zu, das tut es vorläufig.»

«Aber ...»

«Oh, mach dir unseretwegen keine Sorgen», schnaufte Gennie. «Unsere Putzfrau kommt immer früh am Morgen. Sie ist an unsere kleinen Spielchen gewöhnt.»

Richard tat wie geheißen, stand rasch auf und stellte sich vor, was seine Madame Tablier wohl tun würde, sollte sie ihrerseits früh am Morgen auf eine solche Szene stoßen: Es gäbe ein Gemetzel, um es kurz zu sagen, ein Gemetzel.

Er huschte wieder nach draußen und hinten herum in Richtung Nebengebäude, wobei er sich nach besten Kräften im Schatten versteckte. Sobald er das Zimmer der Rizzolis sehen konnte, zog er sich in die Hecke zurück. Das Licht war an, und er hörte es krachen und rumsen. Sein Herz hämmerte heftig: Was war mit Valérie? Sie musste noch dort oben sein. Er stürzte aus dem Schatten auf den Rasen, und sofort strahlte ihn eine Sicherheitsleuchte an. Heftig keuchend zog er sich dahin zurück, wo er hergekommen war. Er beugte sich vor, und dabei stach ihn irgendwas in den Oberschenkel. Die Pistole. Wie hatte Valérie sie noch genannt? Eine Beretta Pico? Ihm fiel auf, wie bemerkenswert gut sie über solche Dinge Bescheid wusste, doch dann schalt er sich selbst, weil er nicht bei der Sache war. Er nahm die Waffe aus der Hosentasche, und sie glänzte im Schein der Sicherheitsleuchte auf. Dann wurde es auf dem Rasen wieder dunkel.

Er wog die Pistole in der Hand. Er hatte noch nie mit einer geschossen und konnte sich nicht erinnern, auch nur einmal eine in den Fingern gehabt zu haben. Nun, jetzt war die Gelegenheit da, dachte er, packte die Waffe fest und rannte wieder auf den Rasen hinaus. Sobald der Bewegungsmelder die Lampe aufleuchten ließ, verlor er die Nerven und huschte in die Hecke zurück. Was zum Teufel machte er nur? *Ist die Waffe gesichert? Und wo ist der Hebel?* Würde er wirklich schießen? «Hör auf, Mann», zischte er sich selbst zu. «Sie braucht dich jetzt, mach also dalli!»

Das Licht erlosch erneut, und er rannte ein drittes Mal raus. Das Licht sprang wieder an, wie es sich gehörte, und so kehrte er in sein Versteck zurück und setzte sein Selbstgespräch fort. «Natürlich könnte das alles vollkommen harmlos sein.» Er warf erneut einen Blick auf die Pistole. «Genau, etwa so harmlos wie Jack the Ripper! Jetzt komm schon, Mann. Gib endlich Gas!» Das Licht ging aus, und diesmal stand Richard auf. «Wenn ein Mann handeln muss, muss er handeln», sagte er und bemühte sich nicht einmal zu flüstern. Er streckte die Pistole vor sich aus, gerade so weit, dass das Licht ansprang, und setzte dann entschlossen den Fuß vor.

«Immer mit der Ruhe, Cowboy», flüsterte Valérie und legte ihm die Hand auf die Schulter. «Komm, wir steigen ins Auto und cremen uns ein.»

Etwas, das so sexy klang, hatte er noch nie gehört.

21

Von ihrem Abenteuer berauscht, purzelten sie durch Richards Haustür wie betrunkene, kichernde Teenager. Und wie Teenager, die über die Stränge schlagen, begegnete ihnen die strenge Missbilligung des vernünftigen Erwachsenen, diesmal in Gestalt Passepartouts. Wäre er ein Mensch, hätte er die Arme vor der Brust verschränkt, mit der finsteren Frage im Gesicht: *Ist euch eigentlich klar, wie spät es ist?*

«Oh mein armer Schatz!» Valérie nahm ihn hoch, knuddelte ihn und küsste ihn auf den Kopf. «Du musstest ganz allein im Dunkeln zurückbleiben, du Armer? Hast du Mummy vermisst?» Sie wandte sich Richard zu: «Madame Tablier muss ihn hier zurückgelassen haben.»

«Na ja, du kannst nicht erwarten, dass sie die ganze Nacht hierbleibt und auf uns wartet. Sie hat viel zu tun.» Richard fragte sich, ob das eigentlich stimmte. «Es ist ja auch nicht vollkommen dunkel. Sie hat den Fernseher angelassen, wahrscheinlich, damit der Hund Gesellschaft hat.» Auf dem Bildschirm lief eine gewalttätige amerikanische Polizeiserie, synchronisiert, und er schaltete sie sofort aus. *Keine Klasse*, dachte er nicht zum ersten Mal. *Kein Elan, keine Raffinesse.*

«Ah, Madame Tablier hat uns einen Zettel geschrieben.» Valérie setzte Passepartout aufs Sofa zurück, während Richard ein paar Lampen einschaltete. «*Monsieur*», las Valérie hoheitsvoll vor. «*Ich konnte nicht länger warten. Der Hund hat gefressen –* Ach, mein armer Passepartout, was mag sie dir gefüttert haben? –, *und er mag* NCIS Detroit. *Wir müssen über dieses junge Paar reden.*» Sie sah Richard an. «Was hat es mit dem jungen Paar auf sich, was meinst du?»

«Oh, wahrscheinlich, dass die beiden im selben Zimmer nächtigen, obwohl sie nicht verheiratet sind, was weiß ich. Ich brauche einen Drink.» Doch statt loszugehen und sich einen einzuschenken, ließ er sich schwerfällig neben Passepartout aufs Sofa sinken. «Ich finde die beiden sehr nett; im Salon war das Licht an, als wir zurückkamen, also müssen sie noch auf sein. Vielleicht gefällt ihnen *NCIS Detroit* ja ebenfalls?»

«Na ja, ich brauche eine Dusche, um den Rest der Maske abzuwaschen, aber falls die beiden noch auf sind, kann ich mit diesem Zeug im Gesicht nicht durch den Salon gehen.»

Das war nachvollziehbar, dachte Richard, der sich am ganzen Körper wie zerschlagen fühlte und stöhnend aufstand, um in die Küche zu gehen. «Möchtest du auch einen Drink?»

Valérie stand inzwischen wieder mit Passepartout im Arm da und grübelte über die Frage nach, als wäre sie von tiefer philosophischer Bedeutung. «Ja», sagte sie schließlich, und zwar so, als wäre damit das Rätsel des Lebens und all seiner zahllosen Verwicklungen gelöst. «Ich hätte gern ein helles Ale.»

Richard fragte sich allmählich, in welchem Paralleluniversum Valérie tätig war. Wie sie jemals auf ein helles Ale gestoßen sein könnte, überstieg sein Begriffsvermögen – eine Frau von ihrer Anmut, Gelassenheit und voll von jenem … Nun, er verfügte über die Worte, war aber nicht bereit, sie vor sich selbst einzugestehen. Es war, als beobachtete man einen Gewerkschaftsboss dabei, wie er einen Pink Gin bestellte.

«Warum denn ausgerechnet ein helles Ale?», murmelte er.

«Vor Jahren habe ich eines in England getrunken. Es waren meine Flitterwochen, damals, als ich …»

Richard verspürte keinerlei Bedürfnis, mehr über Valéries ehemaligen Mann oder ehemalige Männer zu erfahren. «Wir haben kein helles Ale, Madame; aber wir haben Champagner.»

«Wunderbar, Richard!», erwiderte sie triumphierend. «Ich glaube, den haben wir uns verdient.»

«Ich auch.» Damit öffnete er den großen Kühlschrank. Er hörte sie lachen und steckte den Kopf wieder durch die Tür. «Was ist denn so komisch?», fragte er befangen.

«Deine Beschreibung von Martin und Gennie!» Sie lachte erneut. «Ich wünschte, ich hätte die beiden gesehen. Du bist ein richtiger Engländer. Ich könnte mir vorstellen, dass du alle prickelnden Details ausgelassen hast.»

«Glaub mir, ich habe nur die Tatsachen berichtet. Es war äußerst *un*-erotisch, das kann ich dir sagen.» Er ließ den Kronkorken ploppen. «Ich werde Frischhaltefolie und Briefklammern nie wieder so sehen können wie zuvor.» Er reichte ihr ein Glas. «*Santé*», sagte er und sah ihr in die Augen.

«Auf ex!», erwiderte sie und musste gleich darauf so heftig kichern, dass sie den Champagner beinahe ausgespuckt hätte.

«Ja, auf *Ex*, wahrhaftig!»

Es dauerte eine Weile, bis sie sich beruhigten, und Valérie seufzte glücklich. «Wir haben unsere Sache heute Abend sehr gut gemacht, Richard. Du und ich.»

«Ja, ja, wohl schon. Nun, wir wissen, dass die Rizzolis nichts Gutes im Schilde führen und dass Grandchamps noch immer am Leben ist oder zumindest bis vor Kurzem noch war.»

«Ich frage mich allerdings, wieso er zu den Thompsons zurückgekehrt ist. Es war ja bereits ein Besuch vorausgegangen.»

«Er ist eher fortgeschritten als ‹vorangegangen›!», scherzte Richard. «Was sein Alter betrifft. Vielleicht ist er einfach ein bisschen, du weißt schon, senil?»

«Ich frage mich …»

«Die Rizzolis sind zweifellos hinter ihm her, also müssen wir ihn wohl finden. Wie bist du ihnen eigentlich entkommen – den Rizzolis, meine ich?»

Valérie drehte sich um und kehrte zum Sofa zurück. «Na ja, nachdem du gegangen warst, wurde mir klar, wie dumm der Versuch war, das Handy gleich an Ort und Stelle zu knacken. Schließlich konnten sie jeden Moment zurückkommen.»

«In der Tat, und sie sind ja zurückgekommen.»

«Ja, also, ich war schon auf dem Weg nach draußen. Ich hab mich in der Küche versteckt, und sie haben mich nicht gesehen. Dann habe ich dich dort in der Hecke gefunden – was *hast* du da eigentlich getrieben? Mit diesem Hin und Her? Das sah sehr komisch aus. Ich habe dich eine ganze Weile beobachtet.»

Richard spürte, dass er erneut errötete, und war froh über die Reste der Gesichtsmaske, die er noch trug. Er konnte sich *High Noon* beinahe Szene für Szene und Wort für Wort ins Gedächtnis rufen, doch er erinnerte sich nicht an einen Teil, in dem Grace Kelly Gary Cooper nicht etwa angefleht hätte, der Begegnung mit den Banditen und seinem eigenen Schicksal auszuweichen, sondern in einen Lachkrampf ausgebrochen wäre und gesagt hätte: ‹Oh, Marshal, du siehst aber *wirklich* komisch aus!›

«Ich dachte, sie hätten dich da drinnen gefangen genommen, und so habe ich zunächst versucht, für Ablenkung zu sorgen», begann er heroisch, doch dann ließ er buchstäblich die Maske fallen. «Dann ist mir klar geworden, dass ich absolut keine Ahnung habe, wie man mit so einer verdammten Pistole schießt. Tut mir leid.»

Sie ging langsam auf ihn zu. «Und als ich aufgetaucht bin und dich zurückgehalten habe, hattest du bereits beschlossen, mir trotzdem zu Hilfe zu kommen?»

«Ja», antwortete er und wich ihrem Blick aus. Sie legte die mit grünem Ton verschmierte Hand auf seine.

«Danke», sagte sie einfach, und es folgte ein verlegenes Schweigen. «Und jetzt hätte ich gern noch ein Glas, bitte!»

Er schenkt ihnen beiden ein weiteres Mal ein. «Hast du Hunger?»

«Oh nein!» Es war fast ein Tadel. «Wir trinken Champagner, wer braucht da Essen? Es sei denn, du hättest Austern, denn sonst passt meiner Meinung nach überhaupt nichts zu Champagner.»

«Nee, tut mir leid, die Austern sind gerade ausgegangen.» Richard fragte sich, worum sie wohl gebeten hätte, hätte er tatsächlich ein helles Ale im Keller gehabt; wahrscheinlich würde er jetzt nach Schweinekrusten oder einer Scheibe Black Pudding fahnden. «Und wie machen wir von hier aus weiter? Gehen wir zur Polizei? Zu Bonneval?»

«Noch nicht, nein.» Sie klang sehr entschieden.

«Warum nicht?»

«Na ja, womit denn? Weil wir eine Pistole gefunden haben, für die sie vielleicht einen Waffenschein besitzen? Weil sie den Thompsons etwas angetan haben, was diese sich ohnehin innig gewünscht haben? Weil sie dem jungen Mann gefolgt sind, Melvil? Wir haben nichts in Händen.»

Er musste ihr recht geben. Zwar war er inzwischen überzeugt, dass die Rizzolis der armen Ava Gardner den Garaus gemacht hatten, doch was hatten sie, davon abgesehen, tatsächlich verbrochen? War die Zweckentfremdung von Briefklammern ein Vergehen? Bei der Erinnerung überlief Richard ein Schauder. *Es sollte eines sein*, dachte er, *wirklich und wahrhaftig.*

«Dann bleibt es also bei demselben Ziel wie zuvor: Monsieur Grandchamps finden?»

«Genau, Richard. Gibt es noch Champagner? Ich fühle mich ein bisschen angesäuselt, und das gefällt mir sehr.»

«Natürlich», antwortete er und hoffte, dass es stimmte. «Ich hole welchen.» Er machte sich auf den Weg zum *cave*, einem begehbaren Keller unter der Treppe, um eine weitere Flasche aufzutreiben. Währenddessen redete Valérie weiter.

«Falls das Handy uns keinen Aufschluss gibt, bestünde eine weitere Möglichkeit darin, den Rizzolis zu folgen …»

«Das könnte nach dem heutigen Abend ein wenig schwieriger geworden sein, denn vermutlich werden Sie bei Martin und Gennie auschecken», rief er die Treppe hinauf.

«Wir könnten ihnen Melvil und Marie als Köder vorsetzen?»

«Das kommt mir ein bisschen hart vor. Ich weiß ja nicht einmal, wieso sie ein Köder wären. Ah!» Er bückte sich und griff eine staubige Champagnerflasche, eine Flasche Heidsieck Blanc des Millénaires von 1995. Er wischte das Etikett ab. Es war das Hochzeitsgeschenk eines guten Freundes gewesen, eines Mannes, den er seitdem längst vergessen hatte oder, was wahrscheinlicher war, der auf der Liste der Menschen gelandet war, die er nach der Hochzeit «nicht länger brauchte». Nun, inzwischen lag seine Hochzeit wirklich ewig zurück; am besten sie tranken das Zeug, solange es noch prickelte.

«In dem Umschlag, den Melvil zum Briefkasten gebracht hat, muss irgendwas gewesen sein», fuhr Valérie fort. «Er sagte, es sei einfach nur eine Stromrechnung gewesen, aber die Rizzolis waren offensichtlich anderer Meinung.»

Richard kam unter der Treppe hervor und öffnete sofort die Flasche. «Wir kehren also nach Vauchelles zurück und schauen, was beim Briefkasten passiert ist? Sorry», entschuldigte er sich, als ein Schluck Champagner über den Rand schäumte und auf ihre Hand tropfte. Sie wischte ihn weg.

Richard war ohnehin schon berauscht, da brauchte er nicht auch noch so ein Bild, das wie eine Flipperkugel in seinem Kopf herumsauste. «Die Sache ist doch die», sagte er, bemüht, beim

Thema zu bleiben. «Wir könnten tagelang dort warten, ohne dass etwas geschieht.»

Sie tranken eine Weile schweigend, und Valérie lehnte den Kopf hinten am Sofa an. «Natürlich könnten wir uns direkt zur Quelle begeben», sagte sie zur Decke hinauf.

«Was meinst du damit?» Die Erschöpfung und der Champagner forderten auch von Richard ihren Tribut.

«Wir brechen in Monsieur Grandchamps Haus ein.»

Champagner hatte eine eindeutig beruhigende Wirkung auf Richard. Er saß da und verarbeitete Valéries Worte. Unter normalen Umständen wäre er durchs Zimmer marschiert und hätte den Vorschlag nicht nur als illegal verdammt, sondern auch auf die nicht unerhebliche Gefahr verwiesen, die durch Mafiakiller, Polizei und einen verängstigten, bewaffneten Zwillingsbruder drohte, der von der Straßenseite gegenüber alles beobachtete. Doch mit genug Champagner entwickelte man sein eigenes Locked-in-Syndrom, und er war zu erschöpft, um zu streiten. «Sollen wir gleich hinfahren, solange wir noch entsprechend gekleidet sind?», fragte er zu seiner eigenen Überraschung.

«Oh nein! Ich brauche eine Dusche», antwortete Valérie, die seine Worte ernst nahm. «Meinst du, die jungen Leute sind bereits zu Bett gegangen?»

Richard stand auf und spähte durchs Fenster zum Salon des *chambre d'hôtes*. «Es sieht nicht so aus, nein. Dort drüben läuft noch immer der Fernseher.»

«Darf ich vielleicht hier duschen, Richard? Hast du einen Schlafanzug, den ich mir ausleihen könnte?»

Plötzlich war es, als träte alles im Zimmer gestochen scharf in den Blick. «Natürlich.» Er versuchte, es zuvorkommend zu sagen, hatte aber das deutliche Gefühl, wie ein Teenager im Stimmbruch zu klingen. «Und Alicias Zimmer ist bereits bezugsfertig, falls du hier übernachten möchtest ...»

«Danke», sagte sie und kippte den Rest Champagner herunter. «Jetzt ziehe ich diese albernen Kleider aus und wasche mir die Bemalung ab.» Sie stand auf unsteten Beinen auf und ging ins Bad.

Richard saß einen Moment lang benommen da und wich Passepartouts Blick aus, der ihn mit dem wenig begeisterten Ausdruck eines «Schwiegervaters in spe» musterte. Dann setzte er sich unvermittelt in Gang. Rasch schuf er Ordnung in Alicias Zimmer, ein großes Schlafzimmer und sehr mädchenhaft. Er schaltete das Nachttischlämpchen ein, schlug die Bettdecke auf und zog die Rollläden zu, wobei ihm auffiel, dass Melvil und Marie noch immer auf waren. *Gut so*, dachte er.

Dann ging er zu seinem eigenen Kleiderschrank oben auf dem Treppenabsatz und holte seinen besten dunkelblauen Satinschlafanzug mit weißen Biesen heraus, auf dessen Brusttasche das Monogramm «RA» eingestickt war. Damit ging er nach unten und klopfte an die Badezimmertür. Drinnen sang Valérie unter der Dusche. Tatsächlich hatte sie eine miserable Stimme, aber das störte ihn nicht. Er öffnete die Tür mit so viel Lärm wie möglich, damit sie nicht glaubte, er schliche herum. Dann legte er den Schlafanzug auf das Handtuchgestell neben der Tür.

«Ich habe den Schlafanzug auf das Handtuchgestell neben der Tür gelegt!», sagte er laut, obwohl ihm klar war, dass sie ihn unter der Dusche und laut singend nicht hören konnte.

Auf dem Boden lagen Valéries Kleider und ihre Schuhe, und obendrauf die Pistole, die Beretta Pico. Ganz spontan hob er sie auf und steckte sie in seine eigene Hosentasche. Hätte man ihn gefragt, hätte er nicht sagen können, wieso. Zum Teil steckte einfach sein natürlicher Hang dahinter, Ordnung zu schaffen – *ich meine, wer möchte schon Pistolen im Bad herumliegen haben?* Aber zum Teil ging es ihm auch darum, auf der sicheren Seite zu sein. Der Tag war lang gewesen, und etwas an den schlecht sitzenden Mützen und Hüten, Tex und dem hellen Ale ließ irgendwo in weiter Ferne ein Alarmglöckchen klingeln.

«Ich leg den Schlafanzug dort aufs Gestell!», rief er erneut.

«Danke.» Diesmal antwortete sie und stellte glücklicherweise das Singen ein.

Er klopfte auf die Pistole in seiner Hosentasche, drehte sich um, verließ das Bad, und dort am anderen Ende des Flurs, stand jemand im Rahmen der geöffneten Haustür, der ihn bis ins Mark erschreckte und verstörte. Clare Ainsworth, geborene Randall, stand breitbeinig da, einen kleinen Koffer in jeder Hand und einen Ausdruck im Gesicht, neben dem Medusa in ihrem Club von Frauen, die jemanden mit ihrem Blick zu Stein verwandeln können, wie eine blutige Amateurin gewirkt hätte.

«Du solltest mich abholen», sagte sie langsam und drohend, während ihr gut geölter Instinkt für Melodramatik ansprang.

«Ich … äh, tut mir leid», stammelte er.

«Du solltest mich ABHOLEN!» Sie trat näher, und ihre Neigung zur Dramatik vermischte sich jetzt mit ihren echten und heftigen Emotionen.

Ihm schoss durch den Kopf, dass sein Fehler, Clare nicht abzuholen, die kleinste seiner Sorgen war, denn im Moment stand er in den Überresten seiner Tarnkleidung im Flur, bewaffnet, und hatte eine aller Voraussicht nach peinliche Vorstellungsrunde vor sich: zwischen einer äußerst attraktiven Französin, die seinen Schlafanzug trug, und seiner künftigen Ex-Frau. Vermutlich würde _künftig_ schon bald nicht mehr zutreffen, da die Entwicklung gerade einen ordentlichen Schubs erhielt. Vorausgesetzt, Clare kippte nicht vorher wegen überschießender Emotionen um.

«Darf ich deine Koffer nehmen?»

Sie stellte sie ab, trat ein paar Schritte vor, sog misstrauisch die Luft ein und zog die Augenbrauen zusammen. Clare, eine sehr gut aussehende, attraktive Frau, die elegant gekleidet war und den gerade modernen Kurzhaarschnitt im ländlichen Look trug, wirkte trotzdem, wenn sie entsprechend gelaunt war – also nach Richards Erfahrung häufig – schlicht und ergreifend furchterregend.

«Du solltest mich abholen», sagte sie beim Durchschreiten des Flurs statt eines Kommentars, und mit jeder Wiederholung klang der Satz noch bedrohlicher. Sie bemerkte Passepartout auf dem Sofa, beachtete ihn jedoch nicht, da sie eine größere Beute witterte.

«Äh, hattest du einen guten Flug?» Richard hatte nicht die geringste Ahnung, was er tun sollte.

Sie wandte sich ihm zu. «Warum bist du in dieser Aufmachung?» Es war, als nähme sie ihn jetzt erst wahr, da der rote Nebel des Zorns von ihren Augen wich.

«Oh, weißt du …»

«Nein.»

«Na ja, es war ein unglaublicher Abend.» Er tat so, als würde er lachen. «Ach, ich freue mich ja so, dich zu sehen.» Er trat mit ausgestreckten Armen auf sie zu, und da bemerkte sie die Beule in seiner Hosentasche.

«Ich sehe es», erklärte sie bissig. «Hast du deinen alten Schwung zurück, Richard?»

Er blickte an sich hinunter. «Oh, ha! Nein, ich meine ja, aber nein.» Damit brachte er ungeschickt die Pistole zum Vorschein, und genau in diesem Moment tauchte Valérie in seinem Schlafanzug auf, ein Handtuch um den Kopf geschlungen und ein Glas Champagner in der Hand.

Clare schaute von Valérie zu Richard und dann zur Pistole, zurück zu Valérie, wieder zur Pistole und heftete den Blick schließlich auf Richard. «Du solltest mich abholen», sagte sie schwach. Dann brach sie ohnmächtig auf dem Sofa zusammen und verfehlte dabei Passepartout nur knapp.

22

Richard ging langsam die Treppe hinauf, das Frühstückstablett in der Hand und sorgsam darauf bedacht, nichts darauf zu verschütten. Er wollte keine Kleckerei, nichts, was zu einem Tadel hätte Anlass geben können, doch das war nicht der einzige Grund, aus dem er die Dinge langsam anging; er trödelte, weil er der Konfrontation aus dem Weg gehen wollte. Der sehr notwendigen und unvermeidlichen Konfrontation.

Vor der Schlafzimmertür blieb er stehen und sammelte sich. Sollte er anklopfen? Schließlich war es sein eigenes Schlafzimmer, nun, offiziell ihr gemeinsames Schlafzimmer, aber in der Nacht hatte er auf dem Sofa geschlafen. Allerdings hatte er Valérie überredet, die Nacht im *chambre d'hôtes* zu verbringen und nicht in Alicias Zimmer. Die Lichter im Salon waren irgendwann ausgegangen, und so war die Luft wohl rein gewesen, und sie konnte hinübergehen, ohne in ihrem Aufzug gesehen zu werden. Valérie, das musste gesagt werden, war mit dieser Lösung mehr als glücklich. Er beschloss, nicht anzuklopfen, sondern drückte vielmehr den Türgriff mit dem Ellbogen herunter und schob die Tür mit dem Fuß auf.

Hatte er erwartet, in ein dunkles Zimmer zu treten und Clare mit dem Morgentee zu wecken, hatte er sich gründlich getäuscht. Die Rollläden waren hochgezogen, der Raum in morgendliches Sonnenlicht getaucht, und Clare saß aufrecht mitten auf dem Bett, von Kissenstapeln gestützt. Sie hatte die Arme vor der Brust verschränkt, und ihr Gesicht kündigte vielleicht nicht gerade den Weltuntergang an, aber doch ein heftiges Unwetter.

«Ich hab dich draußen herumschlurfen gehört», sagte sie kühl.

«Ich wusste nicht, ob du schon wach warst», erwiderte er, bemüht, fröhlich zu klingen. «Ich hab dir Tee und Saft gebracht. Und es gibt auch Croissants, falls du welche möchtest.»

Er stellte das Tablett vor sie und küsste sie auf die Stirn. Zu seiner großen Überraschung wich sie nicht zurück.

«Danke», sagte sie einfach.

«Wie geht es dir?» Er setzte sich ans Fußende des Bettes.

«Ich bin ein bisschen benommen, Richard, ehrlich gesagt. Ja, das Wort trifft es, benommen.»

«Ja», gab er nachdenklich zurück wie ein Arzt, der eine Diagnose abwägt. «Das mit dem Flughafen tut mir leid – dass ich dich nicht abgeholt habe, meine ich. Keine Ahnung, wie mir das entfallen konnte.»

Sie zupfte am Zipfel des Croissants und achtete dabei sorgfältig darauf, dass keine Krümel aufs Bett fielen. «Ich glaube wirklich, Richard …» Es wirkte so, als bemühte sie sich, ruhig zu bleiben, doch die Art, wie sie nun am anderen Zipfel des Croissants zupfte, legte den Gedanken nahe, dass ein Gewaltausbruch auf der Lauer lag, zumindest falls Richard nicht vorsichtig war. «Mir scheint wirklich, dass dein Nichterscheinen am Flughafen im Moment recht weit unten auf der Liste der Diskussionspunkte steht, meinst du nicht auch?» Sie sah ihm direkt in die Augen, und er begegnete ihrem Blick, fest entschlossen, nicht nachzugeben. Nun ja, zumindest noch nicht.

«Das stimmt vermutlich.»

«Ich erinnere mich nicht einmal, wie ich ins Bett gekommen bin. Hast du mich hochgetragen?»

«Ja, natürlich.»

«Und du hast mir mein Nachthemd angezogen?»

«Ja.» Es folgte ein Schweigen. «Wir sind immer noch verheiratet!» Erneutes Schweigen.

«Und diese andere Frau …»

«Ein Gast im *chambre d'hôtes*.»

«Aber sie war nicht hier, als …»

«Natürlich nicht. Sie ist zu Bett gegangen, und ich habe dich nach oben getragen und – und – es dir bequem gemacht.»

«Wer ist sie?» Clare klang verletzlich, und darauf war er nicht vorbereitet.

«Sie ist ein Gast im …»

«Ein Gast im *chambre d'hôtes*, ja, das sagtest du bereits. Aber *wer* ist sie?»

«Sie heißt Valérie d'Orçay, und sie ist in der Gegend, weil sie ein Haus kaufen will.» Ihm fiel plötzlich auf, dass er keine Ahnung hatte, wieso Valérie d'Orçay tatsächlich hier war.

«Und ihr beide seid …?» Sie ließ die Frage, aufgeladen, wie sie war, in der Luft hängen.

«Nichts, einfach nur Wirt und Gast.»

«Ach tatsächlich? Dürfen alle deine attraktiven weiblichen Gäste deine Schlafanzüge tragen, mit Monogramm und allem? Zahlen sie dafür extra?»

«Es ist eine lange Geschichte», erklärte er mürrisch.

«Diesen Schlafanzug habe ich dir zu Weihnachten geschenkt», fügte sie hinzu und setzte theatralisch eine verletzte Miene auf. Plötzlich fiel ihm dieses Weihnachten wieder ein. Sie hatten bewusst beschlossen, einen Versuch zu unternehmen, sich körperlich wieder näherzukommen. In den Trümmern der Erschöpfung und Enttäuschung der mittleren Jahre hatten sie noch einmal einen Funken jugendlicher Leidenschaft schüren wollen. Sie hatte ihm den Seidenschlafanzug gekauft, und er ihr ein langes, seidiges Nachthemd. Das alles hatte Klasse und

Stil, und sie freuten sich, wie gut sie aussahen und wie reif sie sich verhielten. Sie ließen es zwar ungesagt, aber das, was sie taten, war hunderttausend Meilen vom Schmuddelkram ihrer Freunde, der Thompsons, entfernt.

Irgendwann im Verlauf des Abends knisterte es zwischen ihnen, und zwar buchstäblich. Gerade als der Funke der Romantik und Sinnlichkeit hätte aufflammen sollen, entlud sich die Spannung zwischen den beiden statisch aufgeladenen Kleidungsstücken, und der elektrische Schlag warf Richard rücklings auf den Boden, wo ihm eine Ecke aus dem Zahn brach. Clare bekam ihrerseits eine Migräne, die erst nach einer Woche abflaute. Es war ein Desaster. Tatsächlich hoffte er, dass die mit dem Schlafanzug bekleidete Valérie Passepartout nicht zu innig gestreichelt hatte, sonst würde der arme Kerl jetzt wie ein Stachelschwein aussehen.

Er schüttelte den Kopf; jetzt war wirklich der falsche Moment, um an Valérie zu denken.

«Und die Pistole?» Clare hatte offensichtlich ebenfalls entschieden, dass es klüger war, nicht auf der Sache mit dem Seidenschlafanzug herumzureiten.

«Wie gesagt», gab er zurück. «Das ist eine lange Geschichte.»

Seufzend schob sie das Tablett zur Seite und rutschte unter die Bettdecke. «Nun, ich habe Zeit, dir zuzuhören, Richard. Also schieß los: Verkleidungen, Waffen, attraktive Frauen – es klingt wie einer deiner Filme … Ich bin ganz Ohr.»

Er hasste diesen Satz: «Einer *deiner* Filme.» Es klang, als wäre er ein Kind mit Spielsachen, und sie sei zu erwachsen, um sich auf so etwas einzulassen. In gewisser Hinsicht hatte sie allerdings recht, es klang wirklich wie ein Plot für einen klassischen Film noir. Gewiss galt das für die Szene von gestern Abend, die Szene, in der Clare aufs Sofa gesunken war, während Valérie im Schlafanzug unseres Helden über ihr stand und unser Held die

Pistole hielt. Ganz wie bei Raymond Chandler, Bogart und der Bacall …

«Richard!» Clare schnippte mit den Fingern. «Wo bist du schon wieder? Film noir, war das das Stichwort? Versuch einmal, in der Gegenwart zu bleiben. Und jetzt erzähl.»

«Nun dann», begann er, ohne recht zu wissen, wie er weitermachen sollte. Dann beschloss er plötzlich irgendwo in seinem Inneren, dass Ehrlichkeit die beste Strategie war. Außerdem war ihm klar, dass er nichts erfinden könnte, das auch nur ansatzweise zu den Fakten passte. «Vor ein paar Tagen hat ein Monsieur Grandchamps hier eingecheckt …»

Die nächste halbe Stunde hörte sie ihm aufmerksam zu, während Richard mal sitzend, mal auf- und abmarschierend seine Geschichte erzählte. Hin und wieder stellte sie eine Frage, doch überwiegend lauschte sie einfach nur, nickte an den richtigen Stellen, zeigte Besorgnis, wo es angebracht war, und verdrehte die Augen über die Mätzchen von Gennie und Martin. Am Ende saß sie stumm da und ließ sich alles durch den Kopf gehen.

«Sei ehrlich mit mir, Richard», sagte sie sanft wie eine Mutter, die hofft, dass ihr Kind sich zu einem Vergehen bekennt. «Ist das der Plot eines Films oder tatsächlich die Wahrheit?»

«Die Wahrheit.»

«Ich kann es überprüfen, weißt du. Ich kann bei Google und der IMDb recherchieren, und in ein paar Minuten oder wahrscheinlich nur Sekunden habe ich den Namen irgendeines B-Movies aus den Vierzigerjahren.»

Er stand wieder auf. Sie wusste, wie sie ihn verletzen konnte. IMDb Punkt com. Die Internetdatenbank. Sein rotes Tuch, sein Erzfeind, seine Nemesis und letztlich sein siegreicher Gegner. Bis die IMDb mit ihrem Suchmaschinenfuror auftauchte, hatte man Experten wie ihn, wandelnde Quellen des Filmwissens, die allenfalls noch mit Halliwells Filmführer bewaffnet waren, hoch geschätzt, denn sie waren die Hüter der Kinogeschichte. Jetzt dagegen genügte ein einziger Klick, und – zack – hatte man Kirk Douglas' komplette Filmkarriere, seine Ehen, Fotos, Zitate und statistische Daten vor sich. Dagegen konnte jemand von Richards Sorte nicht anstinken. Er schwieg und schaute finster.

«Dachte ich's mir doch.» Sie wischte einige imaginäre Krümel vom Bett und schüttelte ihr Kopfkissen auf. «Ich weiß nicht, was in dich gefahren ist, Richard, ehrlich nicht. Aber ich glaube, es wäre kein Fehler, mir die Wahrheit zu sagen. Du hast mit dieser Valérie angebandelt – zweifellos ist sie ausgesprochen charmant –, und jetzt hast du dich auf Martin und Gennie und alle möglichen Fantasy-Rollenspiele eingelassen.» Sie seufzte. «Wahrscheinlich sollte ich mich für dich freuen. Hast du dir das nicht von vornherein gewünscht?»

«Wie meinst du das?» Er hatte das Gefühl, dass Widerspruch zwecklos war.

«Diese Art von sexuellem Über-die-Stränge-Schlagen, wolltest du nicht genau das?»

«Ich schlage sexuell nicht über die Stränge.»

«Ach, mein armer Richard, ich erinnere mich deutlich an deinen Vorschlag, wir sollten eine offene Ehe erwägen, also hast du dir genau so etwas gewünscht. Ich hoffe, du genießt es, wirklich.»

Auch Richard erinnerte sich lebhaft an dieses Gespräch. Frisch arbeitslos geworden und entsprechend deprimiert, hatte er sich nach ein wenig Aufregung und Abenteuer in ihrem Leben gesehnt, oder tatsächlich in seinem Leben. Wie jeder andere bedauerliche Mann in der Midlife-Crisis hatte er als Erstes an Sex gedacht, und er hatte tatsächlich gesagt, sie sollten vielleicht ein bisschen «lockerer werden.» Wenn ein verletzter Mann etwas Derartiges äußert, ist es natürlich ein lauter Hilferuf, und so würde besagter verletzter Mann besser daran tun, sich in eine Ecke zu stellen und laut «HILFE!» zu rufen. Statt sich so zu verhalten wie Richard, der eines Abends im Suff so dahergeredet hatte, als wäre er eine Art frustrierter Don Juan, den zahlreiche Verehrerinnen umschwirrten. Um dann Clare den Rat zu geben, sie solle vielleicht besser aufpassen. Kein halbes Jahr später war es tatsächlich so, dass die Männer Clare umschwirrten, sie eine offene Ehe führte und sich großartig amüsierte, während Richard zu Hause blieb und sich in Selbstmitleid suhlte.

«Warum bist du hier, Clare?»

«Das weiß ich eigentlich gar nicht», antwortete sie leise. «Du hast mir gefehlt. Ich wollte mich vergewissern, dass es dir gut geht, und freue mich, dass es so ist. Was auch immer das für ein Spiel ist, mit dem du dich vergnügst, es scheint dir zu bekommen. Du hast rote Wangen und ein Funkeln in den Augen, und ob du es glaubst oder nicht, das macht mich sehr glücklich.» Statt einer Erwiderung griff er nach ihrer Hand. «Tatsächlich hatte ich wohl gehofft, dass du hier Trübsal blasen würdest und mit deinem Latein am Ende wärest. Ich hatte wohl gehofft, dass du mich brauchst.»

Er wusste nicht, was er erwidern sollte; bis vor drei Tagen hatte er an kaum etwas anderes gedacht und hätte dieser Beschreibung wahrscheinlich haargenau entsprochen. Er liebte sie immer noch; und offensichtlich liebte auch sie ihn noch. Aber beide wussten sie, dass das manchmal selbst nach vielen gemeinsamen Jahren, und insbesondere nach vielen gemeinsamen Jahren, einfach nicht reichte.

Am Nachmittag standen sie im Zentralbahnhof von Tours unter der Abfahrtstafel. Sie hatten angenehm in der Altstadt zu Mittag gespeist, über Alicia gesprochen und gleichzeitig alles vermieden, was auf praktische Aspekte ihrer eigenen misslichen Lage verwies. Beide wussten, dass es keine Eile gab, die

Details zu regeln, wie Clare es ausdrückte, und, wie die Dinge standen, auch keine dringende Notwendigkeit. Richard hatte erwartet, dass Clare länger bleiben würde, doch beide wussten, dass sich das nicht anbot. Stattdessen würde Clare ein paar Tage nach Bordeaux fahren und einen «alten Freund» besuchen. Richard fragte nicht, um wen es sich handelte, und Clare gab keine weiteren Einzelheiten preis.

«Ich bin froh, dass ich gekommen bin», sagte Clare vor dem Einsteigen in den Zug.»

«Ich auch», erwiderte er und küsste sie sanft auf die Wange. «Uns bleibt immer noch Paris», fügte er hinzu und bereute es beinahe sofort. Sie lächelte ihn an. «Wir hatten es verloren, bis du nach *Casablanca* zurückkamst. Gestern Nacht haben wir es zurückgewonnen. Siehst du? Manchmal habe ich doch aufgepasst.» Sie stieg die Treppe hinauf, und er schob die Koffer durch die Nachbartür in den Waggon.

«Ich ruf dich bald an», rief er ihr nach.

«Okay, aber Richard …»

«Ja?»

«Mit Pistolen muss man vorsichtig hantieren. Sie könnten losgehen, weißt du?»

«Ich dachte, du würdest mir nicht glauben!»

«Tschüss», sagte sie und blies ihm einen Luftkuss zu.

Richard drehte sich um, so zufrieden, wie es unter den gegebenen Umständen wohl möglich war, und kehrte durch die große Schalterhalle mit dem hohen Glasdach zurück. Als eine hochgewachsene Gestalt an ihm vorbeiging, blieb er unvermittelt stehen. Ja, es war ein hohes Dach, aber hoch musste es auch sein, sollte ein Stetson-Cowboyhut wie dieser darunter Platz finden.

23

Richard hatte Hunderte von Filmen gesehen, in denen Beschatter einem anderen Menschen folgten, doch leider wurde ihm sehr schnell klar, dass er diese Kunst deswegen noch lange nicht beherrschte. Er wandte sich rasch zur Seite und schaute in ein Schaufenster, als Tex ein Stück vor ihm das Gleiche tat – Tex allerdings wesentlich gelassener. Richard bereute sein Verhalten sofort, denn nun stand er unmittelbar vor einer jungen Frau, die auf der anderen Seite der Scheibe eine Schaufensterpuppe anzog. Sie legte letzte Hand an eine Dessous-Auslage, und Richards unvermittelte Aufmerksamkeit war eindeutig auffällig. Er entschuldigte sich, machte kehrt, überquerte in der Fußgängerzone die Straße und schlug sich dabei unschuldig mit seiner zusammengerollten Zeitung ans Bein.

Was *trieb* er da eigentlich?

Er wusste es wirklich nicht. Der Impuls, Tex zu folgen, war ganz spontan gekommen, aber warum? Tex war ein Metzger aus Tours, warum sollte er ihm also folgen? Vielleicht, weil er Valéries Ex-Mann war – war Eifersucht der Grund? Möglich. War es der merkwürdige Zufall, dass Tex bei der Bootstour aufgetaucht war? Auch das war möglich. Aber worauf lief beides zusammen hinaus? Nun, in Richards Augen war das offensichtlich, auch wenn er sich mit dieser Erkenntnis nicht wohl in seiner Haut fühlte. Die Wahrheit war, dass er Valérie nicht vorbehaltlos vertraute.

Ein großer Teil von ihm wollte ihr glauben. Sie war eine sehr schöne Frau, die seine Welt innerhalb von drei oder vier Tagen, er verlor schon den Überblick, auf den Kopf gestellt hatte. Auch wenn er es ungern zugab, war die Zeit mit ihr aufregender als wahrscheinlich jede bisherige Phase in seinem Leben. Und gewiss aufregender, als er es jemals im fortgeschritteneren Alter erwartet hätte. Selbst wenn er sich in seinen Tagträumen manchmal vorgestellt hatte, er sei der Detektiv in einem «seiner» Filme, wie Clare das ausgedrückt hätte, stieß so etwas einem Menschen wie Richard in der Realität einfach nicht zu. So etwas geschah in Büchern, in Drehbüchern oder auf der Leinwand, es war fiktiv. Und genau das war der Grund, aus dem er Valérie nicht vertraute, das begriff er nun. Es lag daran, dass er seiner selbst zu unsicher war, dass er nicht wusste, wer er war, und deshalb der Welt um ihn her misstraute. Und so auch ihr.

Er machte erneut kehrt und hoffte, dass er Tex unterdessen nicht verloren hatte. Doch trotz des vorsichtigen Abstands, den Richard einhielt, wäre es sehr schwierig gewesen, den Typ zu übersehen. Mit seinem absurd großen Cowboyhut auf dem Kopf war der magere Zweimetermann auf seinem gewundenen Weg durchs Gedränge der Straße in dieser französischen Stadt so auffällig wie nur irgend möglich. Er sprang ins Auge wie, nun, wie die lächerliche Skulptur des Nashorns vor dem McDonald's am nahe gelegenen Hauptbahnhof. Tex war sogar stehen geblieben, um ein Foto zu schießen, wie irgendein Tourist. Richard zog die Augenbrauen zusammen. Genau wie irgendein Tourist. Aber nicht wie ein Metzger in seiner Heimatstadt.

Er sah, dass Tex auf seine Armbanduhr schaute und anscheinend zu einem Entschluss kam. Er kehrte um und gelangte zu der Stelle, an der Richard herumlungerte. Der befand sich plötzlich ein zweites Mal Auge in Auge mit der Schaufensterdekorateurin. Diesmal behielt Richard allerdings die Nerven und ließ zu, dass Tex an ihm vorbeiging. Tex war inzwischen kein umherschlendernder Tourist mehr; er schritt vielmehr energisch aus und hatte offensichtlich ein Ziel.

Richard folgte ihm. Vor dem modernen Vinci Centre International de Congrès blieb Tex stehen und schaute auf seinem Handy offensichtlich nach dem Weg. Dann bog er nach links ab, kehrte über den Boulevard Heurteloup zurück und wartete an der Bushaltestelle. Richard verließ der Mut. Sollte Tex in einen Bus steigen, könnte er ihm dann folgen? Tatsache war, dass Tex ihn seines Wissens nicht kannte, aber im selben Bus zu sitzen, wäre einfach zu riskant. Er könnte sich eines der vielen Fahrräder schnappen, die heutzutage in den Städten herumstanden, und dem Bus folgen ... Dann ermahnte er sich, sich zusammenzureißen. Das Letzte, was er brauchte, war ein Herzanfall wegen plötzlicher Überanstrengung. Tex schaute wieder auf sein Handy, wandte sich von der Haltestelle ab und betrat den Park, Les Jardins de la Préfecture. Dort ging er langsamer weiter, und Richard vermutete, dass er sein Ziel erreicht hatte – offensichtlich einen Treffpunkt. Er ließ Tex ein wenig Vorsprung und huschte dann ebenfalls in den Park, zwar auf dem gegenüberliegenden Weg, aber doch so, dass er den Cowboy im Blick behielt.

Dem hochgewachsenen Mann schien das Grün sehr zu gefallen, als wäre ein Wäldchen im Stadtzentrum für ihn etwas Neues. Die breiten Wege und riesigen, gut gewachsenen Platanen bedeuteten Ruhe und Frieden im geschäftigen Treiben der Metropole, und Tex wirkte wie ein Landei, das davon ausgegangen war, in Städten gäbe es nur Asphalt und Lärm. Und nun hätte er einen Zufluchtsort gefunden. Doch immer wieder schaute er auf seine Uhr. Er wartete auf jemanden. Und setzte sich jetzt auf eine Bank.

Richard suchte sich ebenfalls eine Sitzgelegenheit, die so

weit wie möglich von Tex entfernt lag, von der aus er ihn aber trotzdem noch sehen konnte. Außerdem breitete er als zusätzliche Sicherheitsmaßnahme seine Zeitung aus. Er hatte *Le Monde* gekauft, weil sie ein altmodisch breites Format hatte, und nun saß er so unauffällig wie möglich auf seiner Bank und spähte über den Rand der Zeitung hinweg. Tex seinerseits wirkte recht nervös, sprang immer wieder auf, ging um seine Bank herum und hielt Ausschau. Er musste jedoch nicht lange warten, und Richard wäre beinahe von der Bank gefallen, als er die Neuankömmlinge sah.

Warmherzig begrüßte Tex die Rizzolis, als wären sie alte Freunde, schüttelte dem jungen Mann herzlich die Hand, beugte sich über Signora Rizzoli und küsste sie auf beide Wangen. Sie lachten und scherzten, dann schaute Tex erneut auf seine Uhr, erklärte etwas, mit lebhaften Gesten, und die Rizzolis setzten sich. Inzwischen raste Richards Herz, und die Zeitung zitterte in seinen Händen; tief im Inneren wusste er, auf wen sie warteten.

Valérie traf mit Passepartout auf dem Arm ein, ganz schicke Dame beim Stadtbummel, mit einem weiteren Richard unbekannten Outfit bekleidet und so elegant wie je. *Der Koffer in ihrem Zimmer muss so groß wie die RMS Queen Elizabeth 2 sein*, dachte Richard, der zu unterdrücken versuchte, wie beeindruckend er sie fand, und sich stattdessen auf seinen rasch wachsenden Zorn konzentrierte. Er fühlte sich benutzt und betrogen und war unglaublich enttäuscht. Außerdem begriff er beim besten Willen nicht, was eigentlich vor sich ging. Tex begrüßte Valérie überschwänglich, was allerdings generell seine Art zu sein schien – zu Richards großer Verärgerung, auch wenn ihm auffiel, dass Valérie ein wenig steif reagierte. Die Rizzolis standen auf, und Tex schien die Parteien einander vorzustellen. Sie schüttelten sich kühl die Hände, die Rizzolis lächelten nicht und Valérie ebenso wenig. Tex nahm auf der Bank Platz, und Valérie setzte Passepartout neben ihm ab, zwischen ihm und den Rizzolis, die sich ebenfalls niederließen. Valérie blieb stehen.

Richard wünschte, er wäre so dicht bei der Gruppe, dass er verstehen könnte, was sie sprachen, doch zum Glück war Tex wie ein schlechter Theater- oder Filmschauspieler, sodass seine übertriebenen Gesten und Bewegungen leicht zu deuten waren. Die anderen drei waren nicht ganz so durchschaubar. Tex breitete die Arme weit aus, als würde er sagen: *Nun, wie wollen wir vorgehen?* Allerdings hatte Richard keine Ahnung, worauf sich diese Frage bezog. Seinetwegen hätte es ruhig darum gehen können, Tex einen Hieb in sein Grinsegesicht zu verpassen, doch das bezweifelte er. Der große Mann ließ den ausgebreiteten Arm über Passepartouts Tasche in der Schwebe, und das normalerweise friedliche Hündchen sprang hoch und versuchte, ihm einen Fetzen aus der Hand zu reißen.

«Gut gemacht!», sagte Richard leise, während Valérie den kleinen Hund tätschelte und ihn offensichtlich ebenfalls lobte.

Bei dem Treffen ging es anscheinend sehr angespannt zu.

Jetzt redete Valérie und bezog sich dabei eindeutig auf Tex, da sie auf ihn zeigte, während sie gleichzeitig mit einer Geste auf das italienische Paar wies. Tex tat so, als wäre er gekränkt, grinste allerdings immer noch und deutete in gespielter Unschuld auf sich selbst. Die Rizzolis wandten sich ihm zu, und das dämliche, breite Grinsen mit blitzenden Zähnen erlosch langsam in seinem Gesicht. Er runzelte die Stirn, wirkte jetzt finster, stand auf und beschwerte sich über irgendetwas. Als er fertig war, sah man, dass alle abwägten, was er gerade gesagt hatte, wie eine Jury, die über einen Angeklagten entscheidet. Die Rizzolis schüttelten beide den Kopf, und Valérie wandte sich ihm ein weiteres Mal langsam zu. Tex schob sich den Hut aus der Stirn und schüttelte seinerseits langsam den Kopf. Dann kehrte das breite Grinsen zurück, und er schlug sich lachend auf die Schenkel. *Der Mann ist einfach lächerlich.* Auch Richard schüttelte den Kopf. *Wie ein Cowboy beim Malen nach Zahlen.* Die Geste erinnerte ihn nicht so sehr an John Wayne, was gewiss beabsichtigt war, sondern eher an Doris Day als Calamity Jane. Außerdem erkannte Richard es, wenn jemand besiegt war, und Tex offensichtlich auch. Er breitete erneut die Arme aus, wollte Passepartout ein weiteres Mal den Kopf streicheln, wurde erneut durch ein Schnappen belohnt, verabschiedete sich, indem er die Hand hob, und schlenderte lässig aus dem Park.

Richard wandte den wachsamen Blick zu den drei anderen; es war, als wären sie die verbliebenen Kontrahenten in einer Spielshow. Signora Rizzoli streckte die Hand aus und forderte offensichtlich etwas ein, vermutlich das entwendete Handy. Valérie schüttelte jedoch den Kopf, ohne die Hand weiter zu beachten. Sie nahm Passepartout in den Arm und streckte ihrerseits die Hand aus, um sich zu verabschieden. Das Treffen, das Schwätzchen oder der Showdown, was immer es war, es war vorbei. Alle gaben sich die Hände, und Valérie verließ den Park durch das Tor auf der rechten Seite. Wenige Sekunden später verschwanden die Rizzolis durch das Tor auf der linken Seite. Richard faltete seine Zeitung und folgte Valérie.

Zum Glück schaute Passepartouts Kopf aus der Tasche, in der er saß, diesmal nach vorn. So konnte das Hündchen nicht sehen, wie Richard in dreißig Metern Entfernung hinter ihnen herschlich. Er hatte keine Ahnung, was das Tier getan hätte, hätte es ihn entdeckt. Bisher hatte es sich niemals anmerken lassen, ob es Richards Existenz auch nur wahrnahm, sondern nur jene überhebliche Miene gezeigt, die für die Massen reserviert war. Allein gegenüber Valérie und Tex gab es sich anders. Doch Richard wäre das Risiko nur ungern eingegangen.

Valérie bog in die schmale Rue Colbert ein, und Richard versuchte, am Straßenrand zu gehen, was sich als schwierig erwies, weil so viele Restauranttische im Weg standen. Er sagte sich immer wieder, dass er seine Sache gut mache, aber ihm war klar, dass er sehr viel Zeit damit zubrachte, sich zu entschuldigen. Auf eine sehr englische Weise fegte er Tische leer, gegen die er stieß, und zog eine Art Spur der Verärgerung hinter sich her. Valérie bog nun in eine sogar noch schmalere Seitenstraße ein, und Richard ging schneller, um ein Stück aufzuholen. Die Passage war kaum mehr als eine schmale Gasse, zwei Reihen alter Häuser, die sich schief zur Mitte neigten, jedes in einem etwas anderen Winkel, wie wacklige Zähne in einem grinsenden Mund. Valérie ging mit eleganter Haltung, sie war die einzige Person auf der Straße, und Richard huschte in einen schattigen Türeingang und beobachtete sie.

Er lehnte sich gegen die Tür, um Atem zu schöpfen, und spürte plötzlich, dass sie hinter ihm nachgab und sich zu einer bestürzten Chinesin hin öffnete. Ohne jedes Federlesen ging sie mit dem Besen auf ihn los, und so rannte er die Straße hinunter und duckte sich in eine Nische. Er war jetzt außer Atem und brauchte ein paar Sekunden, um sich zu sammeln. Dann reckte er langsam den Kopf aus dem Schatten und spähte wieder nach vorn. Was er sah, gefiel ihm gar nicht.

Etwa zwanzig Meter entfernt stand Valérie, die Beine breit aufgestellt. Ein paar Meter weiter vorn hatten sich die Rizzolis mit ein wenig Abstand zueinander aufgebaut und versperrten ihr den Weg. Die Gruppe verharrte einige Sekunden so, ein Dreieck aus Zorn. Dann nahm Valérie Passepartout von der Schulter und setzte die Tasche sanft in einem Türeingang ab. Anschließend kehrte sie an ihren vorherigen Platz zurück und stellte sich wieder breitbeinig hin, zu allem bereit.

Signor Rizzoli näherte sich langsam, die Hand ausgestreckt,

wahrscheinlich in einer letzten Bitte um Rückgabe des Handys. Richard ballte die Fäuste und versuchte sich einzureden, er sei zum Handeln bereit. Gleichzeitig ging ihm nicht aus dem Kopf, was Valérie über die Pistole gesagt hatte, die sie gefunden hatten: «eine typische Zweitwaffe» und: «Es wird hier noch andere geben.»

Der Mann blieb unmittelbar vor Valérie stehen, während Signora Rizzoli in gespielter Langweile die Arme vor der Brust verschränkte. Plötzlich fiel Richard auf, dass die beiden nun gar nicht mehr so jung wirkten. Passepartout brach in ein schrilles Bellen aus, und der Italiener wandte sich zur Seite und bedachte das Kampfhündchen mit einem spöttischen Lächeln. Das war sein erster Fehler. Der zweite bestand wenige Sekunden später in dem Versuch, wieder aufzustehen, nachdem Valérie ihn mit einem raschen Kniestoß in den Schritt wie mit einer Streitaxt gefällt hatte. Diesmal donnerte dasselbe Knie direkt gegen sein Kinn und schlug ihn k.o. Signora Rizzoli wirkte vom Versagen ihres Mannes nicht sonderlich überrascht und näherte sich langsam, während sie ein Schnappmesser aus der Hosentasche zog. Valérie ging ihr entgegen und trat dabei über Signor Rizzoli hinweg, vollkommen überzeugt, dass dieser Mann kein Thema mehr war.

Richards Stirn troff von Schweiß, und seine Hände zitterten. Er war bereit gewesen, Valérie zur Hilfe zu eilen, falls *eilen* das richtige Wort war. Vorzutreten und alles in seiner Macht Stehende zu tun, um die Dame zu beschützen. Doch inzwischen war absolut klar, dass er nicht nur im Weg wäre, sondern dass sie ihn auch einfach nicht brauchte.

Signora Rizzoli ging in die Hocke, das Messer in der rechten Hand und im Gesicht ein höhnisches Lächeln. Valérie blieb kerzengerade stehen, angespannt, jedoch leicht auf den Zehen wippend wie eine Königskobra, die zum Zubeißen bereit ist.

Dann brach sie plötzlich in lautes Kichern aus und presste die Hand vor den Mund, um ihr Prusten zu unterdrücken. Signora Rizzoli, die inzwischen in Messerstichnähe war, wirkte einen Moment lang verblüfft und erhob sich aus der Hocke. Das war *ihr* erster Fehler. Mit einer blitzschnellen Bewegung packte Valérie ihr Handgelenk, verdrehte ihr den Arm und riss sie in einem Wirbel zu Boden. Und schon ließ die Italienerin das Messer fallen. Signora Rizzolis zweiter Fehler war der Versuch, nach ihrem Messer zu greifen. Ein teurer Lederschuh krachte ihr gegen das Kinn und schleuderte sie zurück. In einem kurzen Bogen flog sie durch die Luft und landete weich auf ihrem am Boden ausgestreckten Ehemann. Valérie ließ sich ein paar Sekunden Zeit, um sicherzugehen, dass beide außer Gefecht gesetzt waren, nahm dann Passepartout auf den Arm, bedankte sich mit ein paar Küsschen auf den Kopf für seine Geduld und ging heiter davon.

Richard setzte die Brille auf, da ihm nichts einfiel, was er sonst tun könnte, und sagte leise: «Heiliger Strohsack.»

24

Der Geruch von Jasmin trieb mit einem sanften Abendlüftchen zu Marie, die vor Richter Grandchamps' Tür auf der obersten Treppenstufe saß, wie immer vor sich hin summte und den süßen Frühlingsduft so tief einsog, als wollte sie ihn verschlucken. Sie war ausgesperrt. Der Richter hatte ihr nicht gesagt, dass er nicht da sein würde, und vertraute ihr nicht genug, um ihr einen Schlüssel zu geben. Dabei wusste sie ganz genau, dass unter dem Eimer beim Gartenbrunnen ein Notfallschlüssel lag. Sie würde ihm noch fünf Minuten geben und sich dann ein Weilchen an den Fluss setzen. Melvil hatte in Tours einen Einsatz für Monsieur Œuf und bereitete sich gerade auf eine Werbeaktion für ein Dinner-Sonderangebot vor. In der Mittagspause hatte er andauernd sein Gackern geübt und von Inspiration geredet. Bei Bruno würde sie erst wieder am Nachmittag arbeiten.

Bonneval traf ein und parkte seinen Wagen unmittelbar vor dem schmalen Tor. Er sprang heraus und half dem Richter auf der Beifahrerseite beim Aussteigen. Aus irgendeinem Grund sah der Richter heute sogar noch älter aus als gestern; seine Wangen waren bleich, und unter den Augen hatte er dunkle Ringe. Er entdeckte Marie, und sie bemerkte eine furchtbare Traurigkeit in seinem Blick; er war offensichtlich tief bekümmert. Bonneval führte ihn vorsichtig am Arm; auch er wirkte aus der Fassung gebracht. Beide waren offensichtlich durch etwas erschüttert worden.

«Schon gut, Marie», sagte Bonneval leise. «Ich glaube nicht, dass Monsieur *le juge* dich heute braucht.»

«Ist alles in Ordnung?» Sie stand auf, um den Richter am anderen Arm zu nehmen und ihm beim Treppensteigen zu helfen.

«Wir, er, hat eine Art Schock erlitten. Du kannst gehen, danke.»

«Nein, junge Dame», erklärte der Richter mit seiner üblichen Bitterkeit. «Ich bezahle das Mädchen nicht fürs Faulenzen.» Und dann, sanfter: «Würden Sie uns bitte einen Kräutertee machen?» Er gab Bonneval den Türschlüssel, und sie traten zu dritt ein.

Marie begab sich in die Küche, um Wasser aufzusetzen, während die Männer ins Arbeitszimmer des Richters gingen. «Sind Sie sicher, dass Sie sie jetzt im Haus haben wollen? Wir haben Dinge zu besprechen, private Dinge.»

«Ist das so?» Der Richter setzte sich schwerfällig in seinen Rollstuhl. «Ja, vermutlich schon, aber ich habe nichts zu verbergen, und in Vauchelles wird man ohnehin sehr bald Bescheid wissen.» Dann fügte er elend hinzu: «Was spielt das schon für eine Rolle.»

«Ich kann es immer noch nicht fassen.» Bonneval setzte sich dreist an den Schreibtisch, so geschockt, dass er nicht mehr wusste, was sich gehörte. Er stand jedoch sofort auf, als Marie mit einem Tablett ins Zimmer kam. Sie stellte es auf den Schreibtisch und wandte sich an den Richter: «Kann ich noch irgendetwas für Sie tun?»

«Nein, mein Kind», antwortete der alte Mann abgelenkt. «Nur Ihre üblichen Aufgaben.» Sie wandte sich zum Gehen. «Mein Bruder ist tot.» Es war nicht einfach nur die Feststellung einer Tatsache; seine Stimme stand kurz davor zu brechen, und das Wort *tot* wirkte beinahe überrascht. Er durchbohrte

Marie mit seinem durchdringenden Blick und registrierte jede Nuance ihrer Reaktion.

Marie legte die Hand vor den Mund und setzte sich. Nun war auch sie schockiert. Sie hatten alle angenommen, der alte Mann erlaube sich mit seinem Verschwinden einen Scherz und lache sie aus sicherer Entfernung aus. «Wie ist er gestorben?»

Bonneval drehte sich zur Seite, um aus dem Fenster zu schauen, weg von den anderen. «Er wurde erschossen oder ist jedenfalls an Schusswunden gestorben. Gegenwärtig können wir einen Unfall noch nicht ausschließen. Zur gegebenen Zeit werden wir natürlich mehr wissen.»

«Der arme Mann», flüsterte Marie fast nicht vernehmbar. «Der arme, arme Mann.»

«Sein Gesicht wurde vom Schuss zerfetzt», fügte Bonneval hinzu. Die Bemerkung war unnötig, aber im Raum war wohl kaum jemand noch mehr zu schockieren.

«Und wie ...» Sie ließ den Satz, der ebenso überflüssig wirkte, in der Schwebe.

«Monsieur *le juge* war tapfer genug, seinen Bruder zu identifizieren. Die Kleidung hat erste Aufschlüsse gegeben; als ich sie sah, dachte ich, es könne sich um Vincent handeln. Das hat der Richter bestätigt.»

Der Richter, der ins Leere geschaut hatte, wandte ihnen kurz seine Aufmerksamkeit zu und sagte ruhig: «In Algerien ließ er sich die Armeenummer aufs Handgelenk tätowieren. Genau wie alle seine Kameraden. Später hat er die Nummer unter dem Uhrarmband verborgen.» Zur Illustration zeigte er auf seine eigene Uhr. «Es gibt keinen Zweifel.»

«Der arme Mann», flüsterte Marie erneut.

«Er ist erst seit etwa einem Tag tot.» Bonneval fühlte sich genötigt, die Leerstellen auszufüllen. «Vielleicht hat er also tatsächlich sein Spielchen getrieben, genau wie wir dachten. Ich weiß es nicht.»

«Mit den falschen Leuten», fügte der Richter leise hinzu. «Ich glaube, ich würde jetzt gern eine Weile allein sein. Sie können beide gehen.» Er ließ sich gegen die Rücklehne seines Stuhls sinken, das Gesicht von Kummer und Verständnislosigkeit gequält, und die anderen gingen lautlos hinaus.

Marie legte den Sicherheitsgurt an. Sie hatte Bonnevals Angebot angenommen, sie für den kurzen Rückweg zur Stadt mitzunehmen. Tausend schreckliche Bilder gingen ihr durch den Kopf, und sie wollte lieber so schnell wie möglich ins Restaurant. Arbeit sei eine Möglichkeit, den Kopf freizubekommen, hatte ihre Mutter immer gesagt.

«Es ist einfach schrecklich», sagte sie, als der Polizist den Motor anließ.

«Ja», kam die knappe Antwort.

«Wissen Sie …»

«Wie der Richter sagte, hat er sein Spielchen mit den falschen Leuten getrieben. Du weißt, dass es die Mafia war?»

«Ich hatte keine Ahnung», log sie. Sie hatte genug Gespräche belauscht und oft genug zwei und zwei zusammengezählt, um sich darüber klar zu sein, was lief. Zum Glück bedeutete sein Tod auch, dass sie keine Umschläge mehr im Namen des alten Mannes versenden konnte. In gewisser Weise war das schade, doch wenn er nun tatsächlich tot war, folgte daraus wenigstens, dass sie die entgegengenommenen Scheine nicht zurückgeben müsste. Er brauchte das Geld nicht mehr, und der Richter brauchte es ebenso wenig. Ohnehin würde er solches «schmutziges» Geld wahrscheinlich nicht annehmen.

«Wenn ein Kopfgeld auf jemanden ausgesetzt ist, und dazu noch eine solche Summe …» Bonneval schüttelte traurig den Kopf.

«Auf ihn war ein Kopfgeld ausgesetzt?», fragte sie, ganz Unschuld und Unwissenheit.

«Eine halbe Million Euro!»

Sie dachte an den Stapel, den sie bereits für Melvil und sich selbst beiseitegelegt hatte; es war mehr Geld, als sie je auf einmal gesehen hatte, aber Marie Gavinet hatte auch noch nie fünfhunderttausend Euro gesehen, und das war zehnmal so viel.

«Das ist viel Geld», sagte sie ernst. «Sehr viel Geld.»

«Richtig, und genau das ist das Problem. Für so eine Summe schrecken manche Leute vor nichts zurück.»

Ein Schweigen entstand, und Marie begann zu summen. «Das kann man ihnen kaum verübeln.» Seufzend schaute sie aus dem Fenster. «Mit einer halben Million Euro könnten wir enorm viel anfangen.»

Brigadier-Chef Principal Philippe Bonneval entging nur wenig, und leise lächelnd beschloss er, sich zu merken, was Marie gesagt hatte.

25

I ch habe dich nicht für diesen Job ausgewählt, weil ich dich für so verdammt schlau halte» – der kleine untersetzte Mann spie die Worte mit einer Wolke Zigarrenrauch heraus, und Richard lehnte sich beim Zuhören zurück –, «sondern weil ich glaubte, du seist ein bisschen weniger dumm als der Rest der Bande. Das war wohl ein Irrtum.»

Richard senkte den Blick; er wusste, dass der Mann recht hatte. «Du bist nicht schlauer, Walter ... du bist einfach nur ein bisschen größer.» Der kleine untersetzte Mann war Edward G. Robinson, und hinter heruntergelassenen Jalousien und zugesperrter Tür hielt er Richard im abgedunkelten Wohnzimmer stellvertretend die Standpauke, die er verdient hatte.

Richard hatte nie das Bedürfnis nach einer Psychoanalyse empfunden. Die Vorstellung, sich auf eine Couch zu legen, sich wortreich zu verbreiten und von jemand anderem beurteilen zu lassen, passte nicht zu seiner cineastischen, misstrauischen Sicht auf die Welt. Clare hatte irgendwann vorgeschlagen, sie sollten eine Paartherapie machen, doch nach Richards Meinung brachte es nichts, schmutzige Wäsche öffentlich zu waschen; gewaschen musste sie zwar werden, aber als Kochwäsche, und dann ab damit in den Trockner, falten und ordentlich wegpacken. Er merkte plötzlich, dass er Unsinn dachte, weil er versuchte, sein Dasein ordentlich in einem kurzen Sinnspruch zu verpacken: Die Geheimnisse des Lebens durch schlagfertige Dialoge lösen. Anders gesagt, er fantasierte und tat so, als wäre seine Existenz ein Film. Wieder einmal.

Alles was er brauchte, Erklärungen, Unterstützung, Definitionen und gegebenenfalls Feuer unter dem Hintern, hatte er Filmen entnommen. Im Moment fühlte er sich verraten und verkauft, und das schrie nach einem Film noir, und zwar im speziellen Fall nach *Frau ohne Gewissen*. Düsterer, harter Nachkriegszynismus, in dem Frauen aus dem Dunkeln traten und einen Mann um Feuer baten, und in dem der Held ein Typ war, der zwar knallhart sein wollte, aber Pech und keine Ahnung hatte, was überhaupt vor sich ging … am Ende war dann immer die Frau schuld. Richard hatte einmal gelesen, der Topos der Femme fatale sei sexistisch, verleihe Frauen aber gleichzeitig Macht. Damals hatte er keine Ahnung gehabt, wovon der Autor überhaupt redete, und da der Autor ein Mann war, der sich im Wesentlichen über Feminismus ausließ, hatte er den Verdacht, dass der Autor selbst nicht wusste, wovon er redete. Vermutlich hatte ihm eine Frau, die um Feuer bat, einen Floh ins Ohr gesetzt.

In Richards Vorstellung war er der Trottel, der aufs Kreuz gelegt worden war, eine Art von Eva manipulierter Adam. In einem Punkt hinkte diese Theorie jedoch, denn da war die Tatsache, dass er selbst ja gar nichts zu bieten hatte. Traditionell nutzt die moralisch zweifelhafte Heldin Sex oder zumindest Andeutungen, dass sie zum Sex bereit ist, als Mittel zum Zweck. Die Hand des Mannes, in der das Streichholz brennt, hält sie ein wenig zu lang fest, einen verführerischen Blick im Auge, und dann überredet sie den übertölpelten Trottel, sich für sie einzusetzen, entweder durch illegales oder durch gefährliches Verhalten oder durch beides. Oder sie nutzt ihn als Beschützer aus, um Bedrohungen abzuwehren: Er wird ihr Kampfhund oder ihr Wachhund. So oder so ein gemeiner Köter, der … Er ließ sich schon wieder fortreißen.

Nach allem, was er an diesem Nachmittag in Tours gesehen hatte, war klar, dass Valérie d'Orçay seinen Schutz nicht brauchte; ganz im Gegenteil. Und alles, was entweder illegal oder gefährlich gewesen war – und er betrachtete den Einbruch in ein Zimmer von möglichen mörderischen Mafiosi sowohl als illegal als auch als gefährlich –, war ihm als ein spannendes Abenteuer verkauft worden, aber ohne jede Andeutung von Sex, es sei denn, ihm entginge etwas, was natürlich möglich war. Er hatte die Wahl gehabt, sich auf all das nicht einzulassen, sich aber anders entschieden. Nur verstand er einfach nicht, wie er selbst in das alles hineinpasste. Und Valéries Rolle begriff er ebenso wenig. Daher war es im Moment einfacher, sie über das zweidimensionale Stereotyp der klassischen Femme fatale zu definieren. Das machte ihn zu einem Bogart oder Burt Lancaster oder, im Fall von *Frau ohne Gewissen*, zu einem Fred MacMurray, und das gefiel ihm tatsächlich ziemlich gut.

«Wir sind beide gemein», sagt Barbara Stanwyck.

«Nur bist du ein bisschen gemeiner als ich», antwortet MacMurray.

Ja, denkt Richard, während er die Lippen auf Bogart-Manier verzieht, *ich bin einfach nur so ein leichtgläubiger Trottel, der von einer schlauen Nutte in Stilettos herumgeschubst wird. Sie hat ihre Ehrlichkeit in der Gepäckaufbewahrung abgegeben, zusammen mit ihrem Nerzmantel, einem Geschenk des letzten Dummkopfs, der ihr auf den Leim gegangen ist.*

Er rief sich zur Ordnung. Fantasie war ja gut und schön, aber das hier war kein Film. Noch immer war ein alter Mann verschwunden (wahrscheinlich), Richards eigene Henne war ermordet worden, in der Küchenschublade lag eine Pistole, und Martin hatte wirklich und wahrhaftig Briefklammern an den

Nippeln getragen. Und ohnehin, was hatte Ehrlichkeit mit alldem zu tun? Er hatte vor einigen Monaten entschieden, dass Ehrlichkeit als Idee, als Konzept und definitiv als Werkzeug einer Ehe bei Weitem überschätzt wurde. Sie war eine Falle, so etwas wie die vereiste Stelle auf einer Türschwelle. Warum wollte er, dass Valérie ehrlich war? Es hatte eine Zeit gegeben, da hätte er sich von Clare genau das Gegenteil gewünscht. Zeiten, in denen sie zu ehrlich, zu offen gewesen war.

Das alles war jedoch lange her und schien fast in ein anderes Leben zu gehören, wo also endete Valéries Unehrlichkeit und wo begann sie? Auf der Suche nach einem alten Mann, den sie – wer weiß – vielleicht selbst um die Ecke gebracht hatte, schleppte sie ihn in der Gegend herum. Gelegenheit, die Beweise zu beseitigen, hätte sie gehabt. Ebenfalls könnte sie auch für das Ableben der armen Ava Gardner verantwortlich sein. Tatsächlich könnte es sogar ihre eigene Pistole gewesen sein, die sie im Gästezimmer der Rizzolis gefunden haben wollte. Sie hätte den blutigen Handabdruck auf die Wand klatschen und ihn auch herausschneiden können.

«Was denkst du gerade, Richard?»

Er zuckte vor Schreck zusammen. Valérie stand in der Tür des Wohnzimmers, und ihr Schatten flackerte über die Wand, da das Filmlicht sie in einem eigenartigen Winkel traf. Alles ganz wie im Film noir.

«Wie bist du reingekommen? Ich habe alle Türen abgeschlossen …»

Sie ließ den Dietrich am Finger herabbaumeln und blieb an den Türrahmen gelehnt stehen.

«Ich beobachte dich jetzt schon seit ein paar Minuten. Hast du ein Problem mit deinen Lippen?»

Richard stand auf und ging in die Küche. «Ich habe über Ehrlichkeit nachgedacht.»

«Wirklich?» Sie trat ins Zimmer und warf einen Blick auf den Fernseher. «Mir scheint, Ehrlichkeit kann gefährlich sein, manchmal gefährlicher als Unehrlichkeit.»

Er stellte Teewasser auf. Wäre er einer der dummen Tröpfe im Film, würde er sich jetzt einen Bourbon einschenken. Das war ihm bewusst, doch da er durch und durch englisch war, hatte er das Bedürfnis, Teewasser aufzusetzen, obgleich er gar keine Lust auf Tee hatte.

«Ist deine Frau weg?»

«Ja.»

«Ich war besorgt.»

«Wirklich?»

«Ja. Die Tür und die heruntergelassenen Rollläden konnten nur eines von zwei Dingen bedeuten. Entweder, dass du dich in Gefahr befandst, oder, dass ihr beide, deine Frau und du, Sex hattet und nicht gestört werden wolltet.»

Richard erinnerte sich nicht mehr, wann das Zweite zum letzten Mal geschehen war.

«Und am Ende hast du auf Gefahr getippt.»

«Es war das Wahrscheinlichere.»

«Danke.»

«Denkst du deswegen über Ehrlichkeit nach? Weil deine Frau hier war?» Sie schritt elegant ins Zimmer.

«Wohl schon.»

«War sie zu ehrlich oder zu unehrlich?»

«Zu ehrlich, schätze ich.» Er wünschte, der Wasserkessel würde einen Zahn zulegen.

«Sie hat dir von ihren Liebhabern erzählt?»

«Ich war selbst schuld daran.»

«Du wolltest Bescheid wissen?»

«Dass sie Liebhaber hatte? Ja. Es war meine Schuld, dass sie Liebhaber hatte.»

«Das verstehe ich nicht.»

«Ich auch nicht, ehrlich gesagt.» Er stockte. «Da ist dieses Wort wieder.»

«Du musst es mir nicht erzählen.» Sie trat näher und machte damit klar, dass sie tatsächlich vom Gegenteil ausging. Er hatte nicht die Absicht, jemals irgendjemandem davon zu berichten, aber eine attraktive Frau, die aus dem Schatten auf einen zukommt, und das Wissen, dass sie einem mit einem kurzen Tritt gegen den Hals das Genick brechen könnte, haben etwas an sich, das das Beichtkind aus einem Mann herauslockt. Außerdem war Fred MacMurray ihm unter die Haut gegangen, und ihm war danach, eine Zeit lang der verletzte, mit Fehlern behaftete Held zu sein.

«Unsere Ehe war schon seit Langem fade geworden», begann er. «Möchtest du einen Tee?»

«Nein, danke.»

«Auch deswegen sind wir hierhergezogen, als ich meine Stelle verloren hatte. Clare hat sich in Frankreich allerdings gelangweilt, und zwar ziemlich schnell. Nicht, dass sie es nicht versucht hätte. Aber ich wusste, dass sie ihre Freundinnen vermisste, ihre Clique, ihre Arbeit in London – und Großbritannien als Ganzes. Ich wollte ... ich weiß nicht. Ich wusste, dass *ich* sie langweilte und wollte aufregender wirken.» Er schnaubte in gespielter Belustigung. «Eines Abends haben wir uns mit Martin und Gennie betrunken. Dort ist weiter nichts passiert, aber als wir hierher zurückkamen, wollte ich aus irgendeinem Grund den ‹Weltmann› spielen. Ich sagte, wir müssten einmal etwas Neues probieren, wir seien offensichtlich beide einfach ein bisschen ... ein bisschen gelangweilt.»

«Du meinst, ihr wolltet Affären haben?» Valérie wirkte leicht verwirrt, weil alles so englisch war, so unglaublich förmlich.

«Na ja, ich weiß nicht. Als ich es sagte, kam es mir total erwachsen und fortschrittlich vor. *Offene Ehe* heißt es, glaube ich. Alles extrem reif.»

«Und ihr gefiel die Idee nicht? Deshalb ist sie gegangen?»

«Ganz im Gegenteil. Sie war verdammt noch mal begeistert!» Er drückte seinen Teebeutel aus.

«Dann hattet ihr also beide Affären?» Sie sagte es wegwerfend.

«Nein. Keineswegs. Ich war nicht so erfolgreich wie sie.»

Valérie sah ihm direkt in die Augen, während er seinen Teebecher zum Mund führte. Dann schaute sie kurz weg, als versuchte sie, die richtigen Worte des Mitgefühls zu finden. Plötzliche aber lachte sie los, es war ein unkontrollierbares Prusten, von dem sie so auf den Beinen schwankte, dass sie sich setzen musste. Richard blieb wie erstarrt stehen, den Becher auf halbem Wege zum Mund.

«Oh Richard!», sagte sie vor Lachen fast schluchzend. «Das ist unglaublich komisch! Ihr Männer!» Dann krümmte sie sich erneut vor Lachen. «Ihr Männer seid einfach unglaublich komisch!»

Richard hatte nicht weit genug vorausgedacht, um die Reaktion auf sein Geständnis zu erwägen. Vielleicht hatte er Mitgefühl erwartet, einen Anklang von Verärgerung, weil er so anmaßend gewesen war, oder bedauerndes Schweigen? Er wusste es wirklich nicht. Die Entdeckung, dass es witziger war als alle Marx-Brothers-Filme zusammen, hatte jedenfalls nicht zu seinen Überlegungen gehört, und er stellte seinen Becher mehr als ein wenig verletzt ab.

«Ich verstehe wirklich nicht, was daran so komisch ist», sagte er einfach nur.

Valérie hörte sofort auf zu lachen und sah ihn ernst an. Dann überkam es sie erneut, und sie prustete wieder los.

«Ich bin in der ganzen Welt herumgekommen» – Valérie

konnte nur mit Mühe sprechen –, «und wo man auch hinkommt, überall findet man Denkmäler, Zeugnisse und Narben männlicher Dominanz.» Sie kicherte schon wieder. «Ich begreife einfach nicht, wie ihr all das als männliches Geschlecht geschafft habt!»

«Na ja, ich …»

«Was *hattest* du denn erwartet? Ach, Richard!»

Er schwieg eine Weile, um ihr Zeit zu geben, sich ein wenig zu beruhigen, was viel länger dauerte, als seiner Meinung nach höflich war. «Warum bist du überhaupt hier?», fragte er mürrisch.

«Ach so, ja.» Sie wischte sich die Augen trocken, und natürlich war ihre Mascara kein bisschen verschmiert. «Ach, es geht um den armen Monsieur Grandchamps. Seine Leiche wurde gefunden. Das wollte ich dir berichten.»

Es klang endgültig. Es klang, als wäre damit alles abgeschlossen, was auch immer *alles* war. Obgleich er sich noch vor einer halben Stunde von dieser Frau ausgenutzt und verraten gefühlt hatte, und obgleich sie die letzten zehn Minuten damit verbracht hatte, ihm unmissverständlich klarzumachen, für was für einen Idioten sie ihn hielt, hatte er jetzt ein Gefühl des Verlusts, als wäre damit alles vorbei. Als wäre es das Ende. *Fin.*

«Wie ist er gestorben?», fragte er betrübt.

«Angeblich war es ein Jagdunfall, er hätte sich das Gesicht mit einem Schuss zerfetzt. Ich kenne noch nicht alle Einzelheiten, und die Obduktion ist erst morgen. So etwas braucht seine Zeit.»

«Oh. Und das war's dann?»

«Es sieht so aus, ja.» Trotz der schlechten Nachricht zuckte ihr Gesicht immer noch vor unterdrücktem Lachen.

Sein Telefon klingelte, und Richard, der abnahm, war froh über die Unterbrechung. «Ja, ich bin's», sagte er trübsinnig, da er nur mal wieder mit einem Anruf aus einem Callcenter rechnete – mit jemandem, der ihm die Gelegenheit anbieten wollte, in erneuerbare Energien zu investieren. Doch als die Stimme seines Gesprächspartners ertönte, richtete er sich plötzlich kerzengerade auf. «Entschuldigung», sagte er. «Könnten Sie das bitte wiederholen?» Er schnippte mit den Fingern, um Valérie auf sich aufmerksam zu machen. «Sie rufen vom Zoo de Beauval an, und bei Ihnen ist ein Monsieur Vincent Grandchamps. Er befindet sich in Schwierigkeiten und hat um mein Kommen gebeten?» Valérie stand nun ebenfalls auf. Richard schaute auf die Uhr. «Wir können in dreißig Minuten da sein», sagte er und legte das Telefon weg.

«Es ist also noch nicht vorbei?», fragte sie, in den Augen ein Glänzen, das fast begierig wirkte.

«Anscheinend nicht.» Er hatte immer noch einen verletzten Ausdruck im Gesicht, den er nicht daraus hatte vertreiben können.

«Ach, Richard», sagte sie aufgeregt und brach dann erneut in Gelächter aus. «Ärger dich nicht! Du bist immer noch ein Mann in den besten Jahren! Ich geh und zieh mich um.»

Zehn Minuten später kam sie die Treppe des *chambre d'hôtes* herunter. Sie sah umwerfend schön aus, das Haar zu einem losen Pferdeschwanz hochgebunden und in einem schlichten, figurbetonenden Kleid. Offensichtlich hatte sie Zeit darauf verwandt, es so aussehen zu lassen, als hätte sie einfach irgendetwas X-beliebiges übergestreift, und Richard konnte den Blick nicht von ihr wenden. Auf der Treppe blieb sie kurz zögernd stehen, als hätte sie etwas vergessen. Was hatte Fred MacMurray noch gesagt? «Ich dachte an diese Dame da oben, und die Art, wie sie mich angeschaut hatte, und ich wollte sie erneut sehen, aus der Nähe, ohne die dumme Treppe zwischen uns.»

Schließlich war er immer noch ein Mann in den besten Jahren, das hatte Valérie vorhin selbst gesagt. Allerdings war ihm nicht recht klar, wieso ihn diese Worte nicht mehr losließen.

26

S ie waren überwiegend schweigend gefahren; gelegentlich schaffte Valérie es nicht, ein Kichern zu unterdrücken, tat so, als sei es ein Husten, und entschuldigte sich, aber ansonsten redeten sie nicht. Passepartout saß auf ihrem Schoß, einen entschlossenen Ausdruck im Gesicht, als wäre er ein lebendes Navi. Richard hatte gefragt, ob es überhaupt nötig sei, das Hündchen mitzunehmen. Er hätte sich die Bemerkung sparen können, das wusste er, hatte sich aber trotzdem dazu genötigt gesehen, obgleich kein Hundesitter bereitstand und die Franzosen ihre kleinen Hunde überallhin mitnahmen, das wusste er aus Erfahrung, sogar in den Zoo.

Nun standen sie am Eingang, aber die Sache lief nicht gut.

«Tut mir leid, Madame.» Die junge Frau am Ticketschalter, eigentlich eher eine Jugendliche, ließ sich auf nichts ein. «Hier steht keine Notiz über einen Anruf oder einen Richard Ainsworth oder einen Monsieur Grandchamps. Kennen Sie den Namen der Person, die Sie angerufen hat?» Die Frage war auf eine Weise gestellte, die nahelegte, die junge Frau habe sie beide im Verdacht, das alles sei nur eine List, um gratis in den Zoo zu kommen.

Valérie wandte sich Richard zu. «Kennst du den Namen der Person, die mit dir gesprochen hat, Richard?» Er war ein paar Schritte zurückgeblieben, weil er eigentlich nicht in das Gespräch verwickelt werden wollte. Außerdem trug er Passepartout und machte dabei ein Gesicht wie ein junger Vater, der sein erstes Kind ungeschickt auf dem Arm hält und dabei denkt: *Was um Himmels willen habe ich da angerichtet?*

«Leider nicht», antwortete er entschuldigend. «Es war ein junger Mann, er sagte, unser Freund sei bei ihm im Schimpansenhaus.»

Valérie zischelte missbilligend, was immerhin einmal etwas anderes war als herablassendes Kichern. Das Gesicht der jungen Frau wurde sogar noch eisiger. *Da müssen Sie sich etwas Besseres einfallen lassen,* schien es zu sagen.

«Okay, vergessen Sie es. Richard, bezahl der Demoiselle den Eintritt, wir können nicht noch mehr Zeit verschwenden. Er könnte tot sein!» Das war an die junge Frau gerichtet, damit ihr klar wurde, dass man sie zur Verantwortung ziehen würde, sollte das tatsächlich der Fall sein. Das Mädchen verdrehte die Augen, was Richard vollkommen angemessen fand.

«Zwei Tickets für Senioren?», fragte sie, womit sie ihr Blatt eindeutig überreizte.

«Einfach nur zwei Tickets bitte.» Richard kramte nach seiner Brieftasche, bemüht, Passepartout dabei nicht fallen zu lassen. Dann nahm Valérie ihm das Hündchen aus dem Arm und marschierte los.

«Hätten Sie gern noch eine Tüte Popcorn für die Ziegen?» Das Mädchen strahlte ihn an.

«Nein», antwortete er. «Natürlich nicht.» Damit eilte er hinter Valérie her.

Geräusche und Gerüche drängten sich in einem Zoo als Erstes auf, noch bevor man die Tiere tatsächlich sah. Das ferne Kreischen aufgeregter Affen, das Rufen und Tschilpen der Vögel in ihren Käfigen und der stechende Geruch verschiedener Arten von Mist. Er war schon oft hier gewesen und hatte die Situation für die Anwohner immer als eigenartig empfunden.

Seit er – mit oder ohne Clare – in der Gegend lebte, war der Zoo beträchtlich erweitert worden, doch er lag immer noch zwischen kleinen Bauernhöfen und winzigen Weingärten, und Richard hatte sich oft gefragt, wie eigenartig es sein musste, im Garten die Rosen zu beschneiden oder abends die Mülltonne hinauszutragen und im Hintergrund brünstige Elefanten, freche Makaken und streitsüchtige Sittiche zu hören.

An einem See stand eine große Gruppe eleganter Flamingos, überwacht von einigen gelangweilten Lemuren auf einer abgetrennten Insel. Gerade schlängelte sich Valérie zwischen langsam schlendernden Touristen hindurch wie ein Raser auf der Autobahn. Es war, als hätte sie vollständig vergessen, dass sie gemeinsam gekommen waren. Er holte sie an einer Kreuzung ein, wo sie einen Wegweiser studierte.

«Da entlang!», sagte er mit dick aufgetragener Dringlichkeit und flitzte an ihr vorbei. «Das Schimpansenhaus liegt in demselben Gebäude wie das Vivarium. Halt Passepartout gut fest; die Anakondas haben manchmal ordentlich Appetit.»

Er hatte keine Ahnung, womit er rechnen musste, wenn er dort eintraf, oder wen er erwarten sollte. Er kannte Monsieur Vincent Grandchamps kaum und war natürlich sehr überrascht gewesen, einen Anruf zu erhalten, in dem man ihm praktisch mitteilte, er sei für das Wohlergehen des alten Herrn verantwortlich. Auch was Valérie hier zu finden hoffte, wusste er nicht, doch sie war vor Erwartung geradezu maßlos erregt. Richard zog die schwere Flügeltür auf und hielt sie auch für Valérie offen. Sofort drang ihnen der Lärm entgegen. Rechts von ihnen befanden sich kleinere Käfige mit Glasscheiben, hinter denen verschiedene winzige Affenarten im Geäst von Bäumen nervös die Menschen beobachteten, die ihrerseits sie beobachteten. Mit ihren schnellen, ruckartigen Bewegungen und ängstlichen Augen sahen sie immer so aus, als wollten sie etwas aushecken und hätten ein schlechtes Gewissen. Aber wahrscheinlich hatten sie einfach nur Angst, und Richard empfand Mitleid mit ihnen.

Daneben waren die Orang-Utans untergebracht, seine Lieblingsaffen. Die Matriarchin Manis lehnte zusammengesunken an der Panzerglasscheibe wie immer, einen Ausdruck wehmütiger Gelassenheit im Gesicht, als wäre es zu einer lästigen Pflicht geworden, die Weisheit der ganzen Welt auf ihren mächtigen Schultern zu tragen. In der ersten Zeit nach Clares Weggang hatte Richard stundenlang bei Manis gesessen. Einfach nur in ihrer Nähe zu sein, hatte ihn beruhigt, auch wenn er nicht hätte erklären können, warum. Er beugte sich vor, um sie zu begrüßen; er hatte immer das Gefühl, dass sie ihn erkannte.

Valérie beugte sich ebenfalls vor und zischte ihm zu: «Was treibst du da, Richard? Wir wollen zu den Schimpansen.»

Richard schaute auf Manis, und sie erwiderte seinen Blick, ihre Augen glänzten wie tiefe braune Brunnen des Leids, was er erneut als eigenartig tröstlich empfand. Dann schaute das eindrucksvolle Tier auf Valérie und Passepartout, und Richard hätte schwören können, dass die alte Dame die Augen aufgebracht verdrehte.

«Komm schon!», sagte Valérie und packte ihn am Jackenärmel.

Die Schimpansen waren eigenartig still, als hätten sie getobt und wären jetzt erschöpft. Die Kleinen spielten, und in einer Ecke saß eine Gruppe von Weibchen. Die Männchen hockten jeder für sich und starrten ihre Rivalen an, während ein älteres Männchen sich selbst befummelte, zum Entzücken einer großen Gruppe von Schulkindern, die das Treiben mit ihren Handys aufzeichneten. Hinter den Kindern stand eine Bank, und darauf saß eine kleine, gekrümmte Gestalt, die sich auf einen Gehstock stützte.

«Da ist er!», rief Richard und eilte zu der Bank.

«Nein, Richard, warte!» Valérie wollte ihn am Arm packen, aber es war zu spät.

Mit wenigen großen Schritten war Richard bei der Gestalt angekommen und legte ihr die Hand auf die Schulter. «Monsieur!», sagte er aufgeregt. «Monsieur Grandchamps?»

Ein altes Gesicht blickte zu ihm auf, das alte Gesicht einer Frau, um genau zu sein, und sie wirkte überhaupt nicht erfreut.

«Monsieur nennen Sie mich?», fragte sie empört. «Wie können Sie es wagen!» Sie stand auf und schlug Richard mit ihrem Gehstock auf den Ellenbogen.

Valérie kam schnell hinzu, entschuldigte sich für ihn und führte ihn weg. «Wir müssen die Person finden, die dich angerufen hat, Richard. Du solltest nicht jeden älteren Menschen belästigen, der dir vor die Augen kommt.» Er rieb sich den Arm. «Es war ein junger Mann, sagst du?»

«Ja», antwortete er, von der Erfahrung gerade eben eingeschüchtert. «Wegen des Lärms im Hintergrund konnte ich seinen Namen nicht verstehen.» In diesem Moment legten zwei Schimpansenmännchen los und beschimpften sich laut kreischend, als wollten sie seine Aussage bestätigen. Passepartout zog vernünftigerweise den Kopf ein und kauerte sich in seine schützende Tasche.

«Entschuldigung!» Valérie hatte eine lässig uniformierte Frau entdeckt, die einen Korb voll toter weißer Kaninchen zu einem der großen Schlangenterrarien trug. Sie lagen, wie Richard wusste, gleich um die Ecke. Er mochte den Zoo sehr und bewunderte den Beitrag, den er zur Erhaltung von Tierarten leistete, doch hier ging es auch brutal zu. Den Schulkindern war das allerdings egal, und sie schossen Fotos der toten Kaninchen, die gut zu ihrer Sammlung masturbierender Schimpansen passen würden. Valérie reichte Richard Passepartout sanft zurück, was er als Zeichen des Vertrauens wertete, und ging zu der Frau mit den Kaninchen.

Gleich darauf war sie wieder da. «Der Mann, der dich angerufen hat, heißt Eric, und gerade füttert er die Löwenäffchen hinten beim Eingang.» Sie eilten zurück, vorbei an der Schulklasse, den Schimpansen und der Orang-Utan-Dame Manis, die in ihrer Weisheit so schaute, als hätte sie sie erwartet. Hinten stand in einem der kleineren Käfige ein schlaksiger junger Mann, auf dem eine Schar kleiner Äffchen herumturnte. Er trug kein Namensschild, aber falls überhaupt jemand wie ein Eric aussah, dann dieser Typ, dachte Richard.

Der hochgewachsene junge Mann wirkte mit seinem wilden Schopf orangeroten Haars und der dicken Brille so, als wäre er mit den Äffchen verwandt. Die Goldgelben Löwenäffchen stammten aus Brasilien, so stand es auf der Infotafel, und waren eine bedrohte Art. Wie bei Eric leuchteten ihre Mähnen rot. Sie waren zwar geschmeidig und gewandt, hatten aber, und das galt selbst für die Babys, die sich an ihren Müttern festklammerten, Gesichter, die alt und ein wenig grämlich wirkten.

Valérie klopfte gegen die Scheibe des Geheges, um Eric auf sich aufmerksam zu machen, und er drehte sich unwirsch um. Er war daran gewöhnt, die Kinder zu ermahnen, nicht an die Scheiben der Tiere zu klopfen, aber eine Dame mittleren Alters sollte es wirklich besser wissen. Er sah sie finster an, und seine Truppe, in deren Mitte er aussah wie ein Gott der Äffchen, starrte sie ebenfalls einträchtig nieder.

«Ich bin Richard Ainsworth», machte Richard ihn auf sich aufmerksam. Eric drehte langsam den Kopf und ließ dabei Valérie aus den Augen. Die Äffchen taten es ihm nach, und die Wirkung war äußerst befremdlich. «Sie haben mich angerufen.» Richard redete langsam, als spräche er mit einem Schwerhörigen, und machte die Geste fürs Telefonieren. Eric schaute verwirrt und spiegelte Richard die Telefoniergeste pantomimisch zurück. Zu Richards Enttäuschung machten die Äffchen es ihm nicht nach.

Eric starrte einen Moment lang ins Leere, und dann veränderte sich sein Blick, als dämmerte ihm etwas. Er nickte, und die Äffchen schlossen sich ihm an. Dann hob er zwei Finger zum Zeichen, dass sie zwei Minuten warten sollten.

«Ich mache mir keine großen Hoffnungen», sagte Valérie mit enttäuschter Miene, was Richard ein schlechtes Gewissen bereitete.

«*Bonjour.*» Eric kam heraus. «Ich gebe Ihnen nicht die Hand, wenn es Ihnen recht ist.» Er war nicht so groß, wie er im Kreis seiner Jüngerschar gewirkt hatte, aber vom Gesicht her ähnelte er ihnen noch immer sehr. «Ist er nicht da? Ich hab ihn dort auf die Bank gesetzt.» Er ging Richtung Schimpansenhaus.

«Nein, er war schon weg.» Valérie klang zweifelnd.

«Er sagte, er fühle sich schwach, daher habe ich ihn hingesetzt, und er hat mir eine Nummer gegeben, die ich anrufen sollte. Er hat mich gebeten, Ihnen zu sagen, dass Sie sofort kommen sollten, und das habe ich getan.» Eric war offensichtlich mehr an den Umgang mit Tieren als mit Menschen gewöhnt und wurde bereits ungeduldig. «Es ist nicht meine Schuld, wenn er nicht hier ist! Ich habe noch Mäuler zu stopfen, wissen Sie!»

«Das ist jetzt etwa eine Stunde her …» Valérie dachte laut nach.

«Wie hat er ausgesehen?», fragte Richard und veranlasste Eric damit, ihn mit einem Blick zu mustern, als wäre er verrückt.

«Sie wissen nicht, wie Ihr eigener Vater aussieht?» Er sah Richard an, als wäre er ein Ungeheuer und sein Familiensinn stünde weit unterhalb dessen eines Goldgelben Löwenäffchens.

«Ich meine, wie schien es ihm zu gehen?», machte Richard einen Rückzieher.

«Oh, na ja.» Eric sah sich um, als suchte er Inspiration. «Ein bisschen wie dem alten Titus da.» Er deutete auf ein älteres Schimpansenmännchen. «Ein bisschen benommen und verwirrt.» Bei den Löwenäffchen entstand plötzlich ein Tumult, und Eric entschuldigte sich, brummte, er habe nur ein einziges Paar Hände, und eilte davon.

«Ich begreife es nicht», grübelte Richard. «Worum geht es eigentlich? Ist er jetzt tot oder nicht?» Plötzlich war er ziemlich verärgert. «Und wie kommt er dazu, sich als mein Vater auszugeben?»

Valérie, die sich ein paar Schritte entfernt hatte, fuhr plötzlich zu Richard herum. «Ach, Richard.» Sie führte die Hand zur Stirn. «Wir sind auf den ältesten aller Tricks hereingefallen! Komm. Wir müssen sofort zu deinem Haus zurück.» Sie eilte los.

«Warum denn?»

«Wegen der Pistole und des Handys, deswegen.»

«Die Rizzolis?» Er konnte seinen Unglauben nicht verbergen. «Schau, Valérie, ich bin dir gefolgt. Ich habe gesehen, wie du sie außer Gefecht gesetzt hast.»

Sie blieb stehen, wandte sich ihm zu und fragte dann langsam und mit sorgfältig gewählten Worten: «Warum hast du das nicht gesagt?»

«Ich hatte wohl kaum die Gelegenheit dazu. Es ging schnell um andere Themen.» Sie lächelte herablassend, was ihn wirklich auf die Palme brachte. «Du hast mich angelogen.» Er erhob die Stimme und brachte damit die Affen in Fahrt. «Du hast mich, Gott weiß warum, mitgeschleift, aber du hast mich angelogen. Ich möchte wissen, wieso. Und ich geh hier erst weg, wenn ich es weiß.» Beinahe hätte er auch noch mit dem Fuß aufgestampft.

Valérie näherte sich ihm und sah ihm direkt in die Augen,

das Gesicht jetzt ernst und ohne Herablassung. «Ich weiß es nicht, Richard. Ich habe bisher nicht einmal selbst richtig kapiert, was los ist. Ich hab dich nicht angelogen, sondern nur einige Dinge für mich behalten, das ist alles.»

«Die Begegnung mit Grandchamps, bei der er angeblich ‹chassé› gesagt haben soll?»

«Okay, eine einzige kleine Lüge.» Er wollte sie unterbrechen, doch sie legte ihm die Hand auf den Mund. «Aber warum ich dich in die Sache hineingezogen habe? Weil du so unglücklich aussahst, deswegen. Du sahst so aus, als hättest du aufgegeben. Das hatte ich selbst vielleicht auch, aber du ganz bestimmt. Jetzt wirkst du weniger unglücklich, stimmt's? Auch wenn du noch so sehr so tust, als gefiele dir das alles nicht, tief in meinem Inneren weiß ich, dass du dich noch selten lebendiger gefühlt hast.»

Da platzte etwas in seinem Inneren auf, man mag es Selbsterkenntnis nennen. Jedenfalls brach der Damm, der seine Selbstwahrnehmung behindert hatte, krachend in sich zusammen, und er begriff, verflucht soll sie sein, dass sie recht hatte. Er nahm ihre Hand von seinem Mund weg, hielt sie fest und sagte: «Na, dann mal los, was stehen wir hier noch herum?» Damit stürmten sie davon.

Fünfundzwanzig Minuten später standen sie erneut in Richards Wohnzimmer, bemüht, die fest entschlossene Madame Tablier zu beruhigen, die zwei Leute in eine Ecke getrieben hatte und mit einer Mistgabel bedrohte.

«Ich habe bemerkt, wie die beiden hier herumgeschlichen sind», sagte sie, ohne den Blick von ihnen zu wenden. «Ich wusste, dass sie etwas im Schilde führten.»

27

Der verärgerte und doch triumphierende Ausdruck in Madame Tabliers Gesicht machte klar, dass sie Herumschleichen ebenso missbilligte wie andere, Richard bereits wohlbekannte Grässlichkeiten, etwa Veganismus oder den demonstrativen Austausch von Zärtlichkeiten. Also all diese modernen Erfindungen einer haltlos gewordenen Menschheit, die dringend auf die gute alte Art und Weise von einer Mistgabeln schwingenden Horde bestraft werden musste. Sie hatte das Paar in den Winkel unter der Treppe getrieben, doch man musste gerechterweise sagen, dass die beiden eher verärgert als verängstigt wirkten.

Richard war ebenfalls verstimmt. Er hatte mit den Rizzolis gerechnet. Ein paar Kampfkunst-Ohrfeigen von Valérie, wie elegant sie auch immer ausgeführt sein mochten, würden ein Paar von Killern nicht abschrecken. Vorausgesetzt, sie waren Killer. Bisher hatte er nur Valéries Wort dafür. Nun war er recht verwundert, dass Marie und Melvil das Herumschleichen übernommen hatten, und er kam beim besten Willen nicht dahinter, was ihre Motivation sein könnte. Außerdem machte es ihn zunehmend wütend, dass Menschen, die er angeblich «beschützte», nun sozusagen die Hand bissen, die sie fütterte.

«Gut gemacht, Madame Tablier!», sagte Valérie so würdevoll, als gehöre all das zum großen Plan. Madame Tablier schnaubte zur Erwiderung wie ein treuer Wachhund. Nicht zum ersten Mal im Leben hatte Richard das Gefühl, in etwas Wichtiges nicht eingeweiht zu sein.

«Ja, gut gemacht, Madame Tablier, wunderbar. Gerade als ich dachte, wir hätten vielleicht einmal Gäste, die länger als eine einzige Nacht bleiben, bedrängen Sie sie mit einem scharfen Gerät.» Madame Tablier sah ihn misstrauisch an. «Ich meine, denken Sie doch nur an die Flecken.» Sie zog die Augen zusammen, und Richard schrieb sich hinter die Ohren, dass Sarkasmus wie Veganismus in den Ordner «Finger weg» gehörte. «Würde mir netterweise jemand verraten, was los ist, bitte?» Auf der Suche nach einer trinkbaren Erfrischung entfernte er sich in die Küche.

«Es ist, wie ich es erwartet hatte.» Valérie nickte.

«Ich auch», bestätigte Madame Tablier.

«Gut. Das ist gut. Hättet ihr die Güte, mich in das Geheimnis einzuweihen?», rief er über die Schulter zurück, während er in den Küchenschränken kramte.

«Ach, Richard.» Auch Valérie hatte keine Geduld für Sarkasmus. «Wenn du schon in der Küche bist, nimm dir ein Tuch und wisch dir diesen albernen Ausdruck aus dem Gesicht.» Er kam mit einem großen Glas Whisky zurück. «Unser junges Liebespaar sucht nach demselben wie wir.»

«Nach Monsieur Grandchamps?»

«Ja.» Sie trat näher zu dem jungen Paar, das weiterhin ein wenig gelangweilt schaute wie gescholtene Teenager, die ihr Zimmer aufräumen sollen.

«Aber er ist doch tot, oder?»

«Genau.»

Richard seufzte. «Nein», sagte er, bemüht, sich geduldig zu geben. «Ich kapiere es nicht.»

Madame Tablier kommentierte seine Unwissenheit mit einem «Tss, tss, tss», wartete jedoch ebenfalls mit schief gelegtem Kopf auf eine Erklärung.

«Und warum sind Sie nicht bei der Arbeit, Marie?», fragte er, bemüht, mittels der einzigen Erfahrung, die er bei solchen Diskussionen vorweisen konnte, der elterlichen, ein wenig Fuß zu fassen.

«Lass es mich erklären.» Damit wischte Valérie das irrelevante Thema beiseite. «Monsieur Grandchamps ist *tatsächlich* tot; was sie aber suchen, sind Beweise.»

«Klingt für mich wie ein Job für die Polizei.» Alle im Raum verdrehten die Augen. «Und sowieso», fügte er unter Druck gesetzt eilig hinzu, «wenn Monsieur Grandchamps tot ist, wer war das dann im Zoo?»

Melvil schlug die Augen nieder. «Das war ich», sagte er, und seine tiefe, sonore Stimme löste bei den Zuhörern wie immer ein eigenartiges Gefühl aus, da sein Körper zu zierlich für sie wirkte. Marie streichelte seine Schulter, was Madame Tablier veranlasste, sich noch drohender mit der Mistgabel zu nähern, um dem bereits erwähnten *demonstrativen Austausch von Zärtlichkeiten* zuvorzukommen.

«Ach, Melvil», sagte Richard enttäuscht. «Warum? Wozu denn?»

«Damit Sie nicht im Weg wären!» Madame Tablier verlor allmählich die Geduld mit Richard, dessen Auffassungsgabe auf sie so gemächlich wirkte wie die plattentektonische Wanderung der Erdkontinente.

Richard trank einen Schluck Whisky, nun wieder zurück im Reich des Film noir. *Warum heißt es Schluck?*, ging es ihm kurz durch den Kopf. *Es klingt wie* Gluck. Plötzlich merkte er, dass alle ihn anstarrten. «Ja, danke Madame Tablier, das ist mir bewusst», sagte er, um Zeit zu schinden. «Aber die Frage bleibt trotzdem bestehen. Warum? Warum genau wollte er, oder wollten vermutlich die beiden, dass ich oder vermutlich wir beide» – mit dem Glas deutete er ungeniert auf Valérie – «nicht im Weg sein sollten? Warum? Können Sie das beantworten?»

Nun versuchte Valérie, ein paar Lücken zu füllen. «Sie wollten sehen, ob wir Beweise für die Ermordung des alten Mannes haben?» Sie sah das junge Paar an, und das nickte zustimmend. «Den Handabdruck, die Brille und so weiter.»

Und so weiter, dachte Richard und begann, im Kreis zu gehen, während er gleichzeitig mit dem Finger dem Rand des Whiskyglases nachfuhr. «Und so weiter», wiederholte er laut. «Ich verstehe.» Er hielt inne. «Was uns zur Frage von eben zurückbringt.» Nun hob er die Stimme. «Herrgott noch mal, WARUM?»

Er sah die vier aufgebracht an und deutete anklagend auf alle miteinander, das Glas noch immer in der Hand. Die Antwort erfolgte unmittelbar. Valérie, Marie und Melvil redeten alle gleichzeitig los, sahen sich dabei gelegentlich an und gestikulierten wild mit den Händen. Sie redeten eindringlich auf ihn ein, als wäre es hilfreich, dass alle zur selben Zeit sprachen. Nach einer Weile verstummten sie, und Madame Tablier erklärte: «Also, das weiß doch jeder!», um das alles zu unterstreichen, wirkte dabei aber nicht sehr überzeugend. Sie hatte sich einfach nur auf eine Seite geschlagen, mehr nicht.

Richard verschwand wieder, um sich die Whiskyflasche zu nehmen. *Es sollte wirklich Bourbon sein*, ging ihm durch den Kopf, während er sich einen weiteren Schluck einschenkte. «Bitte nur einer auf einmal», sagte er ruhig.

«Zwei Millionen Euro», erklärte Valérie langsam, und selbst Madame Tablier nahm die Mistgabel ein wenig herunter, was gut zu der Bewegung passte, mit der Marie und Melvil der Kiefer nach unten klappte. «Sie wussten nicht Bescheid?», fügte sie mit einem unschuldigen Blick auf ihre überwältigten Zuhörer hinzu.

«Mir gegenüber war von fünfhunderttausend Euro die Rede», sagte Marie beinahe flüsternd.

«Wer hat Ihnen das gesagt?»

«Philippe. Brigadier Bonneval. Er hat es mir gesagt.»

«Ach, ich verstehe. Nun, das dürfte wohl mein Fehler gewesen sein.»

«Wieso dein Fehler?», fragte Richard und setzte sich.

«Weil ich Brigadier Bonneval gesagt habe, es handele sich um fünfhunderttausend Euro.»

«Wirklich? Na fantastisch.» Normalerweise trank er keinen Whisky, und das Getränk stieg ihm zu Kopf.

«Dann sind es also zwei Millionen Euro?» Melvil schob Madame Tabliers Mistgabel zur Seite, eine tapfere Aktion. Nun musste Madame Tablier so tun, als hätte sie sie ohnehin herunternehmen wollen. Stattdessen stützte sie sich darauf.

«Ja.» Valérie schaute auf ihre Fingernägel, als spräche sie über den Preis von Baguette. «Es sind zwei Millionen Euro.»

Melvil stieß einen Pfiff aus, und Marie stimmte ein.

«Darf ich mal kurz fragen?» Richard heuchelte Desinteresse, während er innerlich tobte wie die Niagarafälle. «Zwei Millionen wofür?»

«Das ist das Kopfgeld, das auf Monsieur Grandchamps ausgesetzt ist», sagte Valérie und wich dabei seinem wütenden Blick aus.

«Und das wusstest du?»

«Ja.»

«Na fantastisch», wiederholte er. «Und Sie beide waren auf der Suche nach Beweisen, um die zwei Millionen einzufordern?»

«Ja.» Melvil schämte sich nicht.

«Nur dachten wir, es wären fünfhunderttausend», warf Marie ein.

«Und damit wäre es dann okay?»

Beide senkten erneut die Köpfe.

«Und nicht nur das haben sie ausgeheckt.» Madame Tablier trat vor, einen Ausdruck im Gesicht, als würde sie jetzt ihren höchsten Trumpf ausspielen. Sie beugte sich zu dem Paar vor. «Sie haben Traubenkerne verschickt!», schrie sie beinahe, bebend vor Triumph. «Ich habe sie belauscht. Sie dachten, ich höre nicht zu» – erneut beugte sie sich angriffslustig zu ihnen vor –, «aber ich habe zugehört!»

«Traubenkerne?» Richard fragte sich, ob die alte Kriegerin nun endlich durchgedreht war, ob der Geruch der Reinigungsmittel seinen Tribut verlangt und ihre geistigen Fähigkeiten zerrüttet hatte. «Warum? An wen?»

Valérie nickte langsam. «Das ergibt Sinn.» Sie sah das junge Paar an. «Sie haben ein gefährliches Spiel gespielt.» Die beiden machten ein bedrücktes Gesicht. «Allerdings hätte ich an Ihrer Stelle dasselbe getan», fügte sie aufmunternd hinzu.

Richard ließ den verbliebenen Whisky in seinem Glas kreisen. «Okay», sagte er, «da keiner sich die Mühe macht, mir irgendwas zu erzählen, und falls doch, dann nichts als Lügen» – er sah anklagend von einem Gesicht zum anderen –, «unternehme ich den Versuch, die Sache selbst zu erklären.» Er stand auf und begann hin- und herzugehen, im Kopf ganz Spencer Tracy in seiner feinsten Richterrobe. «Traubenkerne, sagen Sie?» Dieser Anfang strotzte nicht gerade vor Selbstbewusstsein, und Madame Tablier schnalzte missbilligend mit der Zunge, als hätte sie die Aufgabe der Kritikerin übernommen. «Traubenkerne.» Richard schob einen Brillenbügel in den Mund, als grübelte er über das Rätsel der Existenz selbst nach. «Unser Monsieur Grandchamps hat regelmäßig

Traubenkerne verschickt ... an wen?» Er fuhr zu Marie herum.

Sie wäre beinahe zurückgesprungen. «An eine Adresse in Sizilien.»

«Ha! Sizilien. Traubenkerne. In Sizilien sitzt die Mafia. Dann ist es ein Zeichen!» Er blickte Valérie triumphierend an, die ihm ermutigend zunickte. «Und Sie beide haben damit weitergemacht, mit diesem Spiel ...»

«Ich glaube nicht, dass es ein Spiel ist, Richard», unterbrach ihn Valérie.

«Wirklich? Mir scheint aber, ihr alle behandelt es wie eins.» Vor seinem inneren Auge sah er eine Zielscheibe, die er ins Schwarze getroffen hatte, und er hörte ein Klingeln wie in einer Jahrmarktschießbude. «Sie beide haben also weiter Zeichen gegeben, und was haben Sie dafür bekommen? Geld?»

«Ja, Geld.» Marie machte ein verlegenes Gesicht. «Aber ich hab es noch. Ich hab es gespart, um es ihm zurückzugeben. Falls er zurückkommen sollte.»

«Und jetzt wissen Sie, dass er nicht zurückkommen wird?» Es folgte Schweigen. «Ich verstehe.» Er ging weiter auf und ab. «Die Rizzolis wurden zweifellos aus Sizilien hergeschickt, weil der Verdacht auf einen Bluff im Raum stand, oder? Betrug? Ich bin kein Experte, aber ich kann mir nicht vorstellen, dass die Mafia gern einfach so Geld hergibt. Die wollen doch etwas im Gegenzug dafür.»

«Genau, Richard, ich hatte nicht bedacht ...» Valérie wirkte beeindruckt, aber Richard würde sich nicht unterbrechen lassen. Er hatte einen Lauf.

«Wärest du so nett?» Er hielt kurz inne. «Danke. Vermutlich waren die Zeichen, die Sie an die Mafia geschickt haben, nicht durch tatsächliche Lieferungen gedeckt, von was auch immer ... Wein?»

«Ja. Billiger Wein, der dann mit den Etiketten von teurem Wein versehen wurde. Das ist ein alter Trick.» Er warf Valérie einen Blick zu. «Du wärest gleich dahin gekommen, Richard, ich weiß.»

Er beachtete sie nicht. «Die Rizzolis sehen Melvil einen Umschlag in den Briefkasten werfen und haben den Verdacht, dass Grandchamps sie über den Löffel barbiert …»

«Über den Löffel barbieren? Was bedeutet das?»

«Dass er sie betrügt. Sie austrickst. Die Leute in Sizilien werden informiert, und auf Monsieur Grandchamps wird ein Kopfgeld ausgesetzt. Monsieur Grandchamps oder jemand, der vorgibt, Monsieur Grandchamps zu sein, erscheint für alle sichtbar in der Öffentlichkeit und tut dann so, als hätte man ihm den Garaus gemacht. Blutige Handabdrücke, eine zerbrochene Brille und so weiter. Aber jetzt ist er tot, und jeder von euch will der Erste sein, der es beweist, um an die Beute zu kommen!»

«Gut gemacht, Richard, bravo!»

«Du streitest es nicht ab!» Er war immer noch in Siegerpose.

«Nein. Warum sollte ich?»

«Ist es dir egal, wer ihn ermordet hat? Mir nicht. Vielleicht warst du es ja selbst!»

«Ach, sei doch nicht dumm, Richard. Hätte ich ihn ermordet, hätte ich doch den Beweis dafür.»

Seine Siegestrunkenheit legte sich. «Verdammt! Ja. Tut mir leid.»

«Die Polizei glaubt, dass Charles Paulin ihn ermordet hat.» Madame Tablier warf diese Bemerkung ein, und in gewisser Weise zeigte sie, was sie von der Polizei und ihren Verdächtigungen hielt.

«Charles Paulin, der stadtbekannte Säufer, wirklich?»

«Ja. Vorhin hatte ich Madame Paulin am Telefon. Die beiden haben sich vor Jahren getrennt, aber sie ist immer noch alles, was er hat. Vor einer Weile ist er wie so oft verschwunden. Zweifellos auf einer Sauftour. Die Polizei glaubt, dass er es getan haben muss.»

«Aber warum?» Nicht einmal Valérie kannte die Antwort auf diese Frage.

«Sie sind alte Freunde. Als Soldaten waren sie Kameraden. Paulin soll angeblich neidisch gewesen sein. Aber das nehme ich ihnen nicht ab. Grandchamps hat sich um Charles Paulin gekümmert, hat ihm Geld und Kleidung geschenkt. Sie waren Freunde. Paulin hat es nicht getan.»

«Das stimmt», warf Marie ein. «Monsieur hat Monsieur Paulin jede Menge alter Kleider gegeben, wenn er ihn gesehen hat. Der arme Mann sah immer so aus, als schliefe er im Freien.»

«Er hat normalerweise da geschlafen, wo er hingefallen ist!» Madame Tablier hielt nichts von Mitgefühl.

Richard hatte den Eindruck, dass die Scheinwerfer in dieser Szene nicht mehr auf ihn gerichtet waren, und wollte zurück ins Rampenlicht. «Davon einmal abgesehen, jedenfalls haben Sie» – er deutete auf Marie und Melvil – «beschlossen, in mein Haus einzubrechen, vermutlich weil sie glauben, wir hätten Beweise.» Erneut senkte das Paar den Blick.

«Das Handy, die Pistole …», zählte Valérie auf.

«Das Handy und die Pistole!», hängte Richard sich überflüssigerweise an.

«Die zerbrochene Brille, die blutverschmierte Tapete.»

«Die zerbrochene Brille und die blutverschmierte Tapete!»

«Und die abgetrennte Hand», sagte Marie leise.

«Und die abgetrennte Hand!», wiederholte Richard, ohne zu stocken. Dann fuhr er zusammen. «Moment mal! Was für eine abgetrennte Hand?»

28

Seit dem Tod von Ava Gardner, den Richard immer noch sehr übelnahm, kümmerte er sich umso besser um die verbliebenen Hennen. Er schaute nach ihnen, wann immer es möglich war, und vergewisserte sich, dass Lana Turner und Joan Crawford weiterhin unversehrt und gesund waren. Er hatte erwogen, Ava zu ersetzen, doch das kam ihm zu früh vor, geradezu frivol. Ihr Tod war noch nicht gerächt worden. *Aber geht es wirklich darum?*, dachte er, während er den beiden verbliebenen Hennen Getreidekörner zuwarf. *Um Rache? Bin ich darum in diese ganze Sache verwickelt?*

Er seufzte tief. Tatsächlich musste er das bejahen, und er erkannte, wie tragisch das war. Ja, es ging ihm um Rache für die Henne Ava Gardner. In gewisser Weise stand sie stellvertretend für ihn selbst und den, der er war. Außerdem war sie eine arme, hilflose Henne, Herrgott noch mal; warum ihr etwas antun? Doch offensichtlich steckten hinter seiner Bereitschaft, sich verwickeln zu lassen, mehr als nur Rachegelüste, und nachts hatte er ein wenig darüber nachgedacht. Nach einer halben Flasche billigem regionalen Wein war er zu dem Schluss gelangt, dass es in den mittleren Jahren darum ging, das richtige Gleichgewicht zu finden. Die Balance zwischen der Anforderung zu tun, was man tun musste, und dem Wunsch zu tun, was man tun möchte. Zu lange war ein zu großer Teil seines Lebens von dem dominiert gewesen, was er tun *musste,* und nicht von dem, was er tun *wollte*. Diese Woche, das musste er zugeben, war es dank Valérie genau umgekehrt gewesen. Er erinnerte sich deutlich an einen Morgen in der letzten Woche, an dem er erfüllt von dem deprimierenden Wissen aufgewacht war, dass das Einzige, worauf er sich an diesem Tag freute, der einzige Höhepunkt, sein für den Nachmittag geplantes Nickerchen war. Da hatte er nur existiert, während er jetzt lebte.

Außerdem hatte er sich selbst überrascht. Nach außen hatte er zwar das Bild eines Mannes abgegeben, der sich übernommen hat und von der Naturgewalt, die Valérie war, mitgeschleift wurde. Nicht stärker Teil des Entscheidungsfindungsprozesses als Passepartout oder wahrscheinlich sogar weniger, wenn er ehrlich mit sich war. Doch er hatte das Geschehen offensichtlich genauer wahrgenommen, als ihm selbst klar gewesen war, und gestern hatte er alle damit verblüfft, wie detailliert er die Lage durchschaute. Sich selbst eingeschlossen.

Was kam jedoch als Nächstes? Wie sollten sie nun weitermachen? Ein Mann war tot, und ein anderer Mann wurde dafür beschuldigt, absurderweise, wie alle dachten. Richard kannte Charles Paulin, und trotz seines nahezu aristokratisch wirkenden Namens war er ein harmloses, jämmerliches Geschöpf. Ein stadtbekannter Säufer, der keiner Fliege etwas zuleide tat, ein Mann, den skurrile Umstände fertiggemacht hatten und den alle bemitleideten. Der Gedanke, er könne ein brutaler, von Rachegedanken getriebener Killer sein, passte nicht zu jenem Richard wohlbekannten Menschen, der es nach dem Mittagsgeläut nur mit Mühe schaffte, sich auf den Beinen zu halten. Aber ein Mord war zweifellos geschehen, und zwei Millionen Euro lagen für denjenigen bereit, der die Tat für sich beanspruchen oder zumindest beweisen konnte, dass sie ausgeführt worden war. Daher die abgehackte Hand, und bei diesem Gedanken erschauerte er.

Es war ein widerliches Geschäft, und er schüttelte betrübt den Kopf über den Zustand der Welt und die Rolle, die die Menschheit in ihr spielte. Doch auch wenn die Welt vor die Hunde ging, hatte er selbst, um es herzlos auszudrücken, bei der Sache einen Riesenspaß.

«Wenn du deine Hennen überfütterst, werden sie fett.» Valérie war erneut lautlos neben ihm aufgetaucht. «Sie sind keine Gänse; von ihnen bekommst du keine Stopfleber.»

«Und selbst wenn, würde ich sie nicht essen», erwiderte er ein wenig spitz.

«Bist du immer noch böse auf mich, Richard?» Ehrlich, was war das nur mit diesen französischen Frauen? Keine Einleitung, kein Warmlaufen, kein kleiner, warnender Jab, sondern gleich zur Eröffnung ein linker Haken, wumm.

Seufzend warf er den Hennen eine letzte Handvoll Futter hin. «Nein», räumte er ein. «Ich bin dir nicht böse. Ich denke, du hättest mir gegenüber ein bisschen offener sein können, aber nein, böse bin ich nicht.»

«Ich dachte, du stündest inzwischen nicht mehr so auf Ehrlichkeit?»

«Ha! Es hängt wohl davon ab, ob es gute Nachrichten sind oder schlechte.»

Eine kleine Weile standen sie nebeneinander und beobachteten die Hennen.

«Ich habe gestern Nacht versucht, Brigadier Bonneval zu kontaktieren, aber sein Handy war ausgeschaltet.»

«Wahrscheinlich war er gerade auf der Suche nach einer Hand.» Richard drehte sich um und setzte sich zum Haus in Bewegung. «Ich meine, verschwinden Körperteile oft aus Polizeigewahrsam? Es kommt mir ein bisschen nachlässig vor.»

«Ich glaube, hier ging es eher um das Handgelenk», dachte Valérie laut nach.

«Das Handgelenk, wieso das?»

«Marie sagte, Monsieur Grandchamps habe die Leiche seines Bruders mittels einer Armeenummer identifiziert, die er unter seinem Uhrarmband auf die Haut tätowiert trug.»

«Du glaubst also, dass die Person, die die Hand entwendet hat, der Mörder ist?»

«Das folgt nicht zwangsläufig daraus. Es könnte andere Motive gegeben haben, den armen Vincent Grandchamps zu ermorden. Das Kopfgeld wurde erst ausgelobt, nachdem er schon verschwunden war.»

«Und wir wissen immer noch nicht, wann das der Fall war. Was meinst du, wie lange ist Melvil schon in der Rolle des alten Mannes aufgetreten?»

«Keine Ahnung.»

«Und sowieso hast du doch gesagt, Melvil könne hier nicht als Vincent Grandchamps abgestiegen sein; da war etwas mit seinen Handlinien.»

«Der Handabdruck an der Wand war definitiv nicht von Melvil. Da bin ich mir sicher.»

Richard drehte sich um und sah sie an. «Dann schlüpft also jemand anderes in die Rolle von Monsieur Grandchamps? Was für ein Chaos das ist, liegt auf der Hand.» Er stockte. «Das sollte kein Wortspiel sein.»

«Oder es war doch Monsieur Grandchamps selbst, der hier abgestiegen ist.»

Richard schüttelte den Kopf und hoffte dabei, etwas würde sich fügen. «Das alles ist sehr verwirrend», sagte er ein wenig niedergeschlagen.

«Nun, eines ist sicher.» Valérie war optimistischer. «Wer immer die Hand hat, hat prima Chancen, das Geld zu bekommen!»

Richard musterte sie plötzlich scharf. «Was hast du gesagt?»

Valérie sah ihn erstaunt an. «Ich habe über die Hand gesprochen; wer immer sie hat, bekommt das Geld.»

«Nein! Das hast du nicht gesagt, du hast von einer prima Chance gesprochen, *prima* Chance. Mein Gott, wie blöd ich doch war!»

«Alles in Ordnung mit dir, Richard?»

«Ha! Prima! Ha! Du musst mich für einen echten Schwachkopf gehalten haben.»

«Wovon redest du?» Allmählich wurde sie ungeduldig.

«Prima! Darüber rede ich. Oder genauer gesagt, *priiime*.» Er sprach mit übertriebenem französischem Akzent. «*Priiime*, oder auf Englisch, Kopfgeld!»

«Ja, und …» Nicht zum ersten Mal war Valérie verblüfft von der Undurchschaubarkeit des englischen Sinns für Humor.

«Du bist eine Kopfgeldjägerin. Ein *chasseur de primes!*» Sie warf ihm einen eigenartigen Blick zu, den Kopf leicht schief gelegt, und einen Moment lang verließ ihn das Selbstvertrauen. «Das bist du doch, oder?», fragte er nervös.

«Ja.» Und damit verschränkte sie die Arme vor der Brust, als wollte sie *na und?* sagen.

«Well I never!» Er war sich bewusst, dass es wahrscheinlich das Englischste war, was er je gesagt hatte. «Du könntest mich mit einer Feder umhauen.» Nein, *das* war das Englischste, was er je gesagt hatte.

«Richard …»

«Nein, unterbrich mich nicht. Dein erster Mann war Schädlingsbekämpfer, sagtest du, Schädlingsbekämpfer! Ratten und Maulwürfe! Sehr schlau ausgedacht.» Plötzlich sah er besorgt drein. «Er war ein Mafiakiller, oder?» Sie zuckte mit den Schultern und machte einen Schmollmund. Wie er wusste, drückten französische Frauen so aus, dass sie aufgeflogen waren. «Und Tex? Ein Metzger, sagtest du, aber nicht aus Tours?»

«Er kommt aus Tours», erklärte sie selbstsicher, dann leiser: «Tours in Texas.»

«Es gibt ein Tours in Texas?»

«Ja.»

«Guter Gott. Daher Tex.»

«Daher Tex.»

«Der inzwischen wohl nach Texas zurückgekehrt ist? Ich nehme an, bei eurem Schwätzchen im französischen Tours ging es um Revierfragen, oder? Wer bekommt die ‹Ware›, gewissermaßen?»

«Tex sprach von einem Flug gestern Abend. Und du siehst so aus, als wärest du sehr mit dir selbst zufrieden, Richard. Das steht dir nicht.»

«Und du siehst so aus, als wärest du nicht sehr glücklich darüber, dass ich dir auf die Schliche gekommen bin.» Er zog den Bauch ein und richtete sich triumphierend so hoch wie möglich auf.

«Ich bin ein bisschen überrascht.»

«Dass ich es herausgefunden habe?»

«Dass du so lange gebraucht hast.»

«Oh.» Er sackte ein wenig in sich zusammen. «Und die Rizzolis sind vermutlich Kollegen?»

«Rivalen, Richard, die Rizzolis sind Rivalen. Und ich bin ihnen noch nie zuvor begegnet.»

«Junge Emporkömmlinge?»

«Ihre Methoden sind nicht gerade ethisch einwandfrei, das würde ich schon so sagen.»

«In der Kopfgeldjäger-Killer-Welt gibt es Moral? Wirklich?»

«Natürlich!» Sie machte ein empörtes Gesicht. «Sie ist nicht gesetzlos.» Dann wurde sie ein wenig milder und fügte hinzu: «Zumindest nicht vollständig gesetzlos.»

Er lächelte sie an, zum Teil mit Wärme, denn die empfand er tatsächlich, aber auch ein wenig hilflos. Er stand in seinem Garten und entwickelte offensichtlich eine Art «Verständnis» für eine Killerin. Er hatte sich nie im Leben überforderter gefühlt, und ihm war ein wenig schwindelig. Er versuchte, sich in den Griff zu bekommen – wie ein Betrunkener, der sich zusammenreißt, um nüchtern zu wirken. «Also, äh, also, wie wird man zum Kopfgeldjäger? Zur Kopfgeldjägerin?» Er wollte sie gern ärgern. «Zum Kopfgeldinnen-Jäger.»

«Man hat es im Blut», erwiderte sie ruhig.

«Natürlich.» Er nickte. «Ist das ein Hinweis?»

«Bildest du manchmal Anagramme, Richard?»

«Nicht gerade andauernd, nein.»

«Weißt du etwas über die Französische Revolution?»

«Nur, was ich …»

«Nur, was du in Filmen gesehen hast, ja. Das hatte ich mir gedacht. Schau mal Charlotte Corday nach.»

«Charlotte Corday?» Da es keine weiteren Anhaltspunkte gab, ging Richard die eindrucksvolle Rotationskartei des Filmwissens in seinem Kopf durch. Filme über die Französische Revolution waren dünn gesät: *Les Misérables; Eine Geschichte aus zwei Städten; Scaramouche – der galante Marquis; Das scharlachrote Siegel.* «Glenda Jackson!», sagte er plötzlich, sehr mit sich zufrieden.

«Was?»

«Glenda Jackson. 1967 spielte Glenda Jackson im Film *Die Verfolgung und Ermordung Jean-Paul Marats* die Charlotte Corday.»

«Und?» Sie hatte erneut die Arme vor der Brust verschränkt.

«Und das ist eigentlich alles.»

«Charlotte Corday war eine Persönlichkeit der Revolution, eine sehr berühmte Persönlichkeit. Oder berüchtigt, je nach

Standpunkt. Sie wurde für die Ermordung Jean-Paul Marats guillotiniert, der während der Schreckensherrschaft viele Hinrichtungen auf dem Gewissen hatte. Er war ein böser Mensch.»

«Und sie war dann also eine gute Killerin?»

«Alphonse de Lamartine nannte sie *l'ange de l'assassinat,* den Engel unter den Attentätern. Man hat es im Blut.»

«Corday, d'Orçay. Okay, ich verstehe. So etwas geschieht aber nicht zwangsläufig; mein Ururgroßvater war ein Strohdachdecker für feine Pinkel.»

«Ein was?»

«Ein Strohdachdecker. Er fertigte Perücken.»

Sie bedachte ihn mit einem Blick, der sagte, dass er schwafelte. «Wovon redest du überhaupt?»

«Keine Ahnung», antwortete er mit bemerkenswerter Gewissheit. «Hör mal, ich glaube nicht, dass du Grandchamps ermordet hast. Denn dann hättest du den Beweis dafür, wie du ja selbst gesagt hast, wärest zwei Millionen Euro reicher und würdest dich nicht mit mir und meinen Hennen abgeben. Und ich weiß wirklich nicht, worum es bei alldem geht. Aber so viel Spaß wie in den letzten Tagen habe ich schon seit Jahren nicht mehr gehabt.» Er verlor den Schwung und schaute ein wenig niedergeschlagen. «Und irgendein Drecksack hat Ava Gardner ermordet.»

Sie legte ihm die Hand auf den Arm, und es fühlte sich an wie ein Stromstoß. «Wirklich, so viel Spaß hast du seit Jahren nicht mehr gehabt? Ehrlich?»

«Ja», antwortete er einfach. «In gewisser Weise hast du mich gerettet; du bist mein Clarence.» Sie schüttelte verwirrt den Kopf. «Er war der Engel in *Ist das Leben nicht schön?* James Stewart. *Ist das Leben nicht* … na, egal.»

«Soll ich ihn nachschauen?» Sie zog ihr Handy aus der Jackentasche. «Ob er wohl auf IMDB.com zu finden ist?»

Er verdrehte die Augen. «Wenn Sie, Madame d'Orçay, in meiner Gegenwart die IMDB.com benutzen, geschieht gleich wirklich ein Mord ...»

29

Brigadier-Chef Principal Philippe Bonneval zog erschöpft das weiße Laken weg und fragte sich, wie oft er das schon getan und dabei immer eine Leiche ohne Gesicht enthüllt hatte. Vielleicht würde er Eingang in das *Guinnessbuch der Rekorde* finden und endlich die Anerkennung erhalten, die er seiner Meinung nach verdiente. Es war jedoch ein Anblick, der niemals erträglicher wurde, wie oft man ihn auch sah, und er achtete bewusst auf die gut gekleidete ältere Dame, die auf der anderen Seite des Leichentischs stand.

Madame Paulin war eine stolze Frau und zeigte das auch mit ihrer Körperhaltung. Sie hatte eine Vorstellung von dem, was sie erwarten würde, und hatte es vielleicht sogar schon seit einigen Jahren erwartet, denn ihr Ex-Mann war nun einmal, wie er war. Doch ihre Art, die Türklinke so fest zu packen, dass ihre Fingerknöchel bleich wurden und die Falten verloren, sagte alles. Es war ein grässlicher Anblick. Sie sah Bonneval an, und ihr Gesichtsausdruck war nahezu entschuldigend; das, was sie vor sich hatte, genügte nicht, um eine abschließende Antwort zu geben.

«Gibt es irgendwelche unveränderlichen Merkmale, Madame? Irgendetwas, woran man diese Person als Ihren Mann identifizieren könnte?»

«Ex-Mann», antwortete sie automatisch. «Ja. Unter der Armbanduhr trug er seine Armeenummer aufs Handgelenk tätowiert. Allerdings hat er die Uhr vor Jahren versetzt.»

«War es das rechte oder das linke Handgelenk?», fragte Bonneval, obwohl er die Antwort bereits kannte.

«Das linke, Monsieur.»

«Ah ja, gibt es in diesem Fall noch andere Merkmale, anhand derer man ihn identifizieren könnte?» Sie sah ihn verwirrt an. «Die linke Hand Ihres Mannes ist leider verschwunden.» Sofort bereute er seine Wortwahl. «Das heißt ...»

«Jemand hat ihm die linke Hand abgehackt?»

«Ja», sagte er und fügte dann unzureichend hinzu: «Es tut mir leid.»

Bei ihrem Ex-Mann schien Madame Paulin nichts zu überraschen, und der Ausdruck in ihrem Gesicht legte den Gedanken nahe, der alte Säufer hätte die Hand bei einem Kartenspiel verloren oder mit der Uhr zusammen versetzt.

«Irgendetwas, Madame? Ein Muttermal, eine Narbe?»

Sie senkte den Blick und trat um den Leichentisch herum zu Bonneval. Offensichtlich wollte sie ihm etwas ins Ohr flüstern, und er beugte sich vor, um es ihr leichter zu machen, obgleich niemand sonst in dem kalten Raum war.

«Wirklich? Aber warum? Wie konnte das passieren?», war seine spontane Frage nach ihren gehauchten Worten.

«Er betrachtete es als einen Akt der Selbstverstümmelung», antwortete sie kopfschüttelnd. «Dieselbe Art von ‹Selbstverstümmelung›, die ich mir angeblich selbst zugefügt hätte.» Sie schüttelte noch immer den Kopf.

«Ihnen wurde eine Brust entfernt, Madame.» Seine Ausbildung verlangte von ihm, dass er in solchen Situationen zurückhaltend war.

«Aus medizinischen Gründen, ja. Er ist regelrecht ausgeflippt, wissen Sie. Jedenfalls, da haben Sie die Bescherung.»

Bonneval zog das weiße Laken tiefer nach unten und entblößte die Lenden des Toten.

«Ja», flüstert sie. «Das ist der dumme alte Kerl.» Damit wandte sie sich zur Tür.

Nebenan im Wartezimmer saß Madame Tablier mit Richard und Valérie. Richard rührte in einer Tasse geschmacklosen grauen Kaffees.

«Ich wusste nicht, dass Sie Motorrad fahren, Madame.» Valérie war offensichtlich amüsiert von der Vorstellung einer Madame Tablier auf einer schweren, PS-starken Maschine.

«Woher auch?», erfolgte die kühle Antwort. Dann wurde Madame Tablier ein wenig milder und wandte sich an Richard: «Danke fürs Mitnehmen, Monsieur. Es kam mir nicht richtig vor, Estelle – Madame Paulin – auf dem Rücksitz meines Motorrads herzubringen.»

«Keine Ursache», sagte Richard. «Gern geschehen.»

«Fahren Sie schon immer Motorrad, Madame Tablier?»

Die Angesprochene wollte gerade antworten, da ging die Tür zum Wartezimmer auf, und Madame Paulin kam schnell herein. «Ja, er ist es, kein Zweifel. Kein Gesicht, keine linke Hand, aber es ist zweifelsfrei er.» Ihre nüchterne Art überrumpelte alle, selbst die normalerweise so unerschütterliche Madame Tablier. Madame Paulin schniefte, das einzige Zugeständnis an öffentlich gezeigte Trauer, und wiederholte ihre Worte. «Der dumme alte Kerl», sagte sie.

Bonneval kam leise herein und schloss die Tür hinter sich. «Danke, Madame Paulin. Hier sind noch ein paar Dokumente, die Sie vor dem Aufbruch unterschreiben müssen.» Er hob eine Mappe hoch und zog einen Stapel Unterlagen heraus.

«Eine gesichtslose Leiche mit fehlender linker Hand zu finden» – aus irgendeinem Grund wollte Richard sich in dieser Situation besonders ungezwungen geben – «könnte man als Pech betrachten, aber zwei zu finden …» Er brach ab. «Entschuldigung.»

«Es gibt nur eine einzige Leiche, Monsieur.»

Richard und Valérie sahen einander an.

«Ich verstehe nicht recht, Monsieur.» Valérie verstand sehr wohl. «Wollen Sie damit sagen, Monsieur Grandchamps sei nicht tot?»

«Nein, Madame.» Bonneval bugsierte seinen mächtigen Körper auf einen kleinen Stuhl, während er nach weiteren Unterlagen angelte. «Das sage ich absolut nicht.»

Richard, Valérie und Madame Tablier wechselten Blicke.

«Was sagen Sie denn dann?» Richard war klar, dass er als Einziger unter ihnen drei öffentlich zugeben würde, dass er nicht wusste, was los war.

Bonneval atmete tief aus. «Monsieur Grandchamps mag sehr wohl tot sein, Monsieur, das will ich sagen. Aber außerdem sage ich, dass der Verstorbene hier drinnen» – er nickte Madame Paulin zu – «Monsieur Charles Paulin ist. Madame Paulin hatte – äh – hatte keinen Zweifel daran.»

«*Blimey*», sagte Richard. *Verflixt.* Ihm war bewusst, dass er unaufhaltsam immer britischer wurde, je länger er ausschließlich von Franzosen umgeben war.

«Es sind eine ganze Reihe von Formularen auszufüllen, Madame.» Bonneval wandte sich entschuldigend an Madame Paulin. «Dürfte ich vorschlagen, dass wir an einen gastlicheren Ort gehen? Vielleicht ins Chez Bruno?»

«Unbedingt.» Richard stand auf und rieb sich die Hände. «Meine Kehle ist wie ausgedörrt.»

Sie stapften ins Zentrum des Städtchens und sahen dabei aus wie eine skurrile Touristengruppe. Bonneval schritt energisch voran, blieb aber immer wieder stehen, damit die anderen ihn einholen konnten. Er hatte einen besorgten Ausdruck im Gesicht. Zunächst einmal begriff er nicht, wie der alte Richter seinen eigenen Bruder falsch identifiziert haben konnte.

Madame Tablier ging wacker neben der wesentlich höher gewachsenen Madame Paulin her; zusammen waren sie eine Größe, mit der man rechnen musste. Beide hatten einen Ausdruck im Gesicht, der besagte, dass die Welt tatsächlich ein schrecklicher Ort war und dass sie beide einem das, jawohl, schon hunderttausend Mal gesagt hatten, aber hatte man auf sie hören wollen?

Richard, Valérie und Passepartout bildeten das Schlusslicht der Gruppe. Richard und Valérie tuschelten verschwörerisch miteinander.

«Ich dachte wirklich, es gäbe zwei Leichen, weißt du?» Valérie schüttelte den Kopf.

«Hier sind wir in Frankreich; wahrscheinlich wurde er recycelt.»

«Richard, jetzt ist nicht die Zeit für Scherze.» Sie blieb stehen. «Madame Paulin könnte sich nicht vielleicht geirrt haben?»

«Das bezweifle ich. Ich glaube nicht, dass Madame Paulin sich jemals bei irgendwas geirrt hat – da ist sie ganz wie Madame Tablier. Bonneval hat sich über den Beweis nicht näher ausgelassen, aber trotzdem, ich denke, es handelt sich wirklich um Paulin. Ich weiß allerdings nicht, wo wir nun in dieser Sache stehen.»

«Nun, das heißt, dass wir immer noch im Spiel sind, Richard.» Sie klang sehr ernst.

«Im Spiel? Ich weiß nicht, ob ich das ein Spiel nennen würde.»

«Wie auch immer», sagte sie schnell. «Jedenfalls hat die Person, die die Hand mitgenommen hat, wer auch immer es war, geglaubt, damit den Beweis für Monsieur Grandchamps Tod in Händen zu halten. Aber das ist nicht so, und daher ...»

«Und daher sind die zwei Millionen noch zu haben, das wolltest du wohl sagen.»

«Genau richtig. Wir müssen die Leiche finden.»

«Falls es sich um eine Leiche handelt.» Sie gingen ein paar Meter schweigend weiter. Dann blieb Richard stehen und erntete einen genervten Blick von Passepartout. «Das meine ich ernst; was, wenn er nicht tot ist? Was machen wir dann?»

Valérie blieb ebenfalls stehen, drehte sich aber nicht zu ihm um und sagte: «Wir wollen uns nicht den Kopf über ungelegte Eier zerbrechen.» Danach marschierte sie weiter und überließ es Richard, sich zu fragen, was um Himmels willen das bedeutete.

Als sie eintrafen, klappte ein müde aussehender Bruno gerade gähnend die Sonnenschirme auf der Terrasse auf. Bonneval ging mit Madame Paulin hinein, um mit ihr die Formulare fertig auszufüllen, während Madame Tablier sich mit unbehaglich verzogener Miene an einen Tisch setzte. Sie war nicht daran gewöhnt, bedient zu werden, und hatte offensichtlich das Gefühl, dass es nicht zu ihr und der Lage passte, in der sie sich im Leben sah. Richard und Valérie schlossen sich ihr an, und Bruno nahm ihre Bestellungen mürrisch entgegen. Richard betonte ausdrücklich, dass er einfach nur ein Bier wolle, keine lokale Spezialität, sondern einfach nur ein Bier.

«Die Sache gefällt mir nicht», knurrte Madame Tablier.

«Zugegeben, es ist sehr verwirrend», gestand Valérie.

«Ich meine, der Mann war ein Idiot, ein kompletter Idiot, aber wieso ihn ermorden?»

«Vielleicht hat der Mörder geglaubt, Paulin wäre Monsieur Grandchamps. Sie hatten ungefähr das gleiche Alter; vielleicht hat Paulin Kleider von Grandchamps getragen.»

«Natürlich könnte der Mörder immer noch von diesem Irrtum überzeugt sein», erklärte Richard, nachdem Bruno die Getränke serviert und sich vom Tisch entfernt hatte. «Und außerdem ist absolut denkbar, dass man ihm Glauben schenken würde. Die Mafia, oder wer auch immer in solchen Fällen die Belohnung zuerkennt, könnte denselben Fehler begehen wie Bonneval hier.»

«Den Fehler hat der Richter begangen, und ich begreife nicht, wie das passieren konnte.»

«Nun, vielleicht hat er eine Nummer auf dem Handgelenk des alten Mannes gesehen und ist einfach vom Schlimmsten ausgegangen. Nach allem, was man hört, war er ziemlich erschüttert. Wie er diese neue Nachricht wohl aufnehmen wird?»

«Dass sein Bruder noch lebt? Ja, das frage ich mich auch. Jemand muss ihm Bescheid geben.»

Richard lehnte sich auf dem Stuhl zurück, schloss kurz die Augen und genoss die Sonne. *Aufregungen machen sehr müde,* dachte er, *sie können einen richtig erschöpfen.* Plötzlich spürte er, wie Valérie ihn am Arm packte und ihm die Fingernägel ins Fleisch grub.

«Auu! Was machst du?», jammerte er.

«Schau», zischte sie mit einem Nicken zur Tür der Brasserie. «Schau, wer da ist!»

Richard verdrehte den Kopf, genau wie Madame Tablier, und in diesem Moment traten die Rizzolis ins Sonnenlicht. Signora Rizzoli setzte mit einer schwungvollen Geste ihre große Sonnenbrille auf und posierte, als wollte ein Fotograf den Moment einfangen. Signor Rizzoli trug einen Panamahut, den er ähnlich selbstbewusst zurechtrückte.

«Also, da soll mich doch …», begann Richard, merkte dann aber, dass ihm die Worte fehlten.

«Das sind die verdammten Italiener», sagte Madame Tablier, ohne sich zu bemühen, ihre Stimme zu senken.

Die Rizzolis sahen die Gruppe am Tisch und lächelten mit einer abscheulichen, gespielten Jovialität, bei der es Richard eiskalt überlief, und zwar umso mehr, als das Paar auf sie zukam.

Als sie zum Tisch gelangten, blieben sie kurz stehen, und Signor Rizzoli verbeugte sich theatralisch mit gezogenem Hut.

«*Buon giorno*», sagte er, und dieser harmlose Gruß klang bei ihm so bedrohlich, dass Richard ein erneuter Schauder überlief. Der Signor hätte es dabei belassen können, doch dann beugte er den Arm als Einladung an seine Frau, sich bei ihm einzuhängen, und sagte sehr deutlich auf Englisch: «Bis zum nächsten Mal!» Damit schritten sie in perfektem Gleichschritt davon.

«Was für eine Frechheit!», sagte Richard, der nicht verbergen konnte, wie beeindruckt er war.

Madame Tablier knurrte etwas, während Valérie den beiden kühl nachsah, wie sie um die Ecke verschwanden. «Wie ausgesprochen interessant», sagte sie.

«Du untertreibst. Warum sind sie wohl hier? Das ist doch gewiss kein Zufall?»

«Oh nein, Richard, ganz und gar nicht. Sie müssen Bescheid wissen.»

«Bescheid wissen?»

«Dass unsere Leiche nicht die von Monsieur Grandchamps ist.»

«Na, die sind aber fix; wir haben es ja selbst erst vor zehn Minuten herausgefunden.»

«Ich würde sagen, sie wussten bereits Bescheid.» Valérie nahm einen Schluck von ihrem Getränk.

Richard trank ebenfalls einen Schluck. «Verdammt noch mal», sagte er mehr zu sich selbst. «Verdammt noch mal.»

30

R ichard spuckte eine Feder aus und schüttelte mühsam den
Kopf. Er war, wie er nun verspätete merkte, in einer Art
Schockzustand.

Am Tag nach der Begegnung mit den Rizzolis hatte er Valérie in grüblerischer Stimmung angetroffen. Sie saß mit einer
Flasche Wasser im Garten, Passepartout wie immer bei sich,
und schäumte vor Wut. Er wusste nicht, welche Demarkations-
linien im Kopfgeldjägerbusiness galten, doch offensichtlich gab
es einige Fragen der Etikette, die die Emporkömmlinge Rizzoli
mit Füßen getreten hatten. Valérie sah aus wie ein verletztes
Tier und wirkte entsprechend gefährlich.

«Du bist die ganze Zeit so still», wagte er sich vorsichtig vor.
«Kann ich irgendetwas tun?» Es war eine Frage, die er noch
bereuen sollte.

«Sie sind uns immer einen Schritt voraus», erwiderte sie
so giftig, dass klar war, sie würde das nicht länger hinnehmen.
«Nun, sie haben offensichtlich einen direkten Draht nach Sizilien, das habe ich kapiert.»

«Über das Grandchamps-Debakel waren sie jedenfalls sehr
schnell informiert.»

«Ja.» Sie nickte. «Offensichtlich wollte die Person, die die
Hand entwendet hat – Monsieur Paulins Hand, wie wir inzwischen wissen –, sich die Richtigkeit von allem bestätigen lassen,
und stellte dabei fest, dass es nicht die rechte Hand war.»

«Sondern die linke, meinst du?»

Sie warf ihm einen Blick zu, der wieder einmal ziemlich deutlich machte, dass jetzt nicht die Zeit für Scherze war. «Die richtige Hand.»

So ermahnt, verstummte er und ließ sie an dem Problem herumkauen. Schließlich aber wurde ihm das lastende Schweigen zu viel. «Und was machen wir jetzt?»

Sie nickte langsam, ihre Entscheidung war gefallen. «Wir müssen die Rizzolis komplett aus der Gleichung herausnehmen. Und sei es auch nur vorübergehend, das würde reichen.»

Das widersprach Richards Sicht auf die Dinge und seiner Bereitschaft, den Italienern die Sache zu überlassen. Alles andere kam ihm gefährlich vor. «Also, das sollte ja wohl nicht allzu schwierig sein; ich meine, sie sind ja nur Mafiakiller. Das ist doch ein Klacks.»

Valérie überhörte seinen Sarkasmus, sodass er wieder einmal das Gefühl bekam, er müsse entweder beim Sarkasmus noch eine Schippe drauflegen oder aber ihn beerdigen.

«Wir stellen ihnen eine Falle.»

Richard wurde bang ums Herz. Aufregung und ein spannendes Leben waren ja schön und gut, aber er hatte das schreckliche Gefühl, dass solche Gespräche es auch grausam verkürzen konnten.

«Eine Falle?», fragte er matt.

«Ja, eine Falle. Wir müssen mit Melvil reden. Ich denke, dass die beiden uns einen Gefallen schuldig sind.»

Nach Richards Meinung schien dieser Gefallen allerdings sehr viel verlangt.

«Kommt nicht infrage!», lehnte Marie kategorisch ab, als Valérie dem jungen Paar ihren Plan erläuterte. «Sie werden meinen Melvil nicht als Köder für Killer benutzen, nein. Das ist zu gefährlich.» Wie üblich hatte Melvil ein bisschen geistesabwesend gewirkt und nichts gesagt.

«Ich verstehe.» Valérie erkannte eine eigensinnige Französin auf Anhieb und suchte eine Möglichkeit, das Melvil-Problem zu umgehen. «Wie wäre es», begann sie, «wenn Melvil nur den Anfang macht und wir die Sache von dort aus übernehmen, bevor es überhaupt gefährlich werden kann?» Sie spürte, dass Marie schwankte. «Er muss nur dem Postboten einen Umschlag geben und mit dem Zug zur Arbeit fahren. Sobald er dort angekommen ist, lösen wir ihn ab, nicht wahr, Richard?»

«Äh, was? Oh, wahrscheinlich.»

«Er muss nichts anderes tun? Nur das?»

«Versprochen.» Valérie strahlte. Sie bedachte Marie mit einem mütterlichen Lächeln, doch Richard war nicht überzeugt, dass es durch und durch aufrichtig war.

Melvil nahm seine Rolle mit überlegen hochgerecktem Kinn an, was Richard ein bisschen übertrieben fand, da seine Freundin ja gerade ausgehandelt hatte, dass er nur als Statist auftreten würde. Außerdem grübelte Richard über die Frage nach, wie wenige Details des Plans Valérie ihm enthüllt hatte. Er war sich schon in diesem Moment ziemlich sicher, dass er an der Sache beteiligt sein würde, und zwar nicht nur als Zuschauer.

Später warteten Valérie und Richard im Monsieur-Œuf-«Restaurant» in Tours auf Melvil. Hier standen Eier im Mittelpunkt, und man konnte alles bekommen, was mit Eiern zu tun hatte. Man bekam sie gebraten, pochiert, als Rührei, roh, mit dem Eigelb nach oben, nach unten oder zur Seite, hart gekocht, weich gekocht oder eingelegt. Für Richards Geschmack war es ein bisschen einseitig, und er bemerkte, dass Valérie die Speisekarte nahezu mit Abscheu studierte und dann mitleidig die Servicekräfte hinter der Theke musterte, die Hühnerkappen trugen, und das eindeutig nicht freiwillig.

«Nur einen Kaffee bitte», sagte Valérie.

«Für mich auch», fügte Richard hinzu.

In Erwartung von Nachrichten saßen sie auf den speziell entworfenen Stühlen, die wie zerbrochene Eierschalen aussahen und auch ähnlich bequem waren. Valéries Handy piepte. «Ah, das ist Marie. Sie haben den Köder geschluckt. Melvil und die Rizzolis sitzen im Zug nach Tours. In einer halben Stunde sind sie hier.»

«Schön. Möchtest du ein Ei essen, während wir warten?» Sofort bereute er die flapsige Bemerkung.

«Sei nicht albern, Richard.»

Beinahe genau dreißig Minuten später kam Melvil zur Tür herein und zeigte, dass er imstande war, gleichzeitig aufgeregt und gelassen zu wirken. Er eilte an ihrem Tisch vorbei und sagte, ohne sie anzuschauen: «Schnell, mir nach!» Sie folgten ihm durch eine Seitentür neben der Theke in die Mitarbeiterumkleide.

Hinter die Kulissen, wenn man es so nennen will, eines Fastfood-Restaurants oder überhaupt jedes beliebigen Restaurants sollte man als Laie niemals schauen. Hinter dem Thekenbereich lagen düstere, unordentliche, trostlose Räume, die ebenso wenig Hoffnung und Glück ausstrahlten wie ihre Benutzer, die Restaurant-Mitarbeiter. Dort, wo das teure Lampenlicht der Gasträume nicht hinreichte, wirkte alles plötzlich schäbig und grau. Im Personalraum von Monsieur Œuf war es nicht anders.

«Okay, wir haben nicht viel Zeit», sagte Melvil, der plötzlich das Kommando übernahm. «Das hier ist mein Schließfach.» Damit öffnete er die Stahltür und gab den Blick auf sein Ganzkörper-Hühnerkostüm frei. Richard erinnerte sich deutlich, dass er in diesem Moment Mitleid mit Melvil empfunden hatte. *Der arme Mann*, hatte er gedacht. *Was für eine Schande.*

«Er hat recht.» Valérie hatte einen aufgeregten und fast schon manischen Ausdruck im Gesicht.

«Es mag ein bisschen eng sitzen, aber der Stoff ist sehr dehnbar», erklärte Melvil und hielt Richard das Kostüm unter die Nase.

«Was? Ausgeschlossen! Kommt überhaupt nicht infrage. Das zieh ich nicht an!»

«Es gibt keine Alternative, Richard.»

«Oh doch», jammerte er.

«Was denn? Was für eine Alternative gibt es?» Sie verschränkte die Arme vor der Brust.

«Du ziehst es an», sagte er bockig.

«Okay, dann zieh ich es eben an.»

«Gut.» Damit hielt er ihr das Kostüm hin.

«Wenn ich also die Rizzolis in eine dunkle Gasse gelockt habe, wie schaltest du sie dann aus?»

Die Frage war angemessen. Clare hätte vorgeschlagen, er solle sie mit Einzelheiten über frühe Oscargewinner zu Tode langweilen, aber davon abgesehen hatte er keine besonderen Mafiakiller-Ausschaltfähigkeiten, und so zog er sich widerstrebend um.

«Wichtig ist, dass Sie immer daran denken …» Melvil sprach nun wie ein Vertreter des Autorenfilms; plötzlich war er ein Hüne des französischen Avantgarde-Kinos, der einem unerfahrenen jungen Schauspieler Regieanweisungen gab. «Also, es ist entscheidend, nie zu vergessen, dass man immer wie ein Huhn denken muss.»

Wenn man bedachte, wie ängstlich Hühner waren, hatte diese Bemerkung nicht einer gewissen Ironie entbehrt. Nicht einmal Valérie, die eigentlich fast gänzlich in ihrer eigenen Welt versunken war, hatte ein Lächeln unterdrücken können.

«Denk wie ein Huhn. Genau.»

Nun dachte er schon seit einer guten halben Stunde wie ein Huhn, und allmählich langweilte er sich ein wenig. Die Rizzolis waren nirgends zu sehen, und so konnte er nichts anders tun, als widerstrebend Restaurant-Flyer zu verteilen. Allerdings waren die meisten Leute klug genug, einen weiten Bogen um ihn zu schlagen. *Was für ein seelenvernichtender Job für einen erwachsenen Menschen*, dachte er, und doch tat Melvil so, als gäbe er Hamlet im Old Vic Theatre. Was hatte er noch als Letztes zu ihm gesagt? «Ich erzähl dir, was der Geschäftsführer mir gesagt hat: ‹Verlier nie die Konzentration, und werde nicht eingebildet, Junge, niemand weiß, wer im Vogelkostüm steckt!›»

Wahrscheinlich sollte das Richard zu mehr Hühnerhaftigkeit verhelfen, doch er hätte den jungen Mann am liebsten totgepickt.

Er hielt kurz in der Erfüllung seiner Aufgabe inne und versuchte, nicht daran zu denken, wie absurd das alles war. Irgendwo in seinen Hühnerbein-Leggins juckte es ihn, und er wollte sich um das Problem kümmern, fragte sich aber, ob er seine Rolle dafür kurz aufgeben durfte. Dann wanderte das Jucken weiter – das Bein hinunter in seinen Fuß. Es war genau die Art nerviges Jucken, wie es einen manchmal bei längeren Fahrten am Steuer überkommt, und wie sehr man die Zehen auch verrenkt, man wird es nicht los. Er zappelte mit seinen großen Hühnerfüßen aus Gummi, in der vergeblichen Hoffnung, das Ärgernis auf diese Weise zu abzuschütteln. Nachdem er das eine Weile getan hatte, fiel ihm auf, dass er eine kleine

Menschenmenge angelockt hatte. Insbesondere eine Gruppe von Schulkindern, die überhaupt nicht beeindruckt wirkten.

Ein Junge aus der Gruppe näherte sich ihm drohend, nichts als Unfug im Kopf, wie ihm deutlich ins Kindergesicht geschrieben war. In sein stacheliges Haar waren Zacken rasiert, wie Blitzstrahlen, und Richard sah für den Jungen ein Verbrecherleben voraus. Der Ausdruck, den das Kind im Gesicht trug, gefiel ihm gar nicht. Es kam immer näher, bis es schließlich auf Richards Gummifüßen stand und er somit wie festgenagelt war. Die einzige Möglichkeit für Richard, sich zu bewegen, bestünde darin, den Bengel umzuwerfen. Er konnte sich nicht vorstellen, dass das auf einer geschäftigen Einkaufsstraße gut ankommen würde. Weitere, vorsichtigere Mitglieder der Gruppe näherten sich, sodass Richard sich fühlte wie King Kong, der vor seinem unvermeidlichen Sturz in den Tod auf dem Empire State Building herumzappelt. Eines der Kinder trat ihn gegen das Schienbein.

«Au!», schrie Richard. «Du kleiner Drecksack.» Dann erhielt er einen weiteren Tritt, konnte aber nicht den Rückzug antreten, weil noch mehr kleine Drecksäcke auf seinen großen Füßen standen. So ging es eine ganze Weile, bis endlich die Lehrerin in Erscheinung trat. Mit seiner durch den Hühnerkopf eingeschränkten Sicht hatte Richard die Frau bisher nicht bemerkt. Sie sagte etwas zu den Kindern, die von Richard abließen und sich sofort zurückzogen.

«*Merci!*», sagte Richard, nicht nur dankbar, sondern auch neidisch auf die Macht der Frau.

«Sie sollten sich schämen!», erklärte sie und ließ damit einen erschütterten und zerschlagenen Richard zurück, dem nichts übrigblieb, als wieder an die Arbeit zu gehen. Er schüttelte erneut den Kopf und spuckte eine weitere Feder aus. In diesem Moment erblickte er sie: die Rizzolis. Sie kamen direkt auf ihn zu. *Gott sei Dank*, dachte er. Er hätte nie erwartet, dass er sich einmal freuen würde, zwei ausgebildete Killer auf sich zumarschieren zu sehen.

Zunächst tat er so, als nähme er sie nicht wahr, wie Valérie es ihm aufgetragen hatte. Wenn sie näherkämen, sollte er dann Erschrecken mimen – wohl so, als wäre er wirklich ein Huhn – und sie zur Rückseite von Monsieur Œuf führen, wo Valérie übernehmen würde. Alles klappte wie am Schnürchen. Sie fielen auf seinen Trick herein, wahrscheinlich weil sie glaubten, ein als Huhn verkleideter Mann könne unmöglich eine Bedrohung für die Mafia darstellen, und folgten ihm in die dunkle Gasse hinter dem Restaurant. Als Richard das Ende der Sackgasse erreichte, drehte er sich rasch um und sah, dass Valérie in einem verschatteten Winkel wartete. Sein Herz hämmerte vom Adrenalin, und er freute sich darauf, aus der ersten Reihe zu verfolgen, wie sie das Paar ein weiteres Mal so schwungvoll und elegant wie eine Balletttänzerin erledigte. Das käme einem erotischen Intermezzo so nahe, wie Richard es schon lange nicht mehr erlebt hatte.

Die Rizzolis kamen langsam auf ihn zu, ein böses Lächeln im Gesicht, doch da trat Valérie in Aktion. Sie wurde ihrem Ruf als anmutige Kampfkunstheldin jedoch nicht gerecht, und gleich darauf lagen die Rizzolis erneut bewusstlos aufeinander.

«Du bist mit einem Knüppel bewaffnet?!» Er konnte es nicht fassen. Es fühlte sich für ihn so an, als wäre das ein Betrug. Doch bei ihr sollte ihn eigentlich gar nichts mehr überraschen.

«Ich wollte kein Risiko eingehen, Richard, wahrscheinlich sind die beiden bewaffnet.»

Eine rasche Durchsuchung bestätigte Valéries Vermutung, und geschickt fesselte sie das Paar mit dickem Isolierband an Hand- und Fußgelenken.

«Und jetzt?», fragte Richard, der die Einzelheiten des Plans immer noch nicht kannte. Valérie schaute sich um. Offensichtlich hatte sie selbst noch nicht bedacht, wie es von hier aus weitergehen sollte. Dann kam ihr eine Idee.

«Roll bitte eine dieser Mülltonnen heran.» Sie deutete auf eine der großen, zum Restaurant gehörenden Recycling-Tonnen auf Rädern.

«Wie praktisch», sagte Richard. «Und dann? Wir schieben sie zu mir nach Hause? Das sind fünfunddreißig Kilometer.»

«Wir bringen sie zu deinem Auto und breiten eine Decke über sie.»

«Ja, aber was dann?» Richard war ein wenig enttäuscht, dass Valérie plötzlich so planlos wirkte. «Kennst du hier vor Ort ein Verlies, in dem wir sie eine Weile einkerkern könnten?»

Sie sah ihn an, nicht verärgert über seinen ewigen Sarkasmus, sondern diesmal mit aufrichtiger Bewunderung. «Oh Richard!», sagte sie. «Das ist eine geniale Idee.»

31

Obgleich sie in Richards Auto saßen, bestand Valérie darauf, auf der Rückfahrt nach Saint-Sauver das Steuer zu übernehmen. Richard saß auf dem Beifahrersitz, demonstrativ damit beschäftigt, das zusammengeschnürte italienische Paar im Auge zu behalten, das sie ohne viel Federlesen hinten in die Ente gestopft hatten. Der Platz war knapp, und Richards Sitz war so weit wie möglich vorgeschoben, weshalb sein Gesicht fast die Windschutzscheibe berührte. Auf seinem gefiederten Schoß lagen eine geladene Beretta Pico sowie ein wachsamer Passepartout. Richard war sich nicht sicher, was von beidem ihn nervöser machte.

Er warf einen beunruhigten Blick auf den Tacho. Sie durften jetzt auf keinen Fall angehalten werden, weil sie die Geschwindigkeit überschritten. Er konnte sich vorstellen, wie entzückt der Polizist wäre, wenn er dem kleinen Verkehrsvergehen eine Entführung mit Körperverletzung hinzufügen könnte, und vermutlich war es auch gesetzlich verboten, als Huhn verkleidet über eine französische *route nationale* zu fahren.

«Ich bin unter dem Tempolimit, Richard», sagte Valérie gereizt, ohne den Blick von der Straße zu wenden. Erneut fragte er sich, wie sie solche Sachen mitbekam.

«Ich habe einfach nur geschaut», bemühte er sich, seine Würde zu wahren. «Übrigens», wagte er sich vor. «Natürlich freue ich mich, dass ich so genial bin, aber … was habe ich eigentlich genau gesagt?» Einer der beiden Italiener hinten im Wagen begann sich zu rühren, und Valérie drückte aufs Gas.

«Das Verlies», sagte sie, als wäre die erbetene Erklärung in diesen beiden Wörtern enthalten.

«Klaro.» Es folgte ein Moment Schweigen, während Richard in Worte zu kleiden versuchte, dass er zwar durchaus genial sein mochte, aber dennoch keine Ahnung hatte. «Du weißt von einem Verlies, tatsächlich? In Saint-Sauver?»

«Ganz in der Nähe, ja. In Faurent.»

Richard seufzte entmutigt. «Martin und Gennie! Oh nein, muss das sein? Ich weiß nicht, ob ich den beiden nach dem letzten Mal noch in die Augen sehen kann.» Außerdem schoss ihm der Gedanke durch den Kopf, dass sie vielleicht immer noch gefesselt in ihrem Wohnzimmer saßen, halbnackt und mit Briefklammern und allem. Bei dem Gedanken überlief ihn ein Schauder.

«Sie haben ein Verlies, das hast du mir erzählt.»

«Ja, klar. Martin, der dreckige alte Bock. Aber was bringt dich auf den Gedanken, sie könnten sich dort zwei mordlüsterne Italiener als Insassen wünschen?»

«Wir werden sie nett darum bitten.»

Erneut stöhnte einer von dem Paar auf dem Rücksitz, und Valérie trat noch kräftiger aufs Gas.

Das Tor zur Auffahrt stand offen, als sie bei Martin und Gennie ankamen, und der Wagen fuhr knirschend über den Kies zur Rückseite des Hauses. Martin und Gennie kamen aus der Küche, Gott sei Dank bekleidet.

«Hallo», begrüßte Martin sie begeistert.

«Was für eine nette Überraschung», fügte Gennie hinzu.

Valérie öffnete die Autotür, und noch bevor sie ausstieg, sagte sie: «Wir möchten euch um einen Gefallen bitten.»

«Nur zu», antwortete Martin, der angesichts der schmutzigen Vorstellungen, die durch seinen Kopf schwappten, praktisch sabberte.

«Euer Verlies?»

«Oh ja!», kreischte Gennie.

«Wir würden es uns gern ausleihen.»

Einen Moment herrschte Schweigen.

«Ausleihen, wie meinst du das?» Bei dem Gedanken, andere könnten sich amüsieren, während er selbst außen vor blieb, zog Martin die Augen zusammen.

Er blickte zu Richard auf dem Beifahrersitz hinüber, und der hob seinen rechten Flügel zu einem zögernden Gruß. Dann bemerkte Martin die Rizzolis, die gefesselt und geknebelt auf dem Rücksitz lagen und allmählich das Bewusstsein wiedererlangten.

Valérie musterte sie ebenfalls. «Uns bleibt nicht viel Zeit», sagte sie. «Dürfen wir euer Verlies benutzen, ja oder nein?»

«Ja, ich denke schon.» Martin blickte fragend zu Gennie, und die nickte geschäftig.

Richard stieg aus dem Wagen, ein Huhn von knapp einem Meter achtzig, mit einer Pistole bewaffnet und einen Chihuahua im Arm. «Ich weiß», sagte er müde, als Martin und Gennie ihn mit offenem Mund anstarrten. «Aber wir haben wirklich keine Zeit, das zu erklären. Könntet ihr bitte mal mit anfassen?»

Valérie versetzte den beiden Italienern, die sich zunehmend rührten, einen weiteren Klaps mit dem Knüppel, was Martin und Gennie nicht gerade beruhigte, und Richard schon gar nicht.

«Tut mir leid», sagte er, als hätte er gerade Kaffee auf einem Teppich verschüttet.

«Ich hole die Schubkarre.» Martin ging beunruhigt davon und schüttelte dabei den Kopf.

Erst eine unangenehm lange Zeit später half Gennie Valérie, Signora Rizzoli die erste mit Fell gepolsterte Handschelle anzulegen, und fesselte sie an einen Eisenring in der Wand. Signor Rizzoli hing schlaff herab, da er an zwei weitere Ringe an der Decke gekettet war.

«Erwartest du, dass sie reden?», fragte Martin.

«Nein, ich erwarte, dass sie sterben!», antwortete Richard. Seine Nervosität verschaffte sich auf eine Weise Luft, wie nur er es konnte.

«Hä?» Martin schaute erschreckt. «Ah. Sehr gut. *Liebesgrüße aus Moskau?*»

«*Goldfinger.*»

«Stimmt. Die beiden verwechsele ich immer.»

Richard schüttelte angewidert den Kopf.

Gennie stand auf, mit ihrer Arbeit zufrieden. «Okay», sagte sie glücklich, «wer möchte eine Tasse Tee? Martin, würdest du mir bitte helfen.» Damit führte sie ihren widerstrebenden Mann aus dem Verlies.

Richard schaute sich in dem überraschend gut erleuchteten Raum um, während Valérie ihre Gefangenen gründlicher durchsuchte. Der Raum wirkte eher wie eine Werkstatt als ein Ort für erotische Spiele; alles sah sehr funktional aus und war so sauber aufgeräumt wie der Werkzeugschuppen eines Pedanten. In der Ecke stand ein großes Andreaskreuz, das aussah wie der Buchstabe X. Es war aus schönem, lackiertem Mahagoni und in der Mitte mit einem Lederpolster versehen. Er schüttelte den Kopf. Er wusste, dass er altmodisch war und wahrscheinlich lähmend wenig Abenteuerlust zeigte, aber dies war überhaupt und ganz und gar nicht sein Ding. Nicht zum ersten Mal fehlte ihm die Vorstellung, wie Martin und Gennie die Geräte benutzten, die hier so nüchtern bereitstanden. Die Peitschen, die Ketten, die Masken ... das alles überstieg seinen Horizont. Er versuchte, sich innerlich zu sammeln, und ließ sich auf einen teilweise mit rotem Leder bezogenen Holzthron plumpsen. Das Ding wirkte eher wie eine Kommode, und ein Teil des Sitzes war weggeschnitten. Das Ganze war ihm ein Rätsel.

Sein Handy klingelte, und geistesabwesend nahm er den eingehenden Videoanruf an. Als das Gesicht seiner Tochter auf dem Display erschien, schrie er auf.

«Alicia!»

«Daddy!»

«Im Moment bin ich ziemlich beschäftigt, Liebling.» Er setzte sich auf und stieß sich den Kopf an ein paar Ketten, die an der hohen Stuhllehne befestigt waren. Rasch stand er auf, bevor Alicia sie sah. Er bereute es sofort.

«Daddy, was hast du denn an?»

«Oh, ah, das muss ich dir erklären.» Damit drehte er sich um, damit der Thron aus dem Hintergrund verschwand. Dadurch gab er aber ungewollt den Blick auf Valérie frei, die die Hand in der Hosentasche des von der Decke baumelnden Signor Rizzoli hatte. Richard fuhr erneut herum, und jetzt sah man Signora Rizzoli auf dem Boden liegen, beide Arme an die Wand gekettet.

«Ach, Daddy.» Alicias Blick schoss von einer Enthüllung zur nächsten, als halluzinierte sie. «Was um Himmels willen ist in letzter Zeit in dich gefahren?»

«Ach, Darling. Ich bin, äh, ich spiele in einer Amateurtruppe mit. Das Stück heißt *Hühner und Verliese*. Ein unvollendetes Werk des Marquis de Sade. Ich habe die Rolle des …»

«Ich habe einen Master in französischer Literatur.» Sie sah ihrer Mutter schrecklich ähnlich, dachte Richard. «Und was du machst, ist jämmerlich.» Jetzt klang sie auch immer mehr wie Clare.

Das Display erlosch, und Richard starrte das Handy an, als

könnte es ihm eine Erklärung dafür liefern, wie unglaublich verrückt sein Leben geworden und wie vollkommen es außer Kontrolle geraten war. Die Vorstellung, schelmisch und durchtrieben zu wirken, hatte ihm immer gefallen, aber jetzt hatte er gewissermaßen mit Lichtgeschwindigkeit von null auf hundert beschleunigt. Seine Frau nahm an, dass er eine Affäre hatte, Martin und Gennie hielten ihn vermutlich für einen mordlustigen Schurken, und jetzt stand seine Tochter, sein einziges Kind, eindeutig unter dem Eindruck, er sei ein perverser Hühnerfetischist. Wimmernd sah er auf das stumme Handy.

«Ah-ha!», rief Valérie, denn ihr forschendes Tasten hatte das Gesuchte zum Vorschein gebracht. «Türschlüssel!» Sie hielt einen Schlüsselbund hoch, an dem sowohl moderne Zylinderschlüssel als auch altmodische, große Bartschlüssel hingen. «Ich kann mir sehr gut vorstellen, wofür die sind.» Richard erwiderte nichts, und sie schwenkte die Schlüssel vor seiner Nase. «Alles in Ordnung mit dir, Richard? Du wirkst sehr still.»

Er wimmerte erneut. «Ich möchte heim und mich umziehen.»

«Ja», antwortete sie, als wäre es eine eigenartige Bitte. «Ja, natürlich. Dorthin, wo wir hinwollen, kannst du ohnehin nicht in diesem Aufzug gehen.» Richard hatte keine Ahnung, wovon sie redete, von welchem Ort, und er schlurfte langsam zur Spiegeltür.

Auf der anderen Seite warteten Martin und Gennie. Gennie trug ein großes Holztablett mit einer schönen Porzellanteekanne und sechs zierlichen Tassen. Der Kontrast zwischen den beiden Räumen war beinahe zu viel für Richard, und er wimmerte erneut. Warum hatte nicht Gennie mit dem Teetablett bei Alicias Anruf den Hintergrund gebildet?

«Oh, ihr geht schon?», fragte Gennie.

Valérie nickte. «Ja, Richard muss sich umziehen.»

«Ich hab meine Hose im Monsieur Œuf gelassen», sagte er ausdruckslos, unfähig, den Blick von der schimmernden Unschuld des Teeservices zu nehmen.

«Alles schon gehabt, alter Kumpel!» Für die frivole Bemerkung erntete Martin einen scharfen Blick von Gennie.

«Was machen wir mit den, äh, ihr wisst schon? Den Gefangenen.» Das letzte Wort flüsterte sie, als könnten die Rizzolis davon aufwachen.

«Also, lasst sie nicht laufen.» Valérie ging zur Hintertür. «Sie sind gefährlich. Gebt ihnen etwas zu essen, wenn sie Hunger haben. Ich meine, ihr sollt sie natürlich nicht verhungern lassen, aber befreit sie nicht. Um eurer eigenen Sicherheit willen, befreit sie nicht.»

Martin und Gennie blickten einander nervös an, und Gennie zog sich von der Tür zum Verlies zurück, während Martin sie schloss. «Wahrscheinlich haben sie ohnehin schon gegessen», sagte Gennie. «Ihr wisst ja, wie diese Italiener sind ...»

32

Richard, Anschluss halten!», zischte Valérie ihm im Dunkeln zu. Mit Mühe konnte er ihre Gestalt ein paar Meter weiter vorn erahnen, aber darauf wollte er sich jetzt nicht konzentrieren.

«Entschuldigung», erwiderte er verdrossen, «mein letzter Einbruch liegt schon drei Tage zurück, ich muss wohl außer Übung sein.» Er hörte ein missbilligendes Schnalzen. Er besaß genug Selbsterkenntnis, um sich klar darüber zu sein, dass er bisher nicht gerade als ein Meister der Gewandtheit durchs Leben gegangen war, und wenn er sich dessen nicht von allein bewusst gewesen wäre, hätte Clare jederzeit bereitgestanden, seine Erkenntnislücken zu schließen. Doch jetzt war er von Gewandtheit so weit entfernt, wie ein Mensch es nur sein konnte. Er war erschöpft und daher tollpatschig, und Valérie verhielt sich zur Tollpatschigkeit wie Richard zur Gewandtheit und umgekehrt.

Er war einfach nur durcheinander. Das war alles. Eine andere Erklärung gab es nicht. Es kommt schließlich nicht alle Tage vor, dass ein Mann auf der Schwelle zur Scheidung von seiner zugegebenermaßen recht geliebten Tochter dabei erwischt wird, wie er als Huhn verkleidet in einem sadomasochistischen Verlies ein paar Mafiakiller zusammenschnürt. Das war nicht, er hörte die Worte deutlich mit Clares Stimme, «typisch Richard».

Spät am Nachmittag hatte Clare ihn angerufen. «Ich hatte ein recht verstörendes Gespräch mit Alicia», sagte sie, unfähig, das breite Lächeln aus ihrer Stimme zu verbannen, das zweifellos in ihrem Gesicht stand. Richard hatte die Einladung zu einem Videoanruf abgelehnt, und so würde er es künftig immer halten. «Richard, weißt du auch wirklich, worauf du dich da einlässt?»

In der Frage lag nicht die Sorge einer Ehefrau, sondern die einer Mutter. Clares Bemutterungstrieb war ohnehin immer stark gewesen, nun aber zeigte er deutlich, wo ihre Beziehung derzeit stand. «Ich meine, weißt du überhaupt irgendwas über diese Valérie?» Zu seiner Enttäuschung schwang nicht die leiseste Andeutung von Eifersucht mit.

«Eigentlich nur, dass sie ihr Geld als Killerin verdient, und sonst, ehrlich gesagt, sehr wenig», hatte er geantwortet, und Clare hatte gelacht.

«Na ja, wenigstens ist dir dein Sinn für Humor erhalten geblieben.» Das Wort «dein» war ihm wie ein Seitenhieb vorgekommen.

Plötzlich bemerkte er, dass Valérie unmittelbar vor ihm stand und ihn ansah. Sie schaltete die Taschenlampe ein und richtete sie auf sein Gesicht. «Jetzt ist nicht die Zeit für deine Scherze, Richard», sagte sie drohend und machte ihm damit eindeutig klar, dass er nur aus dem Regen in die Traufe geraten war.

Clares letzte Worte waren gewesen: «Wenigstens hast du deinen Spaß, Richard, das ist die Hauptsache.» Es war möglicherweise das Herablassendste, was ihm je ein Mensch gesagt hatte. Die Bemerkung errang den Sieg über das konkurrierende Ploppen eines Champagnerkorkens im Hintergrund. Richard stellte sich einen unverschämt gut aussehenden Latin Lover in einem seidenen Morgenrock mit Monogramm vor, wahrscheinlich ein

Rennfahrer, denn das waren sie meistens und mit entsprechend viel PS. Jetzt wünschte er sich doch, er hätte den Videoanruf angenommen.

«Jetzt konzentrier dich bitte, Richard.» Valérie holte ihn ins Hier und Jetzt zurück. «Ich glaube wirklich, dass davon Menschenleben abhängen.»

«Ja, tut mir leid. Das Leben welcher Menschen?»

«Unseres. Und jetzt mir nach.» Es war keine Antwort, die er sich gewünscht hätte.

Sie befanden sich in Vauchelles und hatten sich der kleinen Stadt aus der entgegengesetzten Richtung genähert. Valéries Auto hatten sie ein Stück entfernt geparkt, und nun waren sie in der Rue Jules Ferry angekommen. Sie hielten sich verstohlen im Schatten und gingen auf die zwei eindrucksvollen, sehr dunklen Häuser zu. Es war zwei Uhr früh, und die Grundstücke wirkten pechschwarz.

«Woher wissen wir, wie wir gehen sollen?», fragte Richard, noch ganz auf die Möglichkeit seines nahen Todes fixiert.

«Es ist nur eine Vermutung», antwortete Valérie mit leiser, kaum vernehmbarer Stimme, «aber bei diesen alten Häusern ist auf der Rückseite immer ein Türchen in die Mauer eingelassen. Darauf haben die männlichen Besitzer bestanden.»

«Wieso?», fragte er. Dann bemerkte er, wie begriffsstutzig er war, und sagte einfach nur: «Ah ja, ich verstehe.»

Sie schlichen schweigend an der kalten, hohen Mauer entlang, bis sie zur Rückseite des Hauses gelangten. Dann packte Valérie ihn plötzlich am Arm.

«Richard, schau!» Sie deutete auf eine sehr rostige graue Flügeltür, die in die Mauer eingelassen war. Eine dicke Kette verband die beiden Flügel miteinander, gesichert durch ein riesiges Vorhängeschloss.

«Ich glaube, das ist schon ziemlich lange nicht mehr benutzt worden», sagte er enttäuscht. «Keine Ahnung, ob es sich mit den Schlüsseln öffnen lässt.»

Sie kramte in ihrer Tasche und holte die Schlüssel heraus, die sie in Küchenpapier eingewickelt hatte, damit sie nicht klimperten. Es war offensichtlich, welcher Schlüssel zum Schloss passte, und sie drehte ihn langsam darin herum. Das Schloss ging sofort auf und gab die Kette frei.

«Ich würde sagen, die Tür ist vor Kurzem benutzt worden.» Ihre Stimme war immer noch unglaublich leise, aber ihm fiel auf, dass ihr Akzent jetzt deutlicher war, vielleicht aufgrund der Aufregung. Sie löste die schwere Kette und legte sie leise auf den Boden, während Richard langsam den Griff herunterdrückte und das Tor öffnete. Er erwartete, dass das Ding Widerstand leisten und laut quietschen würde, aber nichts dergleichen geschah. In diesem Licht konnte er es nicht beurteilen, aber vielleicht war die Tür künstlich hergerichtet worden, damit sie alt und unbenutzt wirkte.

Da er von seinem Fehler beim letzten Mal gelernt hatte, folgte er Valérie dicht – nun an der Innenseite der Mauer entlang. Sie nahmen an, dass der Strom abgeschaltet war, aber das Risiko, Sicherheitsleuchten oder sogar ein Alarmpiepen auszulösen, lohnte sich nicht. Bei der Hintertür angekommen, warf Valérie einen Blick auf das Schloss und wählte sofort den richtigen Schlüssel aus dem Bund, den sie den Rizzolis abgenommen hatten. Sie gab der Tür einen kräftigen Stoß, und sie schwang lautlos auf gut geölten Angeln nach innen. Kein Alarm ertönte, und sie trat behutsam ein. Plötzlich sprang ihr eine Katze entgegen, und sie wäre fast vor Überraschung umgekippt. Dann rannte das Tier zwischen Richards Beinen hindurch nach draußen.

«Das arme Ding muss am Verhungern sein!», sagte Richard ein wenig zu laut.

«Ich mag Katzen nicht», zischte Valérie keuchend zurück, «aber dass sie hier ist, ist eine gute Nachricht.»

«Eine gute Nachricht? War es eine schwarze Katze?»

«Keine Alarmanlage, Richard, keine Alarmanlage.»

«Ah ja.»

Valérie schaltete die Taschenlampe ein und warf etwas Licht in den Raum.

«Ist das klug?», fragte Richard.

«Wir müssen das Risiko wohl eingehen.» Valérie konzentrierte sich mehr auf die Umgebung. «Wir sind im hinteren Teil des Hauses, und vorn sind dichte Rollläden heruntergelassen.» Sie zog eine Küchenschublade auf. «Im Dunkeln finden wir mit Sicherheit nichts.»

«Wonach suchen wir denn?» Richard hatte auch selbst eine Taschenlampe mitgebracht und schaltete sie ein.

«Keine Ahnung.» Valérie drang tiefer in den Raum vor. «Irgendetwas.»

«Gut. Na ja, solange wir einen Plan haben.»

Sie würdigte ihn keiner Antwort, und Richard fragte sich, ob Großbritanniens Stern zur selben Zeit gesunken war, in der man sich vom Sarkasmus verabschiedet hatte. Sarkasmus fühlte sich sehr britisch an, aber niemand außer den Briten schien ihn zu schätzen. Er zuckte zusammen, als Valérie ihm erneut mit der Taschenlampe ins Gesicht leuchtete, und merkte, dass er einfach an einer großen Kommode lehnte und vor sich hin träumte.

«Tust du vielleicht auch mal was?», fragte sie nicht ganz zu Unrecht.

«Ja, natürlich, Entschuldigung.» Er leuchtete mit seiner eigenen Taschenlampe im Raum herum und war einigermaßen überrascht. Die Küche war ausgesprochen modern. Nicht nur die schicken Schränke mit glänzenden Chromgriffen und weich gleitenden Angeln, sondern auch die große zentrale Kochinsel mit der Arbeitsplatte aus Marmor. An der Decke waren Chromlampen, die zu der eingebauten Chromspüle und dem Wasserhahn mit seinem schwarzen, ausziehbaren Spiralschlauch passten. Die Küche war teuer, und das galt auch für die Geräte, den Doppelbackofen oder den supermodernen Kaffeeautomaten. Dies war nicht die Küche, die er von dem schlurfenden, krummen alten Monsieur Grandchamps erwartet hätte.

Im Wohnzimmer war es genauso. Glänzender Boden, Ledercouches mit Chromgestell und ein über dem Kamin an die Wand geschraubter riesiger Fernseher. Auf dem Kaminrost stand ein mit Lavendel gefüllter Korb. Auch im Esszimmer gab es moderne Elemente, aber doch nicht in dem Maße wie in den anderen Räumen. Oben sah die Sache ähnlich aus. Das Hauptschlafzimmer war sehr modern, doch die anderen Zimmer rochen ein bisschen muffig. Eines der Badezimmer sah aus, als gehörte es zum New Yorker Penthouse eines Milliardärs, das andere, als stammte es aus einem aufgegebenen Farmhaus.

Richard setzte sich auf die unteren Stufen der Treppe. Er wusste nicht, was sie suchten, und hatte es daher auch nicht gefunden. Valérie schloss sich ihm an, eindeutig frustriert. Sie sagte jedoch nichts.

«Das ist ein sehr eigenartiges Haus, findest du nicht. Es ist, als steckten zwei verschiedene Häuser in einem. Ein Teil ist strahlend neu und der Rest so alt wie das Gebäude selbst.» Er leuchtete mit der Taschenlampe auf einen Lichtschalter an der Wand. Er war modern, und auch der erneuerte Putz darum herum wirkte nicht besonders alt. «Ich glaube, Monsieur Grandchamps hat das Haus nach und nach renovieren lassen, danach sieht es jedenfalls aus.»

Valérie spürte, dass er einer Sache auf der Spur war. «Um es zu verkaufen, meinst du?»

«Nein, nein, so fühlt es sich nicht an. Wenn man ein derart historisches Gemäuer verkaufen wollte, bekäme man mehr dafür, wenn die Originaleinrichtung erhalten bliebe. Natürlich aufgehübscht, aber – wie heißt das noch? ‹Mit Feingefühl für die Stilepoche›. Ja, so sagt man.»

«Außerdem ist hier alles picobello. Offensichtlich kommt Marie immer noch regelmäßig vorbei.»

«Ja, weil sie hofft, dass er zurückgekommen ist, oder weil sie nach mehr Geld sucht, was meinst du?»

«Keine Ahnung. Ich würde mir gern vorstellen, dass sie hofft, er könnte zurückgekommen sein.»

«Ja, ich weiß, was du meinst.» Beide verstummten erneut. «Aber es kommt mir so vor, als würde sie ehrlich um ihn fürchten. Ich weiß, dass ich ein alter Romantiker bin und wahrscheinlich immer auf ein Happy End hoffe, aber ich glaube, dass sie seine Rückkehr wünscht. Vielleicht ist er eine Art Vaterfigur für sie, und das braucht sie. Von Melvil abgesehen, ist sie ziemlich allein.»

Valérie schaltete die Taschenlampe erneut ein und richtete sie direkt auf Richards Augen.

«Hörst du bitte mal damit auf! Wenn du so weitermachst, bin ich bis morgen früh blind.»

«Aber Richard! Du hast es schon wieder geschafft. Manchmal bist du wirklich genial!»

Tatsächlich gefiel ihm die Vorstellung, ein tollpatschiges Genie zu sein, eine Art *idiot savant*, vielleicht mit ein bisschen weniger *idiot*. Nur hatte er auch jetzt wieder keine Ahnung, was er Kluges gesagt hatte. Das Schlimmste war, dass er nie begriff, wieso er eigentlich genial sein sollte, wenn Valérie ihn so nannte. Er wäre gern zur Abwechslung einmal absichtlich genial; dann hätte er ein wesentlich besseres Gefühl.

«Okay», sagte er langsam. «Erklär es mir deinerseits, damit wir beide wissen, wovon ich gesprochen habe.»

«Eine Vaterfigur. Monsieur Grandchamps ist Maries Vater. Das würde wohl auch erklären, wieso dieses Haus so ist, wie es ist. Er lässt es für Marie renovieren.»

«Wirklich? Aber der Stil kommt mir ziemlich männlich vor.»

«Es ist modern, teuer und wirkt jung. Es ist für das Paar. Das ist Melvils Anteil, würde ich sagen.»

Richard nickte. «Es würde eine Menge erklären, das stimmt.» Er leuchtete noch einmal in der Eingangshalle herum und erhob sich dann von der Treppe. «Komm», sagte er. «Führen wir das Glück nicht in Versuchung. Wir sollten gehen.»

Er stand auf, und genau in diesem Moment bekam er einen Krampf im linken Bein. Instinktiv fasste er mit der freien Hand nach der schmerzenden Wade, fühlte aber stattdessen, wie er auf der Treppe ins Taumeln geriet. Er ließ sein Bein los und warf die Arme hoch, um irgendetwas zu packen, was seinen Sturz aufhalten könnte. Seine Hand legte sich um einen der Baluster des Treppengeländers, fand aber keinen Halt daran, denn es gab nach. Trotzdem gewann er dadurch sein Gleichgewicht zurück, und als er sich aufrichtete, spürte er Valéries missbilligenden Blick im Nacken. Statt sich umzudrehen und sich ihrem Blick zu stellen, schob er den Baluster an Ort und Stelle zurück, und plötzlich schwang unterhalb der Treppe eine verborgene Tür auf.

Wie bei den Küchenschränken bewegte auch diese Tür sich lautlos gleitend in den Angeln, und in der Öffnung kam eine schmale Holztreppe zum Vorschein. Beide wechselten Blicke, Richard so, als wäre alles Absicht gewesen. Er tastete hinter der Tür nach einem Lichtschalter, fand einen und schaltete ihn ein. Irgendwo unten ging ein Licht an, und Valérie stürmte die wacklige Treppe hinunter. Richard folgte ihr vorsichtiger.

Nun standen beide unter einer nackten Glühbirne in einem

kalten, feuchten Keller und schauten auf Weinregal um Weinregal. Richard nahm sich eine Flasche und betrachtete das Etikett. «Ich bin kein großer Experte, aber selbst ich habe vom Domaine Leroy gehört. Wenn alle Flaschen so ähnlich sind, wäre das hier ein Vermögen wert.»

«Ja, aber woher wissen wir, ob sie echt sind?»

«Das ist ein Argument. Allerdings könnte man das über jeden Wein sagen. Daher lief Grandchamps Betrugsmasche ja wohl auch so mühelos.» Er ging zwischen einigen Regalreihen umher und wäre beinahe über ein Kabel gestolpert, das auf den kalten, feuchten Bodenfliesen lag. In diesem Moment fiel ihm das summende Geräusch auf. «Hörst du das?», flüsterte er, und plötzlich wurde ihm bewusst, wie verletzlich sie unter der Erde waren.

«Ja, ich denke, es sind Ratten.»

Nun erst hörte er auch ein schleifendes, schlurfendes Geräusch.

«Na ja, wenn es Ratten sind, hättest du deinen Ex-Mann mitbringen sollen.» Sie beachtete ihn nicht. «Nein, da ist noch ein anderes Geräusch.» Er folgte dem Kabel in eine Ecke, in der ein großer Kühlschrank stand und sanft vor sich hin brummte.

«Was hast du gefunden?» Sie trat neben ihn. Der Kühlschrank war riesig.

«Sieht aus wie ein ganz normaler Weinkühlschrank», sagte sie und deutete dabei überflüssigerweise auf den großen Kasten, über den eine Decke gebreitet war. «Aber das Gerät gibt sehr viel Wärme ab. Fast als wäre es überlastet.»

Hinter ihnen wurde das Schlurfen lauter und hallte von den Wänden wider. Valérie sah Richard an, und dann zog sie plötzlich an der Decke. Sie fiel schwer zu Boden. Der Kühlschrank hatte eine große Glastür, und dahinter saß jemand auf einem Hocker, ein grässliches Grinsen im Gesicht: Vincent Grandchamps. Von seinem gefrorenen Kinn hing ein würdeloser Eiszapfen herab, sein Bart war weiß bereift.

«Dann haben Sie ihn also gefunden. Ich muss sagen, es wurde auch Zeit.» Beide fuhren herum und sahen, wie das Licht der Glühbirne sich im Lauf einer kleinen Pistole brach. Eine Stimme ertönte im Dunkeln, ein Kichern. Victor Grandchamps trat vor. «Kommen Sie, Sie beide, folgen Sie mir.» Und mit der Pistole deutete er auf eine weitere Tür in einer schmalen Nische. «*Ladies first.*»

33

Sie drangen langsam durch den feuchten unterirdischen Gang vor. Richard und Valérie leuchteten mit ihren Taschenlampen, bemüht, sich nicht den Kopf anzustoßen, während der Richter mit der Pistole in der Hand darum kämpfte, Schritt zu halten. Richard war noch nie mit einer Waffe bedroht worden, aber er war sich ziemlich sicher, dass er nicht ständig stehen bleiben und warten sollte, bis ihr Gegner sie eingeholt hätte. Nach dreißig Metern gelangten sie schließlich zu einer Treppe von derselben Art wie die, die sie eben bei der Entdeckung des Weinkellers hinuntergestiegen waren.

Der keuchende Richter bedeutete ihnen, nach oben zu steigen, und nun befanden sie sich in der matt erleuchteten, eindrucksvollen Eingangshalle seines eigenen Hauses. Valérie reichte dem Richter die Hand, um ihm die letzten Treppenstufen hinaufzuhelfen, und er ergriff sie dankbar, richtete dann aber herzlos die Waffe erneut auf sie, als sie in der Eingangshalle versammelt waren.

«In mein Arbeitszimmer», blaffte er sie an, doch seine Stimme klang nicht so gebieterisch wie sonst. Vielmehr war sie leise vor Erschöpfung. Im Arbeitszimmer angekommen, ließ er sich matt in seinen Rollstuhl fallen. Kurze Zeit sammelte er sich mit geschlossenen Augen, bemüht, seinen Atem unter Kontrolle zu bekommen.

«Kann ich Ihnen etwas holen?», fragte Richard. Er hatte das

Gefühl, dass seine erste Konfrontation mit einer Schusswaffe enttäuschend verlief.

«Nein. Nein, danke.» Der Richter schlug die Augen wieder auf und wirkte ein wenig verblüfft von der Pistole in seiner Hand. «Ich brauche die hier überhaupt nicht», sagte er ruhig. «Tut mir leid.» Damit legte er die Pistole auf den Tisch. «Ich wusste, dass irgendwann jemand kommen würde, aber ich war mir nicht sicher, ob Freund oder Feind. Da Sie es sind …»

Richard musste seine Empörung energisch herunterschlucken. Nicht nur hatten sie ihrem Möchtegern-Angreifer helfen müssen, ihnen auf den Fersen zu bleiben, während er matt und hinkend sie vor sich hertrieb, nun wurde Richard auch noch als so wenig bedrohlich eingeschätzt, dass der Mann im Rollstuhl seine Pistole weggelegt hatte.

«Dann mache ich dasselbe, Monsieur *le juge*», sagte Valérie und legte die allgegenwärtige Beretta neben die Pistole des Richters.

«Ich wusste, dass es richtig war, Ihnen zu vertrauen; ich habe immer noch ein sehr gutes Gespür für den Charakter einer Person», sagte der Richter mit einem Gefühl der Überlegenheit.

«Woher wussten Sie, dass wir da waren?» Richard legte seine Taschenlampe neben die beiden Schusswaffen, womit er hoffentlich deutlich genug machte, dass er eher auf unbewaffneten Schlagabtausch stand.

Der alte Mann kicherte. «Ha! Ich habe die Tür drüben mit einer Glocke verbunden, die hier bei mir läutet. Ich meine die Tür unter der Treppe. Sehr einfach, sehr effektiv.»

«Und Sie haben mit uns gerechnet?», fragte Valérie.

«Ich habe mit irgendjemandem gerechnet. Es hätte jeder von Ihnen sein können; Sie haben alle nach ihm gesucht. Ich bezweifle, dass Sie die Ersten sind, die dort drüben herumgeschnüffelt haben. Allerdings sind Sie die Ersten, die den Durchgang gefunden haben. Gratuliere.»

«Das war ich», sagte Richard, doch keiner beachtete ihn.

«Ich habe es nicht getan, verstehen Sie», erklärte der Richter hastig. «Ich habe ihn nicht getötet!» Wieder schnappte er nach Atem; offensichtlich war er erschöpft. «Wenn Sie sich gern einen Drink einschenken würden, nur zu. Ich nehme einen Whisky.»

«Ich auch», erklärte Richard, dem das schon besser gefiel. «Valérie?»

«Nein, danke.»

«Ich habe ihn so vorgefunden. Dort im unterirdischen Gang. Danke», sagte er, als Richard ihm das Whiskyglas reichte. «Ein ordentlicher Schluck, so soll es sein.»

«Und er war schon tot, als sie ihn gefunden haben?»

«Ein Herzanfall; er war schon eine Weile krank, das kam also nicht unerwartet. Zum Glück hatte er den Anfall dort unten, und ich konnte ihn in den Weinkühlschrank verfrachten. An dem habe ich herumgebastelt», fügte er stolz hinzu. «Es ist nicht schwierig, einen normalen Kühlschrank in einen Gefrierschrank zu verwandeln, man muss einfach nur ein neues Thermostat mit dem Kompressor und dem Startrelais verbinden.

«Aber warum?», fragte Valérie, was Richard mit dem dankbaren Gefühl erfüllte, dass er nicht der Einzige war, der nicht die geringste Ahnung hatte, was vor sich ging.

«Ach.» Der alte Mann schwenkte den Whisky im Glas, trank einen Schluck, schnalzte anerkennend mit den Lippen und sagte dann triumphierend: «Das gehörte alles zum Plan.» Er schloss die Augen, und für einen Moment glaubte Richard, er wäre eingeschlafen oder Schlimmeres. «Entschuldigung», sagte der Richter plötzlich und schlug die Augen wieder auf. «Ich bin sehr müde.»

«Sie wollten uns Ihren Plan erläutern», hakte Valérie nach.

Er lächelte. «Der Plan war sehr einfach.» Langsam blickte er von ihr zu Richard und wieder zurück. «Der Plan bestand darin, für Marie zu sorgen. Der Tod meines Bruders kam allerdings früher als erwartet; wir waren noch nicht bereit.»

«Wozu bereit?»

«Bereit, alles aufzugeben.»

«Was aufzugeben?» Allmählich platzte Richard der Kragen. Alle Antworten wirkten so vage und erforderten weitere Fragen. Es war, als versuchte man, ein Krypto-Rätsel zu entschlüsseln, und Richard konnte Krypto-Rätsel nicht ausstehen.

«Sie haben mit ihrem Bruder zusammengearbeitet?», fragte Valérie leise, als dämmerte ihr allmählich etwas.

«Das stimmt, meine Liebe.» Er lachte glucksend. «Nach außen hin waren mein Bruder und ich erbitterte Feinde. Ich war ein gnadenloser Gegner seiner illegalen Aktivitäten, und er verabscheute die Herrschaft des Gesetzes.»

«Warum? Ich meine, warum haben Sie sich die Mühe gemacht?»

«Auch das war seine Idee. Es sind gefährliche Leute, warum sollten wir beide in Gefahr geraten, wenn etwas schiefläuft? Keiner geht bei der Mafia in Rente, hat er gern gesagt, man verlässt sie nur auf eine einzige Weise, nämlich im Sarg. Obgleich wir also zu zweit waren, haben unsere italienischen Kollegen immer nur einen von uns gesehen. Zwei Gehirne, ein Gesicht, hat mein Bruder immer gesagt.»

«Und Sie haben den Tunnel zwischen den Häusern ausheben lassen, um sich heimlich zu treffen. Das ist ein ordentliches Stück Arbeit.» Richard war ehrlich beeindruckt. «Wie haben Sie das unter der Decke gehalten?»

«Die Jungs aus dem Wohnwagencamp. Sie arbeiten hart, tun für Geld alles und» – er erhob den Zeigefinger – «erzählen niemandem davon, solange man ehrlich mit ihnen ist.»

Sie saßen einige Minuten schweigend da. Dann stand Richard auf und marschierte beim Versuch, alle Puzzleteile zusammenzusetzen, auf und ab. «Ich begreife immer noch nicht, was Marie mit der Sache zu tun hat», sagte er.

«Sie waren beide in sie vernarrt.» Valérie bekräftigte ihre Worte mit einem Nicken.

«Vernarrt? Ja, aber vermutlich nicht so, wie Sie denken. Wir haben sie beide geliebt; und ich liebe sie immer noch. Und mein Bruder gewiss auch, von wo auch immer er zuschaut.» Damit erhob er die Augen zum Himmel, was Richard ein bisschen theatralisch vorkam, wenn man bedachte, dass der tote Bruder in einem getunten Weinkühlschrank im Untergeschoss saß. «Er glaubte, dass er Maries Vater sei», fügte der Richter hinzu.

Valérie stürzte sich auf die Doppeldeutigkeit. «Das glaubte er nur?»

«Oh ja, das glaubte er. Er war durchaus nicht ihr Vater, aber es passte sozusagen zu unseren Plänen.»

«Weil Sie selbst Maries Vater sind, aber Ihre Rolle bedeutete, dass Sie es nicht zeigen durften.»

«Genau. Sie sind eine sehr intelligente Frau.» Er lächelte erneut und schloss die Augen. «Ihre Mutter führte ein Gästehaus in der Stadt. Sie war wie die Natur selbst. Wie die Natur konnte sie heilen und zerstören, lieben und grollen. Nie hat es auf der Welt einen innerlich freieren Menschen gegeben, und sie war zu allem bereit, um ihre Tochter zu beschützen. Genau wie wir.»

«Äh …» Richard suchte nach einer taktvollen Möglichkeit, das Offensichtliche zu fragen. «Wieso sind Sie so sicher, dass Sie Maries Vater sind?»

Der alte Mann blickte mit feuchten Augen in die Ferne.

«Weil sie es mir gesagt hat», antwortete er schlicht. Richard und Valérie blickten einander zweifelnd an.

«Marie hat es Ihnen gesagt?»

«Nein! Ihre Mutter, Antoinette, *sie* hat es mir gesagt. Und Marie darf es *niemals* erfahren! Das musste ich Antoinette versprechen. Ich weiß, dass sie meinem Bruder dasselbe Versprechen abgenommen hat. Sie darf es niemals erfahren!»

Richard, der hinter Monsieur Grandchamps stand, warf Valérie einen Blick zu, mit dem er zweifellos andeutete, dass der alte Mann sich vielleicht etwas einbildete. Valérie regte keine Miene, aber es war trotzdem klar, dass sie ihm zustimmte.

«Der Plan sah also vor, Marie glauben zu machen, sie nehme selbst Geld ein. Es sollte nicht so aussehen, als habe Ihr Bruder ihr etwas hinterlassen.»

Grandchamps nickte langsam. «Ich weiß, was Sie denken, Madame. Nämlich dass wir zwei alte Männer sind, die sich in Jugend und Schönheit vernarrt haben, wie Sie sagten.»

«Ja», antwortete Valérie schonungslos. «Ja, das denke ich.»

Er lachte erneut. «Vielleicht. Ich habe etwa ein halbes Dutzend Umschläge für Marie zurückgelassen. Ich wusste, dass ihre Loyalität gegenüber meinem Bruder und ihre Neugier dafür sorgen würden, dass sie sie zur Post bringen würde, und im Gegenzug würde das Geld auf die übliche Weise für sie eintreffen, nämlich in Weinflaschen, die mit Fünfzig-Euro-Scheinen gefüllt waren.» Plötzlich verdüsterte sich sein Gesicht. «Schönheit und Neugierde hat sie von Antoinette geerbt. Zusammen mit der Habgier.»

«Sie hatten nicht erwartet, dass sie selbstständig noch weitere Umschläge losschicken würde?»

«Genau, Monsieur. Sie hat inzwischen genug Geld, um angenehm leben zu können, und das Haus läuft auf ihren Namen; mein Bruder hatte ihr gesagt, es handele sich um einen Steuertrick. Aber wie ihre Mutter wollte sie mehr. Und als Bonneval erwähnte, im Städtchen wären recht unangenehme Leute unterwegs, Italiener, und keine Verwandten von Bruno ...»

Richard und Valérie sahen sich erneut an, und Richard formte mit den Lippen das Wort «Bruno?»

«... da wusste ich, dass ich der Sache irgendwie Einhalt gebieten musste. Ich musste Marie daran hindern, sich zu tief zu verstricken.»

«Vincent, Ihr toter Bruder, musste sterben, meinen Sie?» Valérie stand auf und trank einen Schluck von Richards Whisky. Der alte Mann nickte. «Aber erst mussten Sie ihn ins Leben zurückholen, damit auf Marie kein Verdacht fiele.»

Er lächelte sie an, eindeutig beeindruckt von ihrer Intuition. «Aber jemand anderes hatte denselben Einfall. Jemand anderes gab zur selben Zeit wie ich vor, mein Bruder zu sein!» Der Gedanke schien ihn aufzubringen.

«Sind Sie in meiner Pension abgestiegen?», fragte Richard und hoffte, nicht so zu klingen, als verlangte er die Rückgabe seines teuren Stücks Tapete oder der fünfundachtzig Euro. «Diese Tapete war nicht billig», brummte er.

«Möglich, ich habe den Überblick verloren. Wo immer ich abstieg, hinterließ ich eine Art Visitenkarte.»

«Einen blutigen Handabdruck?»

«Ja, oder etwas Ähnliches. Die Italiener sollten glauben, ich wäre von einem Konkurrenten entführt worden. Indem ich sie glauben machte, sie seien zu spät gekommen, hoffte ich, sie abzuschütteln.» Er gluckste in sich hinein. «Mein Bruder hätte über meine Naivität gelacht.»

Kurze Zeit saßen sie schweigend da.

«Aber es ist Ihnen gelungen, eine Spur zu legen, in der Hoffnung, dass gewisse Leute sie zu ihrem Ursprung zurückverfolgen würden.»

«Das war ein erwünschter Nebeneffekt, Madame, ja. Ich habe gewartet. Und wie schon gesagt, ich wusste nicht, mit wem ich rechnen musste. Es hätte jeder von einem halben Dutzend Leuten sein können. Ich freue mich, dass Sie es waren, Madame.»

Richard hatte das Gefühl, nicht die Anerkennung zu bekommen, die er verdient hatte. «Der Tod von Monsieur Paulin hat vermutlich alles zum Stillstand gebracht. Die Leute haben aufgehört, Ihren Bruder tot oder lebendig zu suchen.»

«Der arme Charles. Das hat mich furchtbar aus der Fassung gebracht. Wir sind zusammen aufgewachsen und waren gemeinsam in der Armee. Ich hatte schon seit Jahren nicht mehr mit ihm gesprochen, aber mein Bruder hat mir öfter erzählt, was für ein Einfaltspinsel er geworden ist. Vom Alkohol benebelt, aber harmlos.»

«Ja, so habe ich ihn ebenfalls in Erinnerung», sagte Richard.

«Ich habe den armen toten Charles als Ausweg gesehen. Jemand hatte ihm das Gesicht weggepustet, und er trug die Kleider meines Bruders …»

«Und die Nummer haben Sie vergessen?», fragte Valérie.

«Aber nein, meine Liebe. Nur hatte ich nicht erwartet, dass die Italiener so gründlich sein oder auch nur darüber Bescheid wissen würden. Ich habe sie unterschätzt. Jemand hat die Hand des Toten entwendet, ließ sie überprüfen und bewies, dass es sich nicht um meinen Bruder handelte. Charles Tod bedaure ich sehr; mein Bruder mochte ihn und hat sich um ihn gekümmert. Er hätte nicht gewollt, dass er ermordet wird, um unser Geschäft zu schützen.»

«Trotzdem sind Sie nun wieder zurück auf Anfang.»

«Richtig. Damit das alles aufhört, muss mein Bruder gefunden werden. Noch einmal.»

«Und ermordet werden. Ebenfalls noch einmal.»

«Ja, meine Liebe.» Er sah die beiden mit einer Andeutung von Verzweiflung an. «Und das Geld gehört dann natürlich Ihnen», fügte er hinzu. «Fünfhunderttausend Euro.» Richard warf Valérie einen scharfen Blick zu, und die machte ein Gesicht, als sei sie die Unschuld in Person. «Natürlich liegt es ganz bei Ihnen, aber ich wäre Ihnen dankbar, wenn Sie etwas davon an Marie weitergeben würden ...»

«Dagegen hätte sie gewiss keine Einwände ...»

«Aber was, wenn Marie Charles Paulin ermordet hat?» Valérie bemühte sich, die Frage einfühlsam zu stellen, und schaffte es auch fast. «Sie hat sich zweifellos für Ihren Bruder ausgegeben.»

«Wirklich?» Richards Neugier war geweckt.

«Oh ja, schau dir nur ihre Hände an.»

Der alte Mann wirkte sehr betrübt. «Der Gedanke ist mir auch schon gekommen, und ich möchte nicht, dass Charles' Mörder oder Mörderin das Kopfgeld bekommt, das auf meinen Bruder ausgesetzt ist.» Er schüttelte den Kopf; Tränen traten ihm in die Augen. «Was werden Sie tun?», fragte er mit rauer Stimme.

Wenig später kehrten Richard und Valérie durch den unterirdischen Gang zurück, um ihre Spuren zu verwischen. Sie hielten kurz, um die Decke wieder über den Kühlschrank zu breiten und Vincent Grandchamps kaltes Lächeln zu verbergen.

«Sie haben also beide geglaubt, sie wären ihr Vater?» Richard versuchte kopfschüttelnd, die schweigsame Valérie ins Gespräch zu ziehen. Es funktionierte.

«Offensichtlich sollten sie es beide glauben», schnaubte Valérie, eindeutig verärgert. «Eitle Menschen sind so leicht manipulierbar. Insbesondere Männer eines gewissen Alters.» Damit ging sie vor ihm her zur Treppe.

«Mag sein, aber es ist das klassische *cherchez la femme* …»,
gab er zurück, um ihr die Bemerkung heimzuzahlen.

Valérie nickte langsam, mit großen Augen. Ganz leise und
so, dass Richard es nicht hören konnte, flüsterte sie: «Genial!»

34

E r hatte sich immer nach einem ruhigen Leben gesehnt. Aufstehen, ein bisschen herumwerkeln, ein wenig recherchieren, ein paar Hundert Worte schreiben; am späten Vormittag dann ein *apéritif*, gefolgt von einem kleinen Lunch: Das war Richards idealer Einstieg in den Tag. Und genau so war der Tag bisher verlaufen, daher sollte er theoretisch weit zufriedener sein, als er es tatsächlich war. Mürrisch schenkte er sich zum Ausgleich ein weiteres Glas Weißwein ein, doch das änderte nichts daran, dass vor allem eine Frage seine Gedanken ausfüllte und darin so laut und ziellos herumschwirrte wie ein aufgeblasener Ballon, den man loslässt, statt ihn zuzubinden.

Was führte Valérie im Schilde?

Ihm war sehr wohl bewusst, dass er bei der Planung ihrer Aktionen nicht mit im Komitee saß, wenn man das so ausdrücken will, denn das bestand, soweit Richard das beurteilen konnte, nur aus zwei Beteiligten: Valérie und Passepartout. Aber sie waren gemeinsam bis hier gelangt, hatten so viel miteinander erlebt – jedenfalls empfand er es so –, dass er doch wohl das Recht haben sollte, in ihre Pläne eingeweiht zu werden. Die Feststellung, dass er jetzt anscheinend überflüssig war, verletzte ihn ein wenig. Valérie war beim Frühstück ziemlich still gewesen, hatte sich überwiegend auf ihr Handy konzentriert und sich dann in ihr Zimmer zurückgezogen, um «einige Leute anzurufen». Eine Stunde später hatte er gehört, wie sie mit ihrer üblichen Überschallgeschwindigkeit im Auto losgebrettert war. Und seitdem kein Piep.

Ihm kam kurz der Gedanke, dass er sich eigentlich Sorgen um sie machen sollte, doch er konnte sich kein Szenario vorstellen, in dem sie in der Bredouille steckte. Die Rizzolis waren außer Gefecht gesetzt. Und nur Valérie und er selbst wussten über Grandchamps im Weinkühlschrank Bescheid … oberflächlich gesehen wirkte es so, als wäre alles unter Kontrolle.

Was führte Valérie also im Schilde?

Na ja, Schluss damit, dachte er und kippte den Wein in einem Zug herunter. *Ich kann genauso gut ein wenig arbeiten.* Damit schlenderte er zu einem seiner Regale, um sich einen Film auszusuchen. Er strich mit dem Zeigefinger über die oberste DVD-Reihe, die nach Genres geordnet war und innerhalb einer komplizierten Datums- und Studiostruktur dem Alphabet folgte. Schließlich verharrte er bei Komödie, 1945, Paramount. *Der Weg nach Utopia.*

Jetzt hab ich lange genug den Trottel im Film noir gespielt, dachte er. *Wie wär's mal mit etwas zum Lachen?*

Er ließ den Film laufen, setzte sich für einen Moment in seinen Lieblingssessel, stand aber noch einmal kurz auf, um sich die Weinflasche zu holen. Die Rollläden waren heruntergelassen und sein Handy ausgeschaltet; ihn erwartete der perfekte Nachmittag.

«Dachte ich mir doch, dass ich dich hier finde.» Valérie marschierte herein, Passepartout auf dem Arm. Sie schaltete das Licht ein, öffnete die Fenster und zog die Rollläden hoch.

Richard rührte sich nicht, sein Weinglas verharrte auf halbem Weg zum Mund.

Sie setzte ihm Passepartout auf den Schoß – wenigstens machte der kleine Hund ein entschuldigendes Gesicht –, nahm Richard das Glas aus der Hand, trank selbst einen Schluck und stellte es außerhalb seiner Reichweite auf den Tisch. Er blickte verlangend danach.

«Kann ich Ihnen helfen, Madame?», fragte er steif.

«Natürlich kannst du mir helfen!», rief sie. «Ich schaffe das nicht ohne dich, Richard.» Sein Gesicht nahm die Aufgabe in Angriff, die volle Bandbreite der Emotionen zu zeigen, die nun in ihm abliefen. Erst lächelte er, dann trat ein argwöhnischer Blick in seine Augen, dem folgte ein entrüstetes Vorschieben der Lippen in Verbindung mit geblähten Nasenflügeln, und zum Schloss zog er misstrauisch eine Augenbraue hoch. Er sah wohl so aus, als machte er bei einem Wettbewerb im Grimassenschneiden mit. «Tatsächlich?», fragte er. Mit dem Tonfall unterstrich er die Aussage seiner Augenbraue.

«Tatsächlich», antwortete sie energisch.

«Und wo warst du den ganzen Vormittag?»

«Es gab ein paar Dinge, die ich überprüfen wollte – unsere Freunde, die Rizzolis, zum Beispiel. Es geht ihnen gut. Sie sind ein bisschen wund, aber ansonsten wohlauf. Es standen einfach nur ein paar Erledigungen an.» Plötzlich klang sie zurückhaltend.

«Und was soll ich für dich tun?» Er war noch immer nicht bereit, seinen Argwohn fallen zu lassen.

«Ich möchte, dass du mich zum Essen ausführst», erwiderte sie auf eine Weise, die unterstellte, dass er das hätte wissen müssen.

«Okay.» Er beschloss, einfach mitzuspielen. «Soll ich einen Tisch reservieren?»

«Das habe ich bereits erledigt.» Sie nahm ihm Passepartout ab.

«Und wohin führe ich dich aus?»

«Ins Chez Bruno.» In ihren Augen lag ein durchtriebenes Funkeln. «Eigentlich ist es eher eine Party.»

«Eine Party?» Er wünschte, sie würde ihm die Informationen, die er brauchte, ausnahmsweise einmal am Stück geben, statt es so zu machen, dass er sich stets wie ein Depp fühlte.

«Ja, alle werden da sein, Marie, Melvil, Richter Grandchamps und natürlich Bruno. Und wir beide, einfach alle.»

Richard zog die Augen zusammen. «Du führst etwas im Schilde, und ich wünschte, du würdest mir sagen, was es ist.»

«Ich weiß, wer Monsieur Paulin ermordet hat», erklärte sie ernsthaft. Er wollte sie unterbrechen, doch sie fuhr fort: «Also, genauer gesagt, ich *glaube* zu wissen, wer Monsieur Paulin ermordet hat, und ich brauche deine Hilfe, um es zu beweisen.»

«Wer denn?»

«Das sage ich erst, wenn wir es wirklich wissen.»

«Aber dann musst du es nicht mehr sagen.»

«Ja, und du wirst es wissen.»

«Ja, aber kann ich es nicht jetzt schon erfahren? Ich meine, wenn du meine Hilfe willst und so.»

Sie begann, nervös im Raum auf- und abzugehen. «Richard, du bist ein reizender Mann, und ich glaube wirklich, dass wir ein gutes Team sind, ja?»

«Ja-a.» Es kam ihm so vor, als hätte er diese Art von Gespräch schon oft geführt. Es endete immer damit, dass er auf Stoiker machte, nachdem man ihn den «brüderlichen» Typ genannt hatte.

«Aber du bist einfach zu ehrlich. Wenn ich es dir jetzt sagte, wärest du nicht in der Lage, es zu verbergen.» Er schob erneut die Lippen vor. «Du siehst Schauspielern zu» – sie deutete auf den Bildschirm, wo noch immer *Der Weg nach Utopia* lief –, «aber du bist keiner.»

Wider Willen war er etwas verletzt, aber wider Willen musste er sich auch eingestehen, dass sie damit nicht unrecht hatte. Clare und er waren einmal einem Bridge-Club beigetreten –

das war die Idee von Clares Chefin gewesen –, aber schon nach wenigen Runden hatte Clare sich geweigert, seine Partnerin zu bleiben. «Dein Gesicht ist nicht einfach nur ein offenes Buch, Richard; es ist verdammt noch mal ein ganzes Schaufenster!»

«Nun, ich kann nicht behaupten, dass mich das nicht trifft.» Er bemühte sich, verletzt zu klingen.

«Tut mir leid, aber wenn die Person, an die ich denke, auch nur im Entferntesten ahnt, dass sie in Verdacht steht, könnte es sehr gefährlich werden.»

Er seufzte. «Okay, doch in diesem Fall machen wir es nicht allein …»

«Aber …»

«Darauf bestehe ich. Bonneval muss ebenfalls dabei sein, wir brauchen die Polizei vor Ort. Wir sind hier nicht im Wilden Westen; wir müssen das auf die richtige Weise angehen, Valérie.»

Sie wandte sich ab.

«Bitte», fügte er hinzu.

Sie holte tief Luft. «Oh, okay. Wenn du darauf bestehst.» Und damit verließ sie den Raum.

Richard holte selbst tief Luft und suchte auf dem Bildschirm nach Inspiration. «Ich bin nich' scharf auf Ärger, Partner», sagte Bob Hope gerade, «aber wenn der Ärger scharf auf mich is', werd' ich verdammt schwer zu finden sein.»

Hope hatte immer ein perfektes Gespür fürs Timing, dachte Richard.

35

Was ist mit ihm los?», fragte Richter Grandchamps, als Richard seinen Rollstuhl zum Zentrum des Städtchens schob. «Er macht ein Gesicht wie ein zermatschter Kürbis.»

«Ich glaube, er kehrt den Engländer raus, Monsieur *le juge*», antwortete Valérie und versetzte Richard gleichzeitig einen Stoß in die Rippen. «Er spielt den Unerschütterlichen.»

Richard, dem seine Rolle immer noch nicht klar war, äffte sie kindisch nach.

«Nun, vor dem Abendessen schüttelt er das am besten ab, sonst ist es, als äße man nach einem Besuch beim Zahnarzt Suppe.» Der alte Mann lachte glucksend in sich hinein. Er trug einen mächtigen Homburg auf dem Kopf, der einen großen Teil seines Gesichts verdeckte und ihn damit noch einschüchternder wirken ließ. Vor seinem Richterstuhl musste man sich entsetzlich gefühlt haben.

Die Spätabendsonne übergoss den Platz mit einem beinahe orangeroten Schein, und ein sanfter Wind sorgte dafür, dass es nicht zu warm wurde. Es war ein perfekter Frühlingsabend, und das Zwitschern der Vögel machte das Plätzchen noch idyllischer. Bruno, der in seinem weißen Hemd mit der schwarzen Hose mal wieder tadellos aussah, begrüßte sie mit einer tiefen Neigung des Kopfs.

«*Bonsoir*, Madame, Monsieur und Monsieur *le juge*.» Er machte ein nervöses Gesicht. «Ich wusste nicht, dass unser hochgeschätzter Richter heute Abend bei uns zu Gast sein würde; ich fühle mich sehr geehrt.»

«Ha! Das kann ich mir vorstellen, Signor Frascatti», knurrte der alte Mann. Zweifellos bemühte er sich, Normalität zu signalisieren.

Bruno ging nicht auf diese Begrüßung ein. «Ich habe Ihren Tisch fertig», sagte er leise und verbeugte sich erneut.

«Brunos *Familie* kommt aus Italien», sagte der Richter, «aber das liegt alles in der Vergangenheit, nicht wahr, Bruno?» Er kicherte erneut.

Richard fing Valéries Blick ein, und sie zwinkerte ihm zu. Kurz umspielte ein Lächeln ihre Lippen.

Mit einem strahlend weißen Tischtuch und dunkelgrünen Servietten, die gefaltet in den Weingläsern standen, hatte Bruno auf der Terrasse direkt am Fenster einen Tisch für vier vorbereitet. Marie war da. Sie deckte gerade das letzte Besteck und summte dabei wie immer vor sich hin. Eine Zigarette zwischen den Fingern saß Melvil an einem Tisch auf der anderen Seite der Tür und trank eine Cola, von Kopf bis Fuß ein Möchtegern-Matinee-Idol. Er nickte ihnen zu, die Augen von der dunklen Brille verborgen, zu cool, um seine Körperhaltung zu ändern.

«*Bonsoir.*» Marie begrüßte sie alle am Tisch, und nachdem sie Wangenküsse getauscht hatten, setzten sie sich, während Bruno einen Stuhl wegstellte und den Rollstuhl des Richters an den Tisch schob. Valérie setzte sich mit dem Rücken zum Fenster neben den Richter, Richard ihr gegenüber.

«Tut mir leid, dass ich zu spät komme.» Ein wenig außer Atem eilte Brigadier Bonneval auf die Terrasse. «Jemand hat den Blitzer auf der D72 zerstört, eigentlich nicht meine Zuständigkeit, aber der Schrott muss ja entsorgt werden.»

«Haben Sie den Täter geschnappt?», fragte Valérie, stand auf und hielt ihm die Wange hin.

«Nein», antwortete er. «Das machen wir nie.» Dann setzte er sich.

«Gut, diese Dinger sind eine Landplage.»

«Ganz meine Meinung, Madame, deshalb schnappen wir die Täter auch nie. Ich hatte nicht gesagt, ich wüsste nicht, wer es war!» Beide lachten.

«Gesetz ist Gesetz», fuhr der Richter auf. «Geschwindigkeits-überschreitung, Vandalismus» – er hielt inne – «und Mord.»

«Kann ich Ihnen etwas zu trinken bringen?» Marie stand lächelnd am Kopfende des Tischs, Stift und Notizblock in der Hand.

«Guten Abend, Marie.» Bonneval stand auf, und groß, wie er war, überragte er sie wie ein Turm. Dann beugte er sich schwerfällig vor und küsste sie auf die Wangen. Es wäre einfacher gewesen, wäre er sitzen geblieben.

Hatte Richard geglaubt, nachdem der Richter mit dem Wort Mord das Eis gebrochen hatte, werde er aufs Tempo drücken, hatte er sich getäuscht. Während des ganzen Essens wurde nur geplaudert. Bonneval war ein anregender Gesprächspartner, Valérie bestens in Form und der Richter zufrieden damit, hin und wieder eine Spitze anzubringen. Melvil schaute unterdessen aus einiger Entfernung zu, Marie arbeitete hart und Bruno blieb anscheinend mürrisch drinnen und schlüpfte nur hin und wieder hinaus, um eine Zigarette mit Melvil zu rauchen.

Alles war sehr gesellig und daher ganz und gar nicht das, weswegen sie nach Richards Meinung gekommen waren. Als sie sich dem Nachtisch näherten, wurde der Richter müde und seine hin und wieder eingestreuten giftigen Unterbrechungen seltener, bis er schließlich still einnickte.

«Ich denke, wir sollten ihn heimbringen», sagte Valérie zu Richard, eine Andeutung von Enttäuschung in der Stimme, denn ihre Pläne für den Abend waren nun zunichte.

«Jetzt schon?», fragte Bonneval. «Wie schade. Es ist noch früh.»

«Es sei denn, Richard …» Valérie sah ihn bittend an. «Würdest du den Richter nach Hause bringen? Es ist ja nur ein kurzer Weg. Es wäre schade, den Abend schon zu beenden.»

Richard sah sie ungläubig an, warf dann einen Blick auf Bonneval und seufzte schließlich. «Typisch», murmelte er in sich hinein. «Ja, okay also», grummelte er. «Kommen Sie, Richter, Zeit fürs Bettchen!» Der Kopf des Richters war nach vorn gesunken; nur die Hutkrone war zu sehen.

«Nun, Madame, sind Sie immer noch einfach nur ein ‹Gast›?», hörte Richard Bonneval noch fragen, bevor er selbst leise mosernd mit dem Richter davonzog. *Viel Zeit verschwendet er nicht*, dachte er.

Zehn Minuten später kehrte Richard sehr verlegen zurück.

«Äh, hast du den Schlüssel?», fragte er Valérie.

«Ich dachte, du hättest ihn!»

«Nein, ich …»

«Aber ich habe ihn dir doch gegeben.» Sie klang verärgert.

«Ja, das mag sein, aber ich habe ihn nicht.»

Bonneval lachte. «Armer Richard, mir passiert das ständig, aber mir zieht deswegen kein weiblicher ‹Gast› die Ohren lang. Setzen Sie sich, Richard, setzen Sie sich. Monsieur *le juge* ist in seinem Rollstuhl vorläufig gut aufgehoben. Es ist noch hell, und es ist warm. Trinken Sie noch ein Glas.»

Richard war dankbar für Bonnevals Freundlichkeit, stellte den Rollstuhl des Richters an den alten Platz zurück und setzte sich wieder. «Danke.» Er wich Valéries Blick aus.

«Okay, wir sind alle wieder da.» Bonneval beugte sich verschwörerisch vor. «Ich muss Sie fragen, wieso. Das ist sehr schön, und so was kommt ja selten vor, aber wieso, Madame? Verfügen Sie über Informationen?»

Valérie beugte sich ebenfalls vor. «Ja», antwortete sie schlicht. «Es war Marie.»

Bonnevals Gesicht verdüsterte sich. «Was war Marie?», fragte er und vergewisserte sich mit einem Blick, dass sie nicht in der Nähe war. «Marie hat Vincent Grandchamps nicht ermordet.»

«Oh, das weiß ich!», erwiderte Valérie, und Bonneval lehnte sich zurück, einen erleichterten Ausdruck im Gesicht. «Vincent Grandchamps ist gar nicht tot.»

Er beugte sich wieder vor. «Wieso sind Sie sich da so sicher, Madame?»

«Weil er dort drüben steht, schauen Sie!» Sie deutete auf die andere Seite des Platzes, wo ein alter Mann mit krummem Rücken aufgetaucht war. Richard fuhr mit offenem Mund herum, um Valérie genau zu mustern. Bruno, der im Eingang des Lokals stand, bekreuzigte sich, und Marie ließ ein paar Teller fallen. Selbst Melvil wirkte schockiert. Bonneval stand rasch auf, doch der alte Mann verschwand um eine Ecke, bevor der Polizist ihm nachjagen konnte. Er versuchte es trotzdem, kehrte aber ein paar Minuten später zu den erschütterten Gästen auf der Terrasse zurück.

«Wir müssen uns alle getäuscht haben», sagte er, nun erneut außer Atem. Er setzte sich und trank einen Schluck. «Wahrscheinlich war es der alte Levreux, die beiden haben sich schon immer ähnlich gesehen.» Langsam, aber leise, kehrte die Brasserie zur üblichen Geschäftigkeit zurück, und Richard schenkte sich nach.

«Es war Marie», wiederholte Valérie mit Nachdruck.

«Madame … bei allem gebührenden …»

«Sie ist die Tochter ihrer Mutter, oder?»

Bonneval erblickte Marie erneut in der Tür und lächelte. «Das ist sie», sagte er langsam. «Wahrhaftig.»

«Ja, schön, lebhaft …»

«Das alles …»

«Illoyal, manipulativ, habgierig …»

Bonneval wandte sich Valérie wieder zu, und Richard spürte, wie der große Mann neben ihm sich anspannte.

«Sie hat Paulin ermordet.»

«Ausgeschlossen», zischte Bonneval. «Warum hätte sie das tun sollen?»

«Das ist doch offensichtlich, Monsieur. Geld. Seit Grandchamps' Verschwinden hatte sie aus seinem Geschäftsmodell Geld geschlagen.»

«Das wusste ich, aber ich habe ein Auge auf sie gehalten. Habe darauf geachtet, dass sie nicht zu weit geht.»

«Das ist sie aber, oder? Sie ist zu weit gegangen.»

«Das bedeutet aber doch nicht, dass sie Paulin ermordet hat; warum hätte sie das überhaupt tun sollen? Sie hatte genug Geld eingenommen.» Der Mann redete leise und mit zusammengebissenen Zähnen, nicht drohend, sondern wie jemand, der versucht, die Beherrschung zu wahren.

«Wenn sie ganz die Tochter ihrer Mutter ist, kann sie niemals genug bekommen, das ist Ihnen klar.» Bonneval wollte etwas einwenden, doch Valérie ließ es nicht zu. «Wie lange wissen Sie schon, dass sie Ihre Tochter ist, Monsieur?»

Bonneval schloss die Augen. Dann legte er den Kopf zurück und schaute in den Nachthimmel.

«Es ist doch nicht zu fassen; da ist er wieder!» Richard spuckte seinen Wein aus, als er, im Fenster gespiegelt, Vincent Grandchamps erblickte, der diesmal allerdings quer über den Platz rannte. Sobald er auf der anderen Seite angekommen war, rannte ein anderer Vincent Grandchamps in die entgegengesetzte Richtung. Diesmal stand Bonneval rasch auf und griff nach seiner Pistole. Es war jedoch zu spät, denn bevor er reagieren konnte, waren beide Grandchamps verschwunden. Er war allerdings auch abgelenkt, da Marie das Bewusstsein verlor und in Melvils Arme fiel.

Richard schnappte sich den *pichet* mit Wein, der noch auf dem Tisch stand, und schenkte sich ein großes Glas Roten ein. Er hatte nicht die geringste Ahnung, was vor sich ging.

Bonneval setzte Marie sanft auf einen Stuhl im Inneren der Brasserie und schob Melvil dabei aus dem Weg. «Sie hat einen Schock», sagte er verärgert, als er zum Tisch zurückkehrt. Er setzte sich nicht. «Ich weiß nicht, was das für ein Spielchen von Ihnen ist, Madame, aber es ist nicht lustig.»

«Monsieur, es ist kein Spiel. Ich frage Sie noch einmal, wie lang wissen Sie schon, dass Marie Ihre Tochter ist?»

Bonneval schaute zur Tür, um sich zu vergewissern, dass Marie außer Hörweite war, und beugte sich dann über den Tisch vor. «Antoinette hat es mir unmittelbar vor ihrem Tod anvertraut. Davor hatte ich immer schon den Verdacht gehegt, aber sicher konnte ich mir nicht sein. Inzwischen erkenne ich allerdings die Ähnlichkeit.» Richard warf einen Blick auf Marie, die sich allmählich erholte, und musterte dann unauffällig den Hünen neben ihm. Er selbst erkannte nichts dergleichen. «Antoinette hat mich versprechen lassen, mich um Marie zu kümmern, dafür zu sorgen, dass ihr nichts Schlimmes zustößt, und darauf zu achten, dass sie niemals von meiner Vaterschaft erfährt.»

«Aber?», fragte Valérie sanft.

«Aber ich kann nicht überall gleichzeitig sein!» Er war wütend, nicht auf Valérie, sondern auf die Umstände. «Zu spät ist mir klargeworden, dass sie versucht hat, mit der Mafia zu spielen, Grandchamps' Spiel.» Er spie den Namen heraus. «Ich habe bei Grandchamps immer ein Auge zugedrückt, weil der Richter mich darum gebeten hat; er sagte, es wäre sein Untergang, wenn ich seinen Bruder auffliegen ließe, also habe ich den Kerl in Ruhe gelassen. Als er verschwunden ist, war ich zugegebenermaßen erst einmal erleichtert, bis ich herausfand, was Marie machte. Ich kann gegen die Mafia nichts ausrichten, Madame; bei meinen Ressourcen, schaffe ich es gerade einmal …»

«Aber dann hat sie Paulin ermordet, und damit war das zu Ende.»

«Sie hat überhaupt niemanden ermordet, Madame; zu so etwas wäre sie nicht fähig.» Er sprach eindringlich, bemüht, ruhig zu bleiben.

«Und selbst wenn sie es getan hätte, könnte sie die zwei Millionen Euro nicht für sich beanspruchen. Es war der falsche Mann», sagte Richard.

«Zwei Millionen?» Bonneval fuhr zu ihm herum.

«Das wussten Sie nicht?» Richard ließ sich mit seinem Glas Wein auf seinem Stuhl zurücksinken.

«Kein Wunder, dass das Kind den Verstand verloren hat!» Bonneval war außer sich. «Und heute Abend dieses Affentheater. Sie treiben sie an ihre Grenzen. Sie wird noch versuchen, Grandchamps zu töten, sollte sie ihn finden.»

Er richtete sich auf, bereit, auf der Stelle von Neuem mit der Suche nach dem alten Mann oder den alten Männern zu beginnen. Was von beidem, dessen war Richard sich immer noch nicht sicher.

«Das glaube ich kaum, Monsieur.» Valérie war die Ruhe in Person.

«Und wieso sind Sie sich dessen so sicher?» Bonneval beugte sich drohend über sie, aber sie zuckte nicht zurück.

«Weil er ihr Vater ist.»

«Das ist eine Lüge!», stieß er heraus. «Dieses minderwertige Subjekt, dieser Abschaum könnte niemals der Vater meiner Marie sein!» Sein Gesicht war nur noch Zentimeter von Valéries unerschrockener Miene entfernt. «Ich würde ihn mit eigenen Händen erwürgen, wenn er hier wäre!»

«Nur zu», sagte Valérie und schlug dem schlafenden Richter den Homburg vom Kopf. Statt des Richters kam jedoch ein grässlich grinsender Vincent Grandchamps zum Vorschein, der bis zu seinem Ende keine Reue gezeigt hatte.

Bonneval trat zurück und gab drei Schüsse in die Brust des Mannes ab. Die Leiche bewegte sich kaum. Er gab drei weitere Schüsse ab, mit derselben Wirkung. Verblüfft beugte er sich vor, und das genügte Signor Rizzoli, um aus dem Dunkeln hervorzutreten und ihn mit einem Knüppel zu Boden zu schlagen, während Signora ein paar Fotos des doppelt dahingeschiedenen Vincent Grandchamps schoss.

Richard schenkte sich ein weiteres Glas aus dem Wein-*pichet* ein, und in diesem Moment trafen Martin und Gennie Thompson ein, beide als Vincent Grandchamps verkleidet.

«Ich denke, mit der Herumtreiberei ist jetzt Schluss, nicht wahr, alter Mann?», keuchte Martin.

«So bin ich seit Jahren nicht mehr gerannt», sagte Gennie mit rot angelaufenem Gesicht. «Wie aufregend.»

Richard schenkte allen ein Glas Wein ein. Hätte er das nicht getan, wäre er vielleicht selbst in Ohnmacht gefallen.

36

U nd wer ist dann Maries Vater?», fragte Madame Tablier, bemüht, gleichgültig zu wirken.

«Keine Ahnung», antwortete Richard. «Es gibt eine beträchtliche Anzahl von Kandidaten. Anscheinend sogar Bruno.»

«Männer!», blaffte sie, was Richard ein Stück weit verwirrte, weil sie die Ereignisse so eigenartig interpretierte.

Seit Bonnevals Geständnis war eine Woche vergangen. Sobald die Rizzolis mit ihrem Beweis für Grandchamps' Tod abgezogen waren – zum Glück nicht die ganze Hand samt Handgelenk, aber doch genug, dass es reichen würde, ihre Bosse zufriedenzustellen –, hatte man die Polizei gerufen. Alle hatten ihre Geschichte parat: Valérie, Richter Grandchamps, Bruno, Marie und Melvil; alle waren perfekt vorbereitet. Martin und Gennie waren vorher gegangen und waren beim großen Reinemachen nicht dabei, und Richard hatte seine Rolle als der etwas beschwipste Unwissende, der nur zufällig in die Sache hineingeraten war, meisterhaft gespielt, vor allem deshalb, weil sie genau der Wahrheit entsprach. Er war über den Austausch des Richters gegen seinen langsam auftauenden Bruder aufgeklärt gewesen, aber mehr auch nicht, und die Enttäuschung, die er deswegen empfand, hatte er nur schlecht verhehlen können.

«Du hattest also wirklich das Gefühl, du könntest mir nichts erzählen, überhaupt nichts?», hatte er Valérie viel später am Abend leise bei der Heimfahrt gefragt. Er war ehrlich verletzt.

«Aber Richard, du hast den Fall doch überhaupt erst gelöst!», hatte Valérie ihn überschwänglich gelobt.

«Ach ja?», hatte er geschmollt. Dann war ihm klar geworden, was sie gerade gesagt hatte, und wie ein glücklicher Welpe fügte er hinzu: «Wirklich? Ich habe den Fall gelöst?»

«Ja! Du hast gesagt: ‹cherchez la femme …›»

«Und damit auf Marie verwiesen?»

«Auf Antoinette.»

«Ja, natürlich, Antoinette.» Er begriff es immer noch nicht ganz.

«Es ist ihr gelungen, ein großartiges Team von Beschützern zusammenzubringen, als sie ihre Tochter zurücklassen musste, und wie hat sie das angestellt? Indem sie alle zu der Überzeugung brachte, sie seien ihr Vater.»

«Aber das bedeutet doch …»

«Genau, Richard.»

«Ich weiß nicht, ob das eine wunderbare Erfüllung ihrer Mutterpflichten war oder mit das Unmütterlichste, wovon ich je gehört habe.» Sie fuhren eine Weile schweigend weiter.

«Dann hat also nicht Marie Paulin ermordet?»

«Nein, sondern Bonneval. Als er das mit Marie und den Umschlägen herausfand, war ihm klar, dass er etwas unternehmen musste, um sie zu beschützen. Als er dann von dem auf Grandchamps ausgesetzten Kopfgeld erfuhr, begriff er den Mord als Ausweg. Und außerdem als Möglichkeit, Marie das Geld zu verschaffen, das sie brauchen würde, um ein neues Leben zu beginnen. Dieses Geld hätte er ihr niemals selbst geben können.»

«Er hat sie wirklich geliebt», sagte Richard leise.

«Ja, das stimmt. Meine Vermutung ist, dass er zufällig auf Paulin gestoßen ist, ihn mit Grandchamps verwechselt und getötet hat, ohne wirklich darüber nachzudenken. Du hast ja gesehen, wie sehr er überreagierte, wie sehr er die Kontrolle verloren hat.» Richard schauderte. «Erst nach dem Mord ist ihm klar geworden, dass er den falschen Mann erwischt hatte», fuhr sie fort. «Und da hat er dem armen Kerl das Gesicht weggeschossen.»

«Dann konnte er sein Glück wohl kaum fassen, als der Richter den Toten als seinen Bruder identifizierte?»

«Ja, es kam allerdings beiden gelegen. Tatsächlich bekam am Ende jeder das, was er wollte.»

«Aber was ist mit den Rizzolis? Wie hast du sie mit ins Boot geholt?»

«Ich glaube, letztlich hatten sie das Gefühl, dass ihnen keine andere Wahl blieb.» Sie versuchte, die Sache mit einem Schulterzucken abzutun.

«Du hast ihnen ein Angebot gemacht, das sie nicht ablehnen konnten?» Er musste sich mühsam beherrschen, doch von Valérie kam noch immer keine Reaktion an der Filmfront. Überhaupt keine.

«Genau. Ich habe ihnen gesagt, sie könnten entweder mit leeren Händen nach Hause gehen oder uns unterstützen und mir von ihrem Kopfgeld einen Finderlohn auszahlen. Kein Geld oder sehr viel Geld. Die Wahl war nicht schwer.»

«Äh, und wie hoch ist der Finderlohn für zwei Millionen?» Er wagte es kaum zu fragen. Er würde sich für Valéries Motive nicht verbürgen, aber an das Geld hatte er eigentlich nie gedacht.

«Nach deinem Anteil? Nicht besonders hoch.» Sie wirkte müde, und ausnahmsweise fuhr sie einmal in maßvollem Tempo.

«Mein Anteil? Besorg mir einfach eine neue Henne.»

Den Rest der Fahrt hatten sie erschöpft geschwiegen, und dann hatten sie einander befangen eine gute Nacht gewünscht. Am nächsten Morgen war sie weg gewesen.

Jetzt war es also eine Woche später, und wäre nicht Madame Tabliers unerschöpfliche Neugierde gewesen, hätte er nicht mit Gewissheit sagen können, dass all diese Ereignisse tatsächlich stattgefunden hatten. Sosehr der Spruch auch ein Klischee sein mochte, alles kam ihm wie ein Traum vor. Was hatte Valérie noch gesagt? «Am Ende bekam jeder das, was er wollte.» Nicht jeder, dachte er betrübt; er selbst war immer noch um eine Henne ärmer und suhlte sich außerdem in Selbstmitleid. Die Aussicht auf die bevorstehende Hochsaison besserte seine Stimmung auch nicht gerade.

«Monsieur?» Der erste Ankömmling der Hochsaison hob gerade die Kaffeetasse seiner Frau, um zu zeigen, dass sie nachgeschenkt haben wollte. *Wieder einmal ein frisch vermähltes Paar*, dachte er und musste an die Rizzolis denken. Auch da hatte der männliche Partner den aufmerksamen Ehemann gespielt. Sein Handy lenkte Richard mit einem Piepen von der Kaffeekanne ab. *Eine neue Buchung* stand auf dem Display, doch Richard beschloss, sich das für später aufzuheben. Kurz darauf piepte sein Handy erneut: NEUE NACHRICHT VON KUNDIN D'ORÇAY.

Er verschüttete den Kaffee und hätte fast sein Handy fallen lassen. Dann las er die Nachricht.

Lieber Richard, ab morgen habe ich ein Zimmer für Passepartout und mich selbst reserviert. Ich bin zu ein wenig Geld gekommen und habe beschlossen, im Val de Follet eine Immobilie zu erwerben. Bitte stell einen Napf mit Wasser ins Zimmer.

Liebe Grüße, Valérie x

PS: Ein Abreisedatum kann ich nicht nennen – können wir das vorläufig offenlassen?

Sein Herz hämmerte, und die Nachricht schien ihm sogar vor den Augen zu verschwimmen.

«Monsieur!», sagte der junge Ehemann. «Meine Frau hat keinen Kaffee mehr!»

Richard hob langsam den Kopf, ein breites Grinsen im Gesicht. «Ganz ehrlich, mein Guter», sagte er. «Das ist mir piepegal!»

Dank

Es hat mir viel Spaß gemacht, den ersten Band der Reihe um Richard und Valérie zu verfassen. Ich wollte etwas schreiben, was ich auch gern selbst lesen würde, und an diesem Punkt angelangt, hoffe ich, dass das Ergebnis Ihnen ebenfalls gefällt. Falls ja, gilt mein erster Dank Ihnen!

Außerdem möchte ich mich bei meinem Agenten Bill Goodall bedanken. Jeder Autor wird Ihnen bestätigen, wie wichtig es ist, einen Agenten zu haben, der an einen glaubt und einen ermutigt, und das hat Bill von Anfang an getan. Dasselbe gilt auch für Pete Duncan und das ganze Team von Farrago Books, deren Devise, dass die Lektüre die Leser zum Lächeln bringen soll, der Welt insgesamt guttun würde.

Abbie Headon, funkelnder Stern am Himmel der Verlagswelt, war entscheidend an der Initialzündung für den Val-de-Follet-Plan beteiligt. Julia Chapman, Caimh McDonnell und Maureen Younger, alle selbst hervorragende Schriftsteller und Schriftstellerinnen, waren immer mit Ratschlägen oder Ermutigung bei der Hand, und dasselbe gilt für Mark Billingham von Tag eins meiner Schriftstellerkarriere an. Das im Buch verwendete Französisch ist dem realen Französisch so nah, wie die Franzosen es zulassen, da nach meiner Erfahrung niemals Einigkeit bezüglich der Regeln der Sprache besteht, und falls doch, dann ändern sie sie! Meine Französisch-Schiedsrichterin ist hierin daher die *formidable* Christelle Couchoux.

Außerdem muss ich mich bei meiner Frau und meiner Familie dafür bedanken, dass sie es mit mir aushalten, und zwar nicht nur während des Schreibens, sondern immer. Und zuletzt geht mein Dank an meine Wahlheimat Frankreich und das Loire-Tal für nie versiegende Inspiration, Labung und guten Wein.